꽃도
십자가도
없는
무덤

La marque de l'homme

꽃도 십자가도 없는 무덤

클로드 모르강 장편소설
조광희 옮김

북하우스

―폴 엘뤼아르에게 바침

1부

하나의 세계가 우리들 속에서 천천히 죽어가고 있다.

나는 바닥에 깔아놓은 모포 위에 엎드린 후 얼굴을 철조망 쪽으로 돌려 도로를 살펴보았다. 새로운 포로들이 이곳으로 옮겨와 겨울 동안 우리 수용소에서 지내게 될 것이라는 말을 들었기 때문이다.

작년에도 그 비슷한 뉴스가 우리를 몹시 흥분시켰었다. 정보에 밝은 사람들은 이렇게 속삭였다. '독일군이 이렇게 재편성하는 것은 우리를 귀향시키기 위해서야. 이제 몇 주만 지나면 프랑스로 돌아갈 수 있을 거야!' 그러나 포로가 된 뒤 두번째 겨울이 다가왔을 땐, 누구도 더이상 이러한 환상을 갖지 않았다.

십오 개월 전부터 육천 명이 넘는 우리들은, 길이 오백 미터 폭 사백 미터쯤 되는 철조망이 둘러싸고 있는 공간 속에 갇혀 있다.

가운뎃길 양옆으로는 바라크가 늘어서 있다. 십오 개월 전부터 우리는 이 비정하리 만큼 기하학적인 풍경의 살벌함에 목이 조여왔다. 그때부터 여자의 얼굴을 가까이에서 본 적도, 어린 아이의 웃음소리를 들은 적도 없다. 우리는 높은 가지들이 바람 속에서 흔들리는 커다란 나무들을 꿈꾼다. 우리는 분수에서 떨어지는 물소리를, 상점과 대장간, 카페와 그 신선한 커피 향기가 있는 마을의 거리를 꿈꾼다. 우리는 비옥한 황토빛 경작지 사이를 숨 가쁘게 달리는 것을, 환하게 불 밝힌 떠들썩한 도시를, 그리고 지하철의 냄새까지도 꿈꾼다. 위아래로 포개진 침상에서 잠을 이루지 못하는 밤에는, 가슴을 에일 듯이 처연하게 자유로운 삶을 불러내는 기차의 기적 소리가 멀리서 들려올 때에는, 우리는 눈을 감고 무거운 가슴으로 지난 일들을 되살려내려고 애를 쓴다.

밤은 고통스럽고 잔혹하지만 낮은 비교적 빨리 지나간다. 서로 아무 관계없는 짧고도 격한 물결이 끊임없이 흘러가듯이, 포로생활이란 것은 수많은 자질구레한 일들로 채워지기 때문이다. 점호, 편지, 소포, 급식, 엽서, 도서실, 빵 배급, 끝없는 논쟁 등이 그것이다. 그 모든 것 위로 철조망과 감시병에 대한 공포가 우리를 짓누르고, 이렇게 클로즈업된 영상은 다른 모든 영상들 위에 겹쳐진다.

적어도 나에게는 그렇다. 그러나 우리 가운데 몇몇은 체념을 하고 만다. 그들의 눈에는 철조망이 보이지 않는 것 같다. 지난 겨울, 서리가 내려 모양이 변한 이중 철조망이 근사해 보인다고 우겨댄 한 젊은 포로에게 나는 몹시 화를 낸 적이 있다. 나는 그러한 정서를 절대로 용납할 수 없었다. 나는 우리를 둘러싸고 있는 철조망에 어떠한 아름다움도 부여할 수 없으며, 자신이 갇혀 있는 감옥을 미화하려고 애쓰는 사람도 절대로 될 수 없기 때문이다.

지금도 역시, 늦가을의 이 아름다운 날, 나는 바닥에 엎드려 살아 있는 인간들과 우리를 격리시키는 이 수용소의 철조망을 바라본다. 그리고 여느 때처럼 분노를 느낀다. 철조망에는 삼 미터 간격으로 사람의 키보다 높은 말뚝이 박혀 있고, 두 말뚝 사이에 연결된 철사 줄에는 일흔 개의 네모꼴 모양이 만들어져 있다. 나는 그 네모꼴의 갯수를 세어본 적이 여러 번 있다. 마치 환자가 침대에 누워 벽지에 그려진 꽃들을 되풀이해서 세어보듯 말이다. 이 철조망 칸막이 너머에는 이와 평행으로 또 다른 철조망 칸막이가 둘러쳐 있다. 그 사이에서 잡초가 억세게 자라고 있다. 그러나 우리가 갇혀 있는 공간은 이리저리 움직이는 육천 명의 포로들이 끊임없이 짓밟아 놓아서 풀 한 포기 없이 맨흙만이 드러나 있다. 내가 언제나 철조망과 거의 닿을 듯한 곳에 모포를 깔고 그 위에 엎드려 있는 것은 바로 그 때문이다. 이렇게 나와 맞닿아 있는 잡초는 수용소를 넘어, 구비치는 긴 파도처럼 저 멀리 자유로운 들판으로 뻗어 나가서, 거기, 바람과 폭풍우가 휘몰아치는 드넓은 고원으로 이어질 것이다.

우리의 머리 위로는 검은 구름덩이들이 흘러가고, 그 틈새로 짙푸른 하늘 한 조각이 보인다. 저 멀리 언덕 위에 서 있는 하얀 작은 농가는 마치 나를 비웃고 서 있는 것 같다. 이것이 일요일마다 느끼는 끔찍한 서글픔이다. 조금 전 나는 견딜 수 없이 우울한 베아른 지방(스페인과 접하고 있는 프랑스 서남부 지역의 옛 이름—역주)의

합창곡을 끝까지 들을 수가 없었다. 철조망 너머 멀리 보이는 길 위로 하사관들이 여자들과 팔짱을 끼고 산책을 하는 것이 보인다. 여자들은 짙은 붉은색이나 흐린 초록, 하늘색의 화려한 옷을 입고 있다. 티롤 풍의 짧은 상의에 반바지를 입고, 깃털 달린 펠트 모자를 쓴 민간인들이 끊임없이 지나간다.

사람 그림자 하나 보이지 않는 열쇠만 채워진 19호 바라크에는 아직 검열을 받지 않은 우리의 편지들이 간수의 처분만을 기다리고 있다. 일요일이다.

나는 언덕 위, 소나무 숲의 어두컴컴한 가장자리에 나 있는 길모퉁이를 바라본다. 그곳은 우리가 십오 개월 전에 거세게 쏟아지는 비를 맞으며 비참한 행색으로 열을 지어 이곳으로 왔던 길이다. 그때 우리는 저 언덕 위에서 수용소의 기하학적 형상과 바라크의 검은 지붕들을 한눈에 보았다. 앞으로 얼마나 긴 시간을 저 좁은 사각틀 안에서 갇혀 지내게 될 것인가를 처음으로 생각했고, 가슴이 죄어오는 것을 처음으로 느꼈다. '아마도' 언젠가 우리가 이곳을 떠날 때에도 역시 저 길을 지나갈 것이다. 십오 개월 동안 포로생활을 하고 나자, 나도 모르는 사이에 의혹 하나가 스며들었다. 포로가 되어 본 적이 없는 사람은 잘 이해하지 못할 것이다. 그런 사람은, 인간은 육체적인 구속에도 불구하고 자유로운 판단력을 가질 수 있다고 생각할 것이다. 나는 그 말을 온몸으로 거부한다. 자유로운 판단력이란 더이상 존재하지 않는다! 아니, 현재의 판단력은 이미 과거의 판단력과는 다른 것이라고 말하는 것이 옳겠다. 속박, 무력감, 체념을 낳게 하는 열등감이 우리가 의식하지도 못하는 사이에 포로의 새로운 본성을 반죽해낸다. 그러나 아무도 이 변화를 알아차리지 못한다. 그러다가 갑자기 자신의 내부에서 자신도 놀랄 만한 반응을 확인하고는, 지금까지 지나온 길을 가늠해본다. 나 자신도 이런 경험을 했다. 그 길은 포로생활의 초기부터 미끄러운 언덕을 따라 소리 없이 흘러내려온 것 같은 느낌이다. 전쟁이 일어나기 전, 나는 자유주의에 심취해 있었고 독재를 혐오했다. 이념적인 십자군 원정에 나서면서도 내가 굳게 확신했던 것은, 내 마음속 내밀한 사고는 외적인 사건들의 흐름에 의해 변질되는 일이 결코 없으리라는 것이었다. 그런데 폭력의 힘에 짓눌리게 되자, 뱀이 허물을 벗듯이 생각이 바뀌었다는 것을 알았다. 동물이 자신을 보호하기 위해 주변 환경과 같은 색깔을 취하는 것처럼 말이다. 알래스카의 토끼와 북극의 늑대에게 흰 털을 갖게 하는 저 유구한 의태법칙(擬態法則)이 내게도 작용하여 나를 변화시켰는데도, 그것을 깨닫지 못한 것이다.

그리하여 항상 애국자였던 나는 포로생활의 초기부터 한 젊은 포로와 격렬한 논쟁을 벌였다. 그는 이렇게 소리쳤다.

"내가 삼 년 동안 여기에 있어야 한다면, 그리고 그때 독일이 패망하는 것이 확실하다면, 나는 기꺼이 내 인생의 삼 년을 바치겠어."

나는 있는 대로 화를 내면서 그에게 대꾸했다.

"나는 삼 개월이라도 싫어! 나는 말이야, 집으로 돌아가서 생활하는 것 이외에는 다른 아무것도 원치 않아."

나는 내 자신의 말 속에 내재된 격렬함에 놀랐다. 쓰디쓴 배신과 와해가 내 정신을 황폐하게 만들어 결국은 차가운 재만을 남겼던 것이다. 파국이 나에게 가르친 것은 나의 세계를, 오직 내 자신 그리고 나의 직접적인 주변을 지키라는 것이었다. 그래서 살아야 한다는 것이 유일한 욕망이 되고 말았다.

갑자기 길모퉁이에 천천히 이쪽을 향해 걸어오는 행렬의 선두가 보였다. 많은 포로들이 이 광경을 보았고 새로운 동료들을 맞기 위해 철조망 앞에 모여들었다. 무장한 경비병들의 호송을 받으면서 오열 종대로 수용소 입구에 들어선 그들은 여러 가지 모양의 배낭이나 가방을 메고 있었다. 모두들 며칠간에 걸친 불편한 여행에 지쳐 초췌한 얼굴을 하고 있었다. 우리도 작년에는 이 같은 몰골이었을 것이다. 히끗히끗한 수염이 난 사람도 많았고, 심지어는 늙수그레한 현역 장교들의 새하얀 수염도 눈에 띄었다. 그들은 수용소 입구에서 발을 멈췄다. 감시병들은 다시 한번 인원수를 확인하고 소지품을 검사하는 바라크로 끌고갔다.

한 시간 후 그들이 우리와 뒤섞이게 되었을 때, 나는 자크 퐁타니에의 홀쭉한 옆모습을 알아보고는 깜짝 놀랐다. 자크, 나의 영원한 친구! 내가 마지막으로 그의 소식을 들었을 때, 그는 마지노 전선에 배치되어 있었다. 그후 클레르의 편지를 통해서 그 역시 포로가 되었다는 것을 알았다. 여기에서 자크를 만나게 되다니! 나는 그에게로 달려갔다.

"우리 분대로 올 거지? 마침 빈자리가 하나 있거든. 꼭 와야 해."

나는 그에게 말했다.

자크는 승낙을 하지 않고 망설였다. 그리고는 함께 온 동료들과 헤어지기가 어렵다고 말했다. 그러나 그때 그의 동료들은 한 바라크에 그들 모두가 수용될 수 없다는 것을 알고 어떻게 인원 배정을 할 것인가를 상의하고 있었다. 자크가 나의 제의를 마다할 아무런 이유가 없었던 것이다. 그럼에도 또다시 그에게 간청을 하고, 몹시 애를 쓴 다음에야 겨우 그를 설득시킬 수 있었다는 것은 이상한 일이었다.

자크는 가방과 배낭, 모포를 옮겨온 다음, 바닥에 닿을 듯한 침상에 (앉아 있기는 불가능하다) 웅크린 채 나를 바라보았다. 그의 시선은 변하지 않았다. 풍부한 눈길 속에는 여전히 자크라는 인간 전체가 녹아 있었다. 다만 얼굴은 더 마르고 광대뼈도 더 튀어나와 있었다. 그에게 군복은 전혀 어울리지 않았다. 다른 사람들도 마찬가지지만, 그의 옷도 자투리 천을 모아 적당히 꿰맨 것에 불과했다. 윗옷에는 단추가 하나뿐이었는데, 옷이니 뭐니 하는 겉모습에는 그가 전혀 신경을 쓰지 않는다는 것을 알 수 있었다.

번개처럼 짧은 시간 동안 우리는 말없이 서로를 훑어보았다. 서로에 대한 상상과 현실 간의 차이를 마음속으로 확인했을 때, 자크는 나에게 물었다.

"클레르는 잘 있어?"

나는 그녀가 이십 일 전에 부친 편지를 받았는데, 이것은 우리 수용소 사정으로는 최근 소식이라고 할 수 있었다. 나는 자크에게 그렇게 말했다.

"N……으로, 엽서를 여러 장 보냈었어. 그런데 답장을 읽어보아도, 그녀가 어떻게 생각하고 있는지 알 수가 없어."
"무슨 생각?"
나는 놀라서 물었다.
"현재의 상황, 점령 사태, 삶이나 미래에 관해서 말이야!"
"나에게도 그런 이야기는 하지 않았어. 어쨌든 스물넉 줄밖에 쓸 수 없는 엽서에 그런 이야기를 쓰기도 어렵잖아……."

아내의 어릴 적 친구이며, 우리가 결혼하고 난 뒤에는 우리 부부의 친구였던 자크와 아내의 이야기를 할 수 있다는 사실에 나는 기뻤다. 하지만 동시에 그가 그녀와 편지를 주고받는다는 것에 기분이 언짢기도 했다. 그렇지만 자크에게 질투를 느낄 수는 없었다. 그가 사랑하는 것은 자신의 예술뿐이었으며, 음악 이외의 모든 것에는 무관심했기 때문이다. 그는 자주 우리 집에 왔었고, 저녁 식사 후에는 피아노 앞에 앉아 슈베르트건 쇼팽이건 모차르트건, 아니면 자신이 작곡한 것이건 머릿속에 떠오르는 곡을 정열적으로 연주하곤 했다. 그는 마치 자기 집에 있는 것처럼 피아노를 치고 생각에 잠기고 행동했다. 자크는 클레르를 사랑하고 있었을까? 그것은 바보 같은 생각이었다. 나를 언짢게 만든 것은 그들이 편지를 주고받는다는 사실을 내가 모르고 있었다는 점이다. 왜 클레르는 나에게 그 이야기를 하지 않았을까? 즉시 답이 떠올랐다. 그것은 자명한 일이기 때문이다. 그리고 엽서에는 스물넉 줄밖에 쓸 수 없기 때문이다. 나처럼 아무리 관대한 남편이라도 아내의 모든 행동과 생각을 통제하고자 하는 권위주의를 버리지 못했다는 생각에 웃음이 나왔다.

자크가 우리 바라크 동료들의 마음을 사로잡았다는 것을 나는 곧 알아차렸다. 그는 원래 주위의 사람들을 끌어모으는 재간이 있었기 때문에 놀라운 일은 아니었다. 한편 나는 친구를 선택하는 데에 훨씬 더 까다로웠다. 나는 모든 사람들과 동료로서는 좋은 관계를 유지하고 있었지만, 마음을 터놓는 친구로 발전하기는 어려웠다. 그래서 자크가 우리 분대에 있게 된 것을 그렇게 기뻐했던 것이다.

  보통 바라크 한 동에는 이백 명의 포로가 수용되는데, 열 사람이 길이 사 미터 폭 삼 미터의 벌집 같은 좁은 방에서 생활한다. 포개져 있는 침상들, 꼭 필요한 테이블과 열 개의 의자만으로도 방은 꽉 차버리고 만다. 콩나물 시루 같은 이 좁은 공간에 처박혀 있다 보면 정말 녹초가 된다. 잠시라도 조용한 순간을 즐긴다는 것은 불가능하다. 항상 누군가는 하모니카를 불거나, 큰소리로 독일어 문법을 공부하거나, 망치로 함석판을 두드리면서 난로를 수선하기 때문이다. 불평을 늘어놓는 사람, 싸움질하는 사람, 몇 시간 동안이나 군화를 닦는 괴짜가 있는가 하면, 어떤 미식가는 요리를 만든답시고 나무 테이블 위에 빈병을 굴려서 비스킷을 가루가 될 때까지 빻기도 한다. 책이라도 읽고 싶을 때에는 이 생지옥 같은 소음을 덮어버리기 위해 일부러 큰소리로 읽어야만 했다. 그것은 지옥의 소음을 더 크게 만드는 데에 합세하는 일이었다. 그럴 때면 옆 사람에게 미친 듯이 화를 내게 된다. 어느날 밤, 나는 『카라마조프의 형제』의 한 대목을 내 수첩에 옮겨 적었다.

'나는 인류를 사랑한다. 그런데 놀라운 것은 내가 인류 전체를 사랑하면 할수록 특정한 사람들을 개인으로서 사랑하는 일은 적어진다는 사실이다. 나는 인류에 봉사할 것을 여러 번이나 열렬하게 소망했고, 그리고 인간들을 위해 필요하다면 골고다 언덕에라도 올라갈 것이다. 그런데 나는 어떤 사람과도 이틀을 한 방에서 지내지 못하며, 그것을 경험으로 알고 있다. 누군가가 옆에 있다는 것이 느껴지면, 그의 존재가 나의 자존심을 짓누르고 나의 자유를 속박한다. 나는 하루도 못 되어서 더없이 훌륭한 사람들에게 혐오감을 품기 시작하는데, 어떤 사람은 식탁에 오랫동안 앉아 있기 때문이고, 또 어떤 사람은 감기에 걸려 재채기를 계속하기 때문이다. 그런 사람들과 접촉하자마자 나는 인간의 적이 된다. 반면에 특정한 사람들을 혐오하면 할수록 인류 전체에 대한 사랑은 변함없이 뜨겁게 불타오른다.'

내 자신이 느끼고 있는 것도 바로 이런 것일까? 때때로 나는 그렇다고 생각한다. 그만큼 나의 감성은 마치 생살이 드러난 상처처럼 예민해져 있다. 극도로 흥분되어 있는 이런 분위기에서는 이기심이 적나라하게 드러난다. 우리는 뼈다귀 하나를 놓고 싸우는 개와 같이, 아무것도 아닌 일로 다툼을 벌인다. 불행한 것은 내가 포로의 생활에 익숙해지지 못하고 있다는 사실이다. 어느날 한 동료가 이렇게 말했다.

"나는 브리지 게임을 한다. 브리지를 하고 또 하고…… 한없이 계속한다. 만일 그것을 멈춘다면 내 심장은 터져버릴 것이고……

그러면……."
 자기 자신을 잊기 위해 브리지를 하는 사람들, 미친 듯이 공부에 매달리는 사람들, 머릿속으로 포로 수용소를 마치 대학이나 묵상과 속죄의 집으로 생각해보려고 애쓰는 사람들을 나는 바라본다. 그러나 나는 그렇게 할 수가 없다. 나는 십오 개월 동안 우리에 갇힌 짐승처럼 이리저리 걷고 있다. 나는 짚으로 만든 매트 위에 드러눕는다. 일어난다. 또다시 드러눕는다. 그리고 생각에 잠긴다. 한없이 생각에 잠긴다.

 나는 클레르를, 우리 아이를, 미래를 생각한다. 끔찍한 것은 저녁 시간이다. 가슴을 에는 듯한 태양의 침몰과 언덕 너머로 사라지는 커다란 기둥 같은 보랏빛 연기 등이다. 그리고 평화로움과 휴식의 시간이다. 사람들이 서로 손을 잡고 산책하는 시간인 것이다. 마음을 열고 서로 이야기를 나누고 삶의 충만함을 맛보는 시간. 그러나 주위를 둘러보면 보이는 것이라고는 바라크와, 악취를 풍기는 간이 화장실, 철조망, 그리고 후퇴를 해야만 했던 그 비극적인 시간들을 비통한 심정으로 되씹어보며 왔다갔다 하는 육천 명의 포로들뿐이다. 우리의 머리 위로 탐조등을 겨누고 빛을 교차시키는 감시탑이 수용소 네 귀퉁이에 서 있을 뿐이다.
 나무 복도를 울리는 순찰병의 군화 소리뿐. 그리고 지난 시간과 다를 바 없는 하루하루가 똑같은 날들뿐이다. 점호와 집합, 풀 한 포기 없는 들판에서의 지친 행군, 논쟁과 체스 게임. 한없이 긴 기다림의 시간들, 빼앗긴 내 삶의 시간들, 다시는 되찾을 수 없는 시간들.

　우리 분대의 동료들은 거의 모두가 어느 정도는 망각의 편리함을 이용하고 있다. 그들은 스스로 자신들을 속인다. 적어도 일그러진 나의 머리로 판단하기로는 그렇다. 그러나 그들 역시 포로생활로 일그러진 것이다. 진실은 어디에 있는가? 우리 모두는 소용돌이치는 동일한 비극에 휘말려 있고, 이 비극에서는 우스꽝스러움과 끔찍함이 한 쌍의 가면이며, 이제 우리는 자신들의 얼굴조차 알아보지 못한다.

　나의 유일한 친구는 퐁타니에뿐이다. 왜냐하면 과거를 함께 이야기할 수 있는 사람은 퐁타니에뿐이니까. 그리고 매일 오후 다섯 시, 점호가 끝나면 우리는 이 감옥의 경계선을 따라 함께 걷는다. 철조망에서 철조망으로, 바라크에서 바라크로. 수용소의 쓰레기 소각장 위의 잿빛 하늘 아래에서는 까마귀들이 선회하고, 검은 구름장들이 날개를 편 듯 부풀어 오른다. 점호가 끝나면 밤마다 우리는 함께 걷는다. 나는 지난 일들이나 등산했던 이야기를 즐겨 끄집어냈고, 항상 몸에 지니고 있던 클레르의 사진을 보여주었다. 자크는 내가 행복하고 자유로웠던 시간들을 떠올리는 것을 방해하지 않았다. 그렇지만 그가 나의 감정을 따라오고 있지 않다는 것은 느낄 수 있었다. 그의 생각은, 불안하고 열에 들뜬 듯 긴장돼 보였고, 미래를 향해 있었다. 그래서 내 말을, 아무 의미도 없는 헛소리를 듣는 것처럼, 건성으로 듣고 있었다. 그가 자신의 음악에 집중하고 있는 것 같아서, 그렇게 물어보았다.

　"음악이라고!"

그는 쓸쓸한 어조로 소리쳤다.

"음악! 여기에서 말이야?"

그는 한없이 펼쳐진 철조망과 거대한 황새 같은 감시탑들을 몸짓으로 가리켰다.

"이런 곳에서 어떻게 작곡을 할 수 있단 말이야!"

그가 가리키는 곳을 보니, 나이 어린 장교가 취사장의 오물을 버리는 구덩이에 몸을 굽히고 썩은 냄새가 나는 쓰레기 더미 속에서 감자 조각들을 찾고 있었다. 그것은 사역병들이 껍질과 함께 아무렇게나 버린 것이었다.

"이런 광경이 주는 느낌을 전달할 교향곡을 작곡해봤자, 무슨 소용이 있겠어? 어떤 오케스트라가 그런 걸 연주하겠어!"

나는 이 친구가 무슨 뜻으로 그런 말을 하는지 이해하지 못했다.

"그렇지만 말이야, 독일은 아직도 음악가들의 나라잖아."

나는 말했다.

자크는 투덜거렸다.

"아직까지도? 아마 그럴지도 모르지. 그들은 어쨌든 열정에 의해, 베토벤, 바그너, 리스트, 바흐, 슈베르트의 놀라운 열정에 의해 살아가고 있으니까…… 그러나 우리 시대의 진실, 우리 시대의 진실과 참혹함은 시인에게도 음악가에게도 표현이 금지되어 있어. 만일 고야가 나타난다면 총살될 거야. 볼테르도 총살감이지. 위고도 마찬가지야. 문화를, 다시 말하자면 인간을 말살시키려는 가공할 전쟁이 전개되고 있으니까 말이야."

이처럼 우리는 수용소 구내를 천천히 걸으면서 이야기를 했다.

내가 과거를, 그리고 프랑스로 귀환해서 다시 되살리고 싶은 포근하고 미지근한 행복의 잔해들을 떠올리고 있을 때, 자크는 가파르고 무서운 현재의 장벽으로 다가서고 있었다! 나는 상대적이고 주관적인 것 속에서 살고 있었고, 자크는 어떤 절대성 속에서 살고 있었다. 며칠 동안 우리는, 마치 자신들을 해방이라도 시키려는 듯이 서로의 생각을 교환했지만, 그렇다고 언쟁을 벌이지는 않았다. 밤에는 소등이 된 뒤에도, 바닥에 닿을 듯한 침상에 나란히 누워, 낮은 목소리로 이야기를 계속했다. 우리의 대화는 가끔 긴 침묵으로 중단되었고, 그 침묵 속에는 상념과 회한이 무겁게 드리워져 있었다.

10월에는 비가 내리기 시작했다. 바람은 어떠한 장애물도 없는 고원을 넘어 수용소 쪽으로 불어왔다. 밤이 되어 튼튼한 나무 덧문이 닫히면 바라크를 밝히는 것이라고는 당직 장교의 방풍 랜턴뿐이다. 우툴두툴한 판자로 만든 천장, 널빤지를 이어붙인 벽, 잠을 자기 위한 조잡한 칸막이 선반들…… 밖에서 헐떡거리는 폭풍소리가 아스라한 배경음처럼 들려와서, 마치 배의 화물창에라도 갇혀 있는 기분이 든다. 인간이라는 화물을 실은 채 모라비아(체코슬로바키아의 중앙부 보헤미아와 슬로바키아 사이의 지역—역주) 고원에 닻을 내리고 영원히 움직이지 않는 이 선박은, 세계를 휩쓸고 있는 이 폭풍이 그치기만을 기다리고 있다.

낮이고 밤이고 바람은 쉴새없이 땅을 휩쓸고 바라크를 후려친다. 점토질의 땅이 패어서 마치 땀을 흘리듯 물이 새어나오는 수많은 웅덩이들이 바람에 요동치고 흔들린다. 표면 위로 잔물결이 일고 변함없는 납빛 하늘이 떨리면서 비친다. 이 웅덩이들은 검은 진흙탕 속을 걸었던 포로들의 무수한 발걸음이 만들어낸 것이다. 내 눈에 보이는 세계도 이 검은 진흙탕처럼 그렇게 질척거리고, 더럽고, 색깔도 선도 부피도 기쁨도 없어 보인다. 철조망 너머의 헐벗은 나무들, 그리고 춤추듯 흔들리는 회색 구름장들. 나는 땅바닥에 닿을 듯한 얇은 지푸라기 매트 위에 누워 창가의 빨래처럼 펄럭이는 구름을 바라본다. 오직 새벽녘에만 기묘한 고요함이 찾아온다. 그럴 때면 구름덩이는 밑에서부터 빛을 받는다. 낮은 섬이 되기도 하고 평평한 대륙이 되기도 하고, 화산의 불빛처럼 발그레해지기도 한다. 노란 하늘에 흐릿한 태양이 떠올랐다가 솜덩이 같은 구름층 속으로 사라진다. 이런 하늘이나마 없다면 우리는 더욱 비참해지리라.

  폭풍우와 비는 사람을 더 적대적으로 만들고, 우리의 고립을 더 무겁게 만든다. 식사을 마치고 철학자 부카르드는 침상에 반쯤 드러누웠다. 그의 얼굴은 미동도 하지 않은 채 끝없는 명상에 잠겨 있는 것처럼 보인다. 몹시 만족한 듯 벌어진 입술에 감도는 미소를 보자, 실은 잘난 체하는 미소이기에, 나는 미친 듯이 그놈의 주둥이에 무엇인가를 처박아주고 싶다는 생각에 사로잡힌다. 그을음과 먼지 그리고 기름때에 찌든 이 방에는 그놈에게 던질 물건이라면 얼마든지 있다. 빈 병, 밥그릇, 징 박힌 군화, 빈 통조림통…… 그러다가 나는 마치 사나운 개같이 분노가 치솟는 것이 부끄러워진다. 시몽은 자크를 붙들고 막사의 복도를 성큼성큼 걸으면서 자신의 신세 타령을 장황하게 늘어놓는다.

나도 침상에 드러눕는다. 자리에서 꼼짝도 하지 않고 아무런 생각도 하지 않으면 마음이 가라앉혀질까 애를 써본다. 그렇지만 곧 수많은 생각이 몰려온다. 클레르의 얼굴을, 그녀가 평소에 짓던 표정을 떠올려보려 했지만 잘 되지 않는다. 현실이 나에게서 빠져나간다. 클레르는 나와 단절된 다른 세계에 있고, 그래서 그녀의 모습을 다시는 볼 수 없을 것만 같다. 나는 지갑에서 누렇게 바랜 내 사진을 꺼내서, 이 부동의 이미지에 생명을 불어넣어 보려고 애를 써본다. 그러나 잘 되지 않는다. 이때 자크가 나를 부른다.

"내가 가장 아끼는 것을 보여주지. 그것을 우리가 공유하지 못할 이유는 없으니까 말이야."

그는 종이 상자에서 사진 한 묶음을 꺼낸다. 한창 등산을 다니던 시절에 찍은 사진들인 듯, 숲과 호수 그리고 산들이 보인다. 모든 사진에 같은 사람들이 찍혀 있었는데, 쾌활하고 자유로운 모습이다. 많은 사진에서 클레르의 얼굴도 보였다. 자크는 익숙하겠지만 내게는 낯설어 보이는 처녀 시절의 클레르의 모습. 나는 사진들을 들여다보면서 내 아내의 얼굴 윤곽과 태도를 열심히 찾아보았다.

"처음 보는 사진이야."

나는 말했다.

"클레르의 처녀 시절 사진은 한 장밖에 본 적이 없으니까. 여자 친구의 집에서 찍은 멋진 인물사진이었는데, 지금 내게는 없어."

자크는 잠깐 망설였다.

"이봐, 내가 자네를 즐겁게 해주지."

그리고는 상자를 뒤적이더니 바로 그 사진을 꺼냈다. 나는 곧 그것을 알아보았다.

"아니, 어떻게 자네가……."

나는 더듬거리며 말했다.

그러나 자크는 언제나 변명만 하려는 사람은 아니었다. 나는 젊은 시절에 자크와 클레르가 아주 친한 사이였다는 것은 알고 있었다. 또 같은 등산 클럽의 회원이었다는 것도 알고 있었다. 음악공부를 함께했다는 것도 알고 있었다. 그래서 이 친구가 클레르의 처녀 시절의 사진을 갖고 있다는 것은 조금도 놀라운 일이 아니었다. 그런데도 나는 이렇게 말했다.

"이봐, 자네 아무래도 클레르를 좋아했던 거 아니야?"

자크는 나를 물끄러미 바라보았다.

"젊은 시절 한때나마 그녀를 사랑하지 않았다고 말한다면……."

그는 조용한 목소리로 말했다.

"그건 자네를 속이는 거겠지. 그렇지만 그녀는 나를 그저 좋은 친구로 생각했을 뿐이야."

그는 서둘러 그렇게 덧붙였다.

나는 자크와는 좀 떨어진 곳으로 가서, 그 사진을 뚫어지게 바라보았다. 그 사진에는 클레르다운 특징이 고스란히 드러나 있었다. 이것은 정말 적절한 말이다. 나는 이 매력적인 사진에서 내가 사랑하는 여인의 본질을 확인했다. 꿈꾸는 듯한 눈 위의 시원한 이마, 부드럽게 물결치는 머리결, 고집 센 턱, 감추어진 미소, 거리낌

없고 솔직한 태도…… 예전에는 미처 알지 못했던 클레르의 모습을 나는 얼마나 열심히 들여다보았던가. 나의 클레르, 내가 멀리 두고 온 클레르가 바로 눈앞에 있었다. 덜 지성적인 듯싶지만, 더 풍만하고 관능적인 모습. 눈빛만 보면 덜 반짝이는 것 같지만, 그 존재 전체에는 생기가 충만한 모습. 청춘의 열정은 덜 하지만, 더 여성적인 모습. 그녀는 얼마나 아름다웠던가! 나는 보석 같은 그 사진을 가슴에 껴안고 침상으로 돌아와 자리에 누웠다.

그리고 그날 밤은 거의 잠을 이루지 못했다. 나는 당직 장교가 렌턴을 난로 옆에 놓고 탁자 곁에 앉는 소리를 들었다. 바람 소리가 미친 듯이 막사의 지붕을 후려치고 있었다. 그것은 휘파람 소리나 올빼미 울음 소리와도 비슷했다. 점점 커져가는 바람 소리는 째질 듯한 소리를 내며 극에 도달했다. 흔들리고 떼밀면서 썰물의 파도가 밀려나가듯 갈라지고 부서지며, 그렇게 변해갔다. 자정 무렵이 되자 이 미친 듯한 바람 소리 너머로, 여느 때의 밤처럼, 향수 어린 기차의 기적 소리가 들려왔다. 이것저것 생각하다 자크가 예전에 클레르를 사랑했었다는 사실이 떠오르자 기분이 몹시 언짢아졌다. 왜 그녀는 나에게 그 이야기를 하지 않았을까? 의혹이 가슴속으로 스며들어왔고, 그들 사이에 정말 무슨 일이 있었을까를 생각해보았다. 저 탈 듯이 열정적이고 뜨거운 남자가 클레르의 다감한 체질과 접촉했을 때 어찌 진동하지 않았겠는가? 한 번도 그런 생각을 해보지 못했다는 게 이상하게 느껴졌다. 무엇 때문에 클레르는 자신을 그렇게 오랫동안 잘 알고 사랑했던—그가 조금 전에 고백한 것처럼—자크와 결혼하지 않고, 나와 결혼했을까?

나는 결혼 당시의 상황을 떠올려보았지만, 그것은 몹시 평범한 것들로 조금도 이상한 점은 없었다. 우리가 약혼했을 때 그녀는 자크를 어릴 적의 친구라고 소개했다.

"제일 오래 사귄 친구예요. 그리고 굉장한 음악가예요."

지금 생각해보아도 그들 사이에 이상한 점은 전혀 없었다. 그런데 지금 나는 멀리 떨어진 곳에서, 미친 듯한 바람이 바라크를 흔들어 부셔 놓으려는 이 밤에, 그들의 옛 얼굴에서 지금은 지워져 버린 표정을 더듬어본다. 나는 고통스러운 의혹에 못이겨 침상에서 일어났다. 세탁장으로 간다. 담배를 피우려고 불 꺼진 화덕 앞의 의자에 앉는다. 창문을 열자 사나운 바람이 불어 들어온다. 나무 덧문이 삐걱거린다. 옆방에서 덜거덕거리는 소리가 났다가 이내 조용해진다. 나는 어수선한 구름의 움직임을 바라본다. 탐조등 불빛이 철조망을 따라 움직이고 있다.

"이렇게 폭풍우가 몰아치는 밤에 탈출하려는 바보가 있을까?"

자크는 왜 전쟁터에 클레르의 사진을 지니고 갔을까? 머릿속에서 이 의문을 좀처럼 지워버릴 수가 없었다. 나는 되돌아와서 더듬더듬 침상으로 올라갔다. 피캉데가 못견딜 만큼 지독하게 코를 골았다. 조용해질 때까지 그의 몸을 잡고 흔들었다. 새벽 두시경이 되자 순찰병들이 지나가는 소리가 들렸다. 장교는 손전등을 비추면서 선반에서 자고 있는 우리들의 숫자를 여러 번 세었다. 나는 조용히 자고 있는 자크의 얼굴을 바라보았다. 그를 깨워서 모든 것을 고백하라고 말하고 싶었다. 갑자기 덩치가 큰 피캉데가 꿈을 꾸었는지 자리에서 벌떡 일어나 큰소리로 웃음을 터뜨린다.

'이런 머저리! 패를 모조리 넘겨버렸잖아!'

그는 틀림없이 지난번의 카드놀이를 꿈속에서 계속하고 있는 것이리라. 그리고 나서 모든 것이 다시 침묵 속으로 가라앉았다. 나는 새벽녘이 되어서야 잠이 들었다. 그것은 잠잠해진 폭풍우의 진동이, 바닷가의 자갈 위에 거품을 일으키며 썰물로 물러가는 파도 소리와 흡사하게, 목 쉰 소리가 되었을 무렵이었다.

다음날은 수용소 주위가 쥐죽은 듯이 고요했다. 폭풍은 물러갔고 우리는 다시 철조망 울타리 안을 이리저리 걸을 수 있었다.

기묘한 일이다. 시간이 흘러갔지만 우리의 기억은 1940년 6월에 머물러 있었으며, 십오 개월이나 포로생활을 했음에도 마지막으로 자유로운 생활을 했던 시간만을 떠올리며 말했다.

"우리 포병대는 작은 숲 옆에 있었어."

"우리 중대는 퇴각명령을 기다리고 있었지."

우리의 처지는 멕시코 막시밀리언 황제의 미친 왕비 샤를로트(벨기에의 레오폴드 1세의 딸, 후일 멕시코의 황제가 된 막시밀리언 대공과 결혼했으나, 황제가 처형당한 후에 미쳐버렸다.—역주)의 경우와 매우 흡사해보였다. 그녀는 그 비극적인 사건 이후 세상이 어떻게 돌아가는지 전혀 알지 못한 채 50년 이상 유폐 생활을 하면서, 자신이 겪었던 사건만을 끝없이 떠올렸다. 나 역시 마찬가지다.

그날 밤, 취침 시간에 나는 자크에게 다가가 말했다.

"클레르와 자네 사이에 있었던 일을 꼭 듣고 싶군."

자크는 어이없다는 듯이 나를 바라보았다.

"얼간이 같으니라고!"

그는 몹시 화가 난 목소리로 말했다.

"내 말을 잘 들어봐. 클레르는 나의 유일한 행복이야. 전쟁이 일어난 후 나에게 그녀는 세상의 전부라구. 뒤집히고 가라앉는 저 지평선에서 유일하게 움직이지 않은 하나의 점이야. 만일 그녀를 잃는다면 나에게는 아무것도 없어. 그러면 나는 파멸할 거야. 그래서 알고 싶은 거야. 나는 알 권리가 있어."

자크는 참을 수 없다는 듯이 비웃는 표정을 지었다.

"흥, 잘도 지껄이는군."

그는 일부러 거친 말투로 대꾸했다. 그것은 포로생활을 하면서 생긴 그의 버릇이다.

"그렇게 말하는 건 자네의 이기주의 때문이야."

"이기주의라고?"

"자네는 자기 자신밖에 생각하지 않아. '그녀는 뒤집히고 가라앉는 저 지평선에서 유일하게 움직이지 않는 하나의 점이야……', '만약 그녀를 잃는다면 나는 파멸하고 말거야……' 자네가 아쉬워 하는 게 무엇인지 알고 있나? 자네가 무엇을 탄식하는지 알고 있어? 그것은 조용하고 포근한 소시민의 행복이야. 자네가 잃어버릴까봐 두려워하는 것은 클레르가 아니라, 바로 그 행복이지. 자네는 그 이기적인 행복을 되찾을 생각만 할 뿐이야. 세상의 다른 일에는, 또 그 일에 치러야 할 대가에는 아무 관심이 없어. 필요하다면 수치스러운 일도 견뎌내겠지. 큰 돈을 벌 수만 있다면 더러운 일도 개의치 않는 벼락부자들처럼 말이야."

"내 말은 그런 이야기가 아니야."

"아니, 문제의 핵심은 바로 그것이지. 자네는 클레르 자신에 관해서는, 그녀의 정열, 그녀의 사고, 그녀가 처한 위험에는 전혀 관심이 없어. 그녀를 소유하는 일에만 정신이 팔려 있지. 그녀가 물건이나 노예이기라도 한 것처럼 말이야. 흥, 자네가 그녀를 알기 전에 우리 사이에 무슨 일이 있었던가를 알고 싶단 말이지."

그는 거의 소리도 내지 않고 비웃었다. 그것은 눈과 입으로 표현되는 냉소였다. 모든 얼굴 표정이 그 냉소를 짓기 위해 있는 것 같았다.

"결국 알고 싶은 것은 내가 클레르와 잠을 잤는가 하는 것이겠지?"

"더러운 자식!"

나는 소리쳤다.

그때까지 우리는 낮은 목소리로 이야기하고 있었다. 우리의 머리 위에도, 옆에도 동료들이 누워 있었으며, 우리는 분리되기 어려운 끈끈한 덩어리처럼 들러붙어 있었으므로. 우리는 독일군의 포로이자, 동시에 어떤 터무니없는 괴물의 포로이기도 했다. 우리는 서로 들러붙은 채 떨어질 수 없는, 이 짐승의 살아 있는 세포였던 것이다.

자크는 소리 없이 비웃음을 계속 보냈다. 그는 나의 분노를 향유하고, 나를 궁지에 몰아넣기를 즐기는 것 같았다. 그는 얼굴을 내밀며 다가와, 내 침상 쪽으로 나를 밀치면서 말했다.

"내가 클레르와 잤느냐고? 지금 와서 그게 뭐가 중요하다는 거야?"

"비열하군."

나는 목소리를 억누르려고 애를 쓰면서 말했다.

"나는 자네가 클레르와 자지 않았다는 것을 알고 있어. 클레르는 순결했으니까."

"말장난은 그만두지."

자크가 말했다.

"처녀는 순결한 채로 심장과 육체가 떨리는 수가 있지. 정열의 흥분으로 온몸이 떨릴 수 있단 말이야. 물론 자네는 자존심 때문에 자신의 아내가 자네를 알기 전에도 존재했다는 사실을 인정할 수가 없겠지. 자네는 자신을 세계의 중심이라고 생각하고 있어!"

"클레르가 자네에게 애정을 느꼈다고 주장하는 건가?"

"나는 아무것도 말하지 않겠어. 그녀와 나의 관계가 어떤 것인가를 이야기해줄 사람은 내가 아니라 클레르이니까."

"비열한 인간이군."

나는 다시 말했다.

"나를 괴롭히는 데에서 기쁨을 느끼다니……."

"자네는 놀라운 이기주의자야. 수백만의 사람들이 자신의 신념을 지키기 위해 고통을 당하고 죽어가고 있어. 수많은 민족이 공포 속에 내던져지고 있어. 그런데 자네는, 아내가 자네를 만나기 전에 다른 사람을 사랑했던가를 알고 싶어서 괴로워하고 있는 거야! 과거! 그게 무슨 의미가 있단 말이야. 오직 중요한 것은 이 순간 클레르가 처한 현실이야. 그리고 자네를 괴롭히고 있는 그 사실은 이 현실을 변화시키지는 못해."

자크는 갑자기 냉소적인 가면을 벗어던졌다.
"내 말을 잘 들어. 자네가 클레르를 사랑하고 있다면, 즉 자네를 위해서가 아니라 '그녀 자신을 위해' 사랑하고 있다면, 다시 말해 자네의 자존심과 개인적인 행복보다 그녀를 사랑하고 있다면, 진정 중요한 것은 지금의 현실이야. 그리고 오늘 그 현실은 어떤가? 하루하루 벌어지는 사건들의 끔찍한 무게에 짓눌려 그것은 어떻게 되었는가? 클레르는 우리가 알던 모습 그대로 일까? 그녀는 진실에 대한 사랑과 긍지, 그리고 그 남다른 사고방식을 버렸을까, 아니면 버리지 않았을까? 판단하고 이해하려는 욕구를 잃어버렸을까? 본성의 밑바탕을 이루는 그녀의 가장 귀중한 생각들을 부정했을까? 이런 것들이야말로 번민해야 할 가치가 있는 것이야! 진실되고 본질적인 생각들이지."

나는 가까이에 있는 자크의 얼굴을 빤히 들여다보았다. 그는 지금 무슨 이야기를 하고 있는 것인가? 클레르에 대해서? 아니면 프랑스에 대해서? 당직 장교의 랜턴에서 나오는 어슴프레한 불빛 속에서, 나는 이상하게 번득이는 그의 열렬한 시선과 경련이 이는 듯한 표정을 보았다.

이번에는 내가 어깨를 으쓱이며 냉소를 드러냈다.
"자네는 항상 터무니없는 몽상가로군. 미안하지만, 나의 유일한 현실은 자네가 그렇게도 경멸하는 그 단순한 개인적 행복이야. 자네는 아내도 아이도 없으니까 그걸 이해할 수가 없어. 그리고 다른 사람들을 이기주의자라고 비난하면서 그 앙갚음을 하는 거지. 자네는 자신에게 소중한 사람들의 삶을 위해 고통을 당해본 적이 있어? 그들의 안전을 위해서, 그들의 행복을 위해 힘들게 싸워본 적이 있어? 자네는 그들을 위해 스스로를 희생할 수 있어? 그러고도 이기주의니 어쩌니 하는 말을 할 수가 있는 거야?"

"한 가지 놀라운 일은, 자네가 이야기를 '그런 정신 상태라면 전쟁에 진 것도 당연하지'라는, 그 진부한 문장으로 끝내지 않았다는 사실이군."

그는 등을 돌리더니 이내 잠에 빠져들었다. 그러나 나는 생각을 되씹으면서 몸을 뒤척였다. 너무나 무겁고 거칠고 힘든 생각들. 불과 한 뼘도 되지 않는 곳에서 자크의 고른 숨소리가 들려왔고, 나는 그 소리를 견딜 수가 없었다. 나는 자리에서 일어나 층계참으로 갔다. 구리 원반과 흡사한 소름끼치는 달이 철조망을 반짝이게 하고, 감시탑의 지붕과 경비병들이 들고 있는 기관총의 총신을 비추고 있었다. 독일군 병사들이 군화 밑창으로 나무 마루를 굴러 박자를 맞추면서 노래를 불렀다.

"우리는 세상 끝까지 가리라."

몇 사람의 목소리가 하나가 되어 합창을 했다.

멀리서는 향수 어린 기적 소리가 몇 번씩 울리며 길게 퍼져나갔다. 마치 되풀이되는 음악의 후렴처럼.

■ ■ ■

나와 자크의 관계는 차거워졌다. 그는 나를 빈정거리는 눈길로 바라보았고 그것은 나의 화를 돋구었다. 걸핏하면 그는 이렇게 말했다.

"자네가 세상의 중심은 아니야."

자크와 철조망을 따라 걷던 산책을 그만두었기 때문에 매일 나누던 대화도 없어졌다. 속마음을 이야기할 다른 친구도 없었다. 자크는 오후에는 도서실에서 보내거나 음악연습을 했다. 저녁에는 브리지 게임을 했다. 밤이 되면 우리는, 마치 다투고 난 늙은 부부처럼 서로 등을 돌린 채, 짚으로 만든 매트 위에 나란히 드러누웠다. 나는 우리 사이의 이 긴장이 견디기 어려웠다. 나는 토라지고 앙심을 품는 체질은 아니었다. 이럴 때는 한바탕 폭발을 일으켜야 했고, 그렇게 하기 위해서 나는 무슨 일이라도 했다. 클레르는 그것을 잘 알고 있었기 때문에, 우리 사이에 불화가 생기면 내가 적의에 가득 찬 침묵을 깨트리고 그녀 곁으로 돌아오기만을 기다렸다. 그것을 나의 약점이라고 생각하는 사람도 있었지만, 나는 가장 현명한 방법이라고 주장한다. 그러나 내가 자크에게 '내게 무엇이 불만이지? 왜 이렇게 뿌루퉁한 얼굴을 하고 있는 거야?'라고 물으면, 그는 차가운 목소리로 대답하곤 했다.

"불만은 없어."

그리고는 '싫은 얼굴을 하는 것도 아니야'라고 말했다.

그럼에도 우리 사이의 모든 것이 달라졌다. 나는 이런 고통스런 일을 외면하고, '수용소 대학'이 나를 비롯한 교사 출신 포로들에게 부탁한 강의 준비를 시작했다. 강의 내용은 '빅토리아 시대의 영국'으로 정했다. 이 주제는 특별히 나의 마음을 끄는 데가 있었고, 그래서 얼마 동안은 이 일에 몰두할 수 있었다.

11월이 되었다. 폭풍우가, 그리고 흙탕물을 튀기며 쏟아지는 비가 그친 다음, 눈이 내리기 전의 정적이 계속되었다. 하늘은 한결같이 잿빛이었다. 그밖의 다른 색이라곤 한군데도 보이지 않았다. 쓰레기 구덩이 위를 선회하는 까마귀떼 말고는 살아 있는 그 어떤 것의 흔적도 찾아볼 수 없었다. 어느날 저녁 무렵, 차가운 공기 속에 눈송이가 날리기 시작했다. 다음날이 되자 수용소는 부드러운 눈 속에 파묻혀 있었다. 우리의 고독감은 더 깊어졌다. 꼭 필요한 일이 아니면 아무도 밖으로 나가려고 하지 않았고, 다른 바라크에 있는 친구를 만나러 가는 일도 점점 뜸해졌다. 그래서 우리의 생활은 열 명으로 구성된 한 분대로 한정되었고, 토론만이 끝없이 계속되었다.

나의 유일한 기쁨은 편지를 받고 답장을 쓰는 것이었다.

클레르에게 보내는 내 편지는 아이에 대한 질문과 조언으로 가득 차 있었다. 나의 아이…… 나는 이 애가 자라나고 변해가는 모습을 보지 못했다. 1940년 3월 내가 마지막 휴가를 얻었을 때, 그 애는 아직 열한 살이었다. 이제 곧 열세 살이 되는데, 모습이 한창 변해갈 때이다. 내 편지와 마찬가지로 클레르의 편지도 번갈아 가면서 질문과 대답을 하고 있다. 그녀는 포로생활에 대해 이것저것을 자세히 묻기도 하고(수용소에 관해 아직 알려지지 않은 것을 오직 나만이 그녀에게 이야기해줄 수 있는 것처럼!), 생 클루드에 있는 우리의 노르망디풍 오두막에서 지내는 생활을 이야기해주기도 한다.

1940년 8월, 피난에서 돌아온 클레르는 독일군 장교 두 사람이 우리 집을 점거하고 있는 것을 알았다. 그들은 그녀를 매우 정중하게 대했고, 그녀가 사용할 수 있도록 아래층을 비워주었다. 그러나 밤에는 그들도 우리가 사용하던 '아래층 거실'에 내려와서 난로불을 쬐었다. 클레르는 독서나 뜨개질을 했고 아이는 커다란 밝은색 참나무 테이블에서 숙제를 했다. 독일군 장교들은 잡지를 뒤적이거나 라디오를 듣기도 하고 시사적인 문제를 이야기하기도 했다. 그후 여러 번 다른 장교들로 교체되었지만, 모두가 예의 바르게 행동했다. 그중 한 사람은 원래 건축가였는데 프랑수아에게 독일어를 가르쳐주었다. 열시가 되면 아내는 의자에서 일어섰고, 그들도 곧 일어나서 정중하게 인사를 하고 자신들의 방으로 갔다. 내가 돌아오기를 기다리는 동안 클레르의 생활은 이렇게 단조롭고 의연했으며, 나는 그녀의 편지를 통해 그것을 조금씩 그려볼 수 있었다.

자크도 몇 번인가 내 아내가 보내준 엽서를 받았다. 가족도 없는 그가 수용소에서 지급하는 엽서나 편지를 클레르에게 보내는데, 내가 어떻게 막을 수 있겠는가? 전쟁이 일어나기 전이던 젊은 시절부터 그들은 서로 편지를 교환하고 있었다. 나는 클레르가 자크에게 보내는 편지를 읽어보고 싶었지만 그는 나의 희망을 들어주지 않았다. 내가 졸라대면 불쾌해 했고, 마음속의 생각을 털어놓지 않는 것처럼 편지도 보여주지 않았다. 그래서 내가 읽어본 것은 겨우 두세 통뿐이었다. 그것들은 내가 받는 편지와는 아주 다른 어조로 쓰여 있었다. 앞에서도 말한 것처럼, 내게 보내는 편지에는 이곳의 생활을 묻고 자신의 일상을 이야기해주는 내용이었지만, 자크에게 보내는 편지에는 자신의 생각을 말하고 있었다.

자크와 그녀와의 관계는 다른 평면 위에 있었다. 그녀는 스스로를 보다 더 잘 인식하기 위해 지적인 자극을 필요로 했고, 그 편지들을 통해서 그 욕구를 충족시키고 있는 것 같았다. 그녀가 이런 것들을 나에게는 털어놓으려 하지 않았다는 사실이 좀 언짢게 느껴지기도 했다. 그녀는 자크에게 이렇게 썼다.

'나는 지금 남아 있는 것으로 그리고 앞으로 영원히 남게 될 것으로, 낯익은 풍경들을 되살려야 한다고 생각해. 그것은 센 강변, 루브르, 시테 섬, 노트르담 성당, 내가 사랑하는 음악, 프랑스의 위대한 작가들이야.'

나는 내 생각과 일치하는 이 같은 정서에 공감했다. 현재 남아 있는 것으로 영원히 남을 것을 되살린다. 자크에게 이 말을 하자 그의 얼굴이 굳어지더니 강렬한 눈빛으로 나를 바라보았다.

"지금 있는 것, 지금까지 남아 있는 것이라고!"

자크는 소리쳤다.

"그러나 아무것도 남지 않을걸!"

나는 그의 광기에 화가 나서 어깨를 치켜세웠다. 시간은 계속 흘러갔고, 밤과 낮이 빠르게 바뀌었다. 눈은 쉬지 않고 내렸으며, 바람에 쓸려 커다란 눈덩이들이 생겨났다. 정신이 조금 이상해지는 사람들도 생겨났고, 피캉데는 우리에 갇힌 곰처럼 이리저리 거닐고 있다. 그는 점호를 받는 것도 거부한다. 별다른 이유가 있어서가 아니라 변덕 때문이다. 우리 모두는 몇 시간씩 끔찍한 우울증에서 벗어나지 못했다. 그러다가 며칠 동안은 아주 맑은 날이 이어졌다. 우박이 떨어지기도 했다. 난방이 제대로 되지 않는 바라크는 얼어붙은 것 같았다. 우리는 모자가 달린 외투를 뒤집어쓰고 두꺼운 스웨터를 입은 채 수용소 안의 큰 길을 걸어다니면서 몸을 덥혀보려고 애를 썼다. 굳은 눈 위에서 우리가 신은 나막신이 삐걱거리는 소리를 냈다. 어디를 가나 부딪치는 것은 철조망, 그리고 감시탑 위의 경비병들뿐이었다. 그래서 우리의 동작은 언제나 우리에 갇힌 짐승의 어쩔 수 없는 몸부림에 지나지 않았다.

앞을 분간하지 못할 만큼 눈이 퍼붓기 시작하더니 한 걸음도 문 밖으로 나갈 수 없게 되었다. 우리는 바라크의 창문을 통해 새하얀 들판을 바라보았다. 또다시 강풍과 눈보라가 불어닥쳐 고원을 휩쓸면서 하얀 머리카락 같은 눈을 흩날렸다. 쓰레기 구덩이 앞에도 눈이 산더미처럼 쌓였다. 식사 배급을 받기 위해 중앙 통로를 지나가다 보면 보이는 것이라고는 눈더미에 둘러싸인 검은 바라크뿐이었다. 5월 초가 될 때까지 이 황량한 풍경이 우리의 유일한 무대 장식이었다! 빠른 속도로 포로들의 사기가 떨어졌다. 토론도 더욱 거칠어졌다. 나는 자크와 일상적인 이야기 외에는 거의 나누지 않았다. 서로 마음을 털어놓을 수가 없었던 것이다. 우리는 서로 다른 세계에 살고 있었다. 음울한 체념이, 눈과 허공과 추위가 불러일으키는 음울한 체념이 나의 사고를 질식시키고 있었다. 절대의 백색, 저 죽음의 색보다 더 끔찍한 것은 없었으며, 우리는 산 채로 매장된 느낌이었다. 우리는 거대한 바라크 안에 겨우 두 개뿐인 난로에 달라붙어서 무력한 생명을 이어갔다. 그리고 우리들의 이기주의는 흰 눈 위의 검은색만큼이나 뚜렷하게 드러났다.

크리스마스가 가까이 다가왔지만 우리는 기운을 회복하지 못하고 있었다. 일련의 사건들이 — 그중 몇 가지는 모든 포로들에게 공통된 것이었고, 그 나머지 것들은 자크와 나 두 사람에게만 관계된 것이었는데 — 우리를 극도로 긴장시켰고 마침내는 갈라놓고 말았다.

우선 목을 매어 자살한 사건이 있었다. 훌륭한 물리학자였던 동료 하나가 얼마 전부터 이상한 증세를 보였었다. 귀에 끊임없이 환청이 들린다던 그는, 그것을 잊으려고 밤낮 수학에 몰두했다. 12월 초 어느 얼어붙은 새벽, 그는 화장실에서 목을 맨 시신으로 발견되었다. 그리고 일요일에 매장되었다. 국기에 덮힌 관은 비쩍 마른 말이 끄는 마차에 실려, 양쪽에 바라크가 늘어선 중앙 통로를 거쳐 운구되었다. 관을 따라가는 것은 허락되지 않았지만, 포로들은 침묵 속에서 관을 둘러싸고 울타리를 만들었다. 마차 바퀴의 삐걱거리는 소리만이 그 무서운 침묵을 깨트렸다. 이 가엾은 동료의 죽음은 마음 약한 사람들의 기력을 꺾어버렸다. 슬픔 그리고 눈에 대한 강박관념에 쫓기던 나는 강렬한 색깔로 꿈을 꾸기 시작한다. 짙은 파랑색, 황토색, 주황색, 흑갈색, 녹청색……. 내게는 부조화와 모순이 필요한 것이다.

자크는 전황 소식에서 희망을 찾아내어 의기소침한 분위기를 극복하려고 한다.
"모스크바는, 모스크바는 제2의 베르됭(프랑스 북부 지역. 제1차 세계대전 중 독일군과 프랑스군이 치열하게 접전을 벌였던 곳이며, 독일군이 마지막으로 격퇴당한 곳—역주)이야."

"그것 때문에 전쟁을 일 년은 더 끌겠군! 자네가 바라는 게 그게 아닌가?"

그는 경멸의 눈길로 나를 바라보았다. 우리는 서로 다른 언어를 사용하고 있는 셈이었다.

12월 20일 아침, 우편 담당 하사관이 바라크로 들어와서 여느때처럼 날카로운 목소리로 "편지다!"라고 소리쳤다. 모든 사람들이 우르르 달려갔다. 자크와 나는 각각 클레르의 편지를 받았다. 나는 이런 상황이 정말 견딜 수 없었다. 자크와 클레르의 편지 왕래를 끝내기 위해서 나는 그녀에게 편지를 써야 한다. 내가 받은 편지는 12월 8일에 보낸 것이었다. 클레르는 아이의 생활에 관해 자세히 썼다. 우리 집에 머물고 있는 독일군 장교들이 아이를 위해 크리스마스 트리를 만들어주고 싶어한다는 것이었다. 그들은 항상 예절 바르게 행동했기 때문에 그녀는 거절할 수 없었다고 했다. '그렇다고 해도 즐겁지 않을 거예요.' 그녀는 이렇게 적었다. '다행히도 폰 스툼이 음악가이기 때문에 크리스마스 밤은 모차르트나 리스트를 들으면서 당신을 생각할 수 있을 거예요.'

나는 이런 편지가 수용소에 갇혀 있는 사람에게 안겨주는 애수를 절실하게 느끼고 있었다. 클레르는 사실을 있는 그대로 말하는 솔직한 성격이다. 약삭빠른 여자라면 예의 바른 독일 장교들의 요청에 양보하고 말았다는 사실을 이야기하지 않을지도 모른다. 그러나 만약 나중에 그것을 알게 된다면 나는 어떤 생각이 들까? 역시 클레르처럼 이렇게 솔직한 편이 더 좋다. 나는 클레르를 믿는다. 모든 것이 분명한 여자이기 때문이다. 그렇다고 해도 내가 수용소에 갇혀 있는 동안 낯선 외국인들이 나의 가족과 함께 크리스마스를 보낸다고 생각하면 어찌 우울해지지 않을 수 있겠는가!

자크는 편지를 다 읽은 다음 바라크 가운데 복도를 느릿느릿 걷기 시작한다. 이마에는 고통스러운 시간의 주름이 패어 있고, 입술은 경련을 일으키고, 초점을 잃은 듯한 시선은—아마도 자신의 내면을 바라보고 있기 때문이겠지만—얼굴을 초췌하게 만든다. 일 주일 동안 깎지 않은 수염 때문에 뺨은 까칠하고 광대뼈는 더욱 튀어나온 것처럼 보인다. 나는 침상에 누워 왔다갔다 하는 그를 바라본다. 시몽이 그에게 다가가서 또다시 옛날 이야기를 지껄이기 시작한다. 자크는 여느 때와는 달리 쌀쌀한 말투로 퉁명스럽게 대꾸하고는 계속해서 걷는다. 늘어선 침상 앞을 지날 때마다 그의 얼굴 근육이 경련을 일으켜 실룩거리는 것이 보이는데, 그것은 그의 오랜 습관으로 포로생활 때문에 더 심해진 듯했다.

자크는 갑자기 내 앞에서 걸음을 멈추더니 느닷없이 이렇게 말했다.

"클레르가 보낸 이 편지를 읽어보고 어떻게 생각하는지 말해주게."

나는 자크가 내민 편지를 집어들고 정신없이 읽어내려갔다. 클레르는 폰 스툼과 음악에 대해 이야기했던 것을 자크에게도 전하고 있었다.

'그것은 나에게는 아주 유익한 것이었고, 옛날에 우리가 했던 이야기들을 생각나게 했어. 예술은 가게에서 벌어지는 천박한 싸움을 넘어서 인간을 고양시켜주거든. 베토벤, 모차르트, 리스트는 우리 마음속에서처럼 독일 사람들의 마음속에서도 항상 살아 있어. 스툼은 뛰어난 연주자야. 나도 음악을 다시 시작했어. 사랑하는 사람들이 없는 동안 시간이 덜 지루하게 느껴질 테니까.'

"어?"

나는 마지막 부분을 언짢은 기분으로 두 번이나 되풀이해 읽었는데, 복수로 되어 있는 '사랑하는 사람들'이라는 표현에 당황했기 때문이다.

"어때? 클레르가 '그놈들'과 함께 연주를 해도 자네는 괜찮은가?"

내가 크리스마스 트리에 관해서 이야기를 해주자 자크는 얼굴이 창백해지고 냉소적인 미소를 기분 나쁘게 지었다.

"나는 클레르를 믿어. 그렇게 분명한 여자는 없으니까."

자크는 심술궂은 눈길로 나를 바라보았다.

"분명한 여자라고! 우리는 말이 통하지 않는군. 문제는 그녀가 자네를 배반하는 것이 아니라, 그녀가 '자기 자신을' 배반하는 것이야. 나라면 그것을 참지 못할 거야. 자네가 사랑하는 방식은 공증인과 똑같아. 자신이 가진 것을 잃지 않으려고만 하지. 자네는 한 인간으로서 클레르에게는 관심이 없어. 결국 자네가 걱정하는 것은 자기 자신일 뿐이지. 그래서 자네의 사랑은 천박한 자기 사랑에 불과해."

그는 나를 모욕하고 빈정거리고 비웃었다. 그는 어찌할 수 없는 착란, 일종의 절망에 사로잡혀 있는 것 같았다.

■ ■ ■

크리스마스가 다가올 때까지 우리는 서로 이야기를 하지 않았다. 이 축제를 어떻게 할 것인가를 두고 많은 사람들이 고민을 했다. 간수들은 새벽 두시까지 전등을 켜도 좋다는 허가를 해주었고, 대부분의 분대에서는 축제 준비를 했다. 우리 분대는 식민지 전람회에서나 볼 수 있을 원주민의 오두막집 같은 것을 만들었다. 뒤랭은 열심히 비스킷을 빻아 가루로 만들었다. 시몽은 테이블 위에 맥주병을 굴려서 커피 열매를 빻았다. 프랭은 흙투성이의 커다란 군화로 의자를 더럽혀 가면서 침상의 가장자리에 빙 둘러 꽃줄 장식을 매달았다. 난로 곁에 앉은 사제 출신의 장교는 빠른 속도로 기도서를 읽으며 과자가 구워지는 것을 지켜보았고, 가끔씩 반합에서 끓고 있는 잼 소스를 맛보기 위해 읽기를 중단했다. 랑쥐스는 침상에 누운 채 하모니카로 음도 맞지 않는 곡을 시끄럽게 불어댔다. 누군가가 잔소리를 하면 끽끽거리는 웃음을 지으며 '꺼지지 못해!'라고 소리쳤다. 그럼에도 우리의 '철학자' 부카르드는 점잖게 아랍어 문법 공부를 계속했다. 포로들 모두가 열심히 노력해서 이런 특이한 분위기를 만들어냈다. 무엇보다도 어떤 생각이라도 머릿속에서 몰아내기 위해 발버둥쳐야만 한다. 잠시도 쉬지 않고 움직이고 법석을 떠는 것이, 이 크리스마스 밤의 무거운 느낌을 견뎌내는 유일한 방법이다. 그러다가 마침내 평소와는 다른 풍부한 음식과 맥주가 배급되자 해방이라도 된 듯 가짜 흥분에 빠진다. 이때 피캉데가 모스크바 전선에서 러시아군이 승리한 것에 대해 건배를 외쳤다. 그러자 모두가 소란스럽게 그를 따라서 외친다.

자욱한 파이프 연기 속에서, 자크가 어리석은 질문을 던지자 토론이 이어진다.

"자네들 생각으로는, 포로생활에서 가장 어려운 것이 무엇이야?"

모두가 제각기 대답을 한다. 시몽은 두 손을 치켜들고 말한다.

"내 팔을 쓸 수가 없다는 사실이지."

그의 눈길에서 나는 작업장을 그리워하는 시몽의 향수를 읽었고, 도로 옆에 있었다는 그의 차고를 떠올린다. 그러자 휘발유, 윤활유 같은 기름 냄새가 나는 것 같다. 강철로 만든 자동차 부품을 앞에 놓고 전문가답게 꼼꼼히 살펴보는 그의 모습이 선하게 보인다. 흰 장갑을 낀 장교 데누아에가 불쑥 한마디를 던진다.

"굴욕감."

이 말이 표현하는 것은 아무런 책임도 없고 아무런 행동도 할 수 없는, 이름 없는 포로들이 거대한 집단에서 하나의 번호로서 존재하는 인간의 고통이고, 하루에 두 번씩 일렬로 세워져 다른 포로들과 함께 간수의 손끝으로 세어져야 하는 고통이며, 명예와 용기(명예와 조국)라는 이상이 불가사의한 패배의 수치 속으로 무너져 내리는 것을 보는 고통인 것이다.

마뉘엘의 괴로움은 무엇보다도 여자를 구경할 수도 없다는 것이다. 랑쥐스는 철조망을 보면 분노가 치민다는 것을 장황하게 설명한다. 그는 그 때문에 밤에도 악몽을 꾼다. 철조망의 네모난 그물 모양이 자신의 눈에 박혀버려 도저히 떼어낼 수 없고, 그래서 무엇을 보더라도 철조망이 겹쳐 보인다는 것이다.
 철조망의 강박관념에 대한 이야기를 듣자 철학자 부카르드는 여윈 어깨를 으쓱한다.
 "왜 자네는 외면적인 것에서 그렇게 시선을 떼지 못하나?"
 그가 말문을 열었다.
 "마음속에 있는 것을 응시해보게. 거기에는 철조망이 없어. 내겐 말야, 수용소건 어디건 사는 게 똑같아."
 피캉데가 구석에서 투덜대고 있다.
 "흥, 잘난 체 하는 군."
 부카르드는 역설을 말하기 위해 너무나도 자연스러운 어조를 가장하지만, 그러한 태도를 못 알아차릴 사람은 아무도 없다. 그는 자기 통제력이 강하기 때문에, 일단 몸에 배인 태도에서 절대로 벗어나지 않는다. 말하자면 자신의 배역을 잘 연기하는 것이다. 플라톤이나 중국 철학자들을 논할 때조차도 그것은 역시 연기일 뿐이다. 멀리서도 그의 냄새를 맡을 수 있다.
 뒤랭은 아무 말 없이 자신의 침상으로 간다. 모포를 걷어낸 다음, 침상의 끝까지 판지를 붙이고 그 위에 마치 성상이라도 되는 것처럼 붙여놓은 수많은 사진을 보여준다. 그의 젊은 아내와 한 살 반 되는 아이의 사진들이다.
 "나에게 가장 괴로운 것은 이 애가 태어나는 것을 보지 못했고, 또 커가는 것을 보지 못한다는 것이지. 무엇과도 바꿀 수 없는 소중한 일인데……."
 그때 스웨타를 입고 검은 머리가 부수수한 젊은 녀석 하나가 나타났다. 고약하고 빈정대는 듯한 표정으로 반합을 빌려달라는 것이다.

"째째한 인간들이로군."

그는 비웃으며 말한다.

"크리스마스 파티가 형편없군. 이렇게 감상적인 짓을 하다니, 좀 안됐군."

"너 따위 독신자가 뭘 안다고 그래."

"그 정도야 물론 이 몸도 알고 있지. 그런데 이곳에서 제일 역겨운 것은 아무 쓸모없는 토론만 한없이 늘어놓고 있다는 거야. 하루 종일 얼간이 같은 소리만 지껄이고 있으니 말이야. 느끼는 것은 모두 허위이고, 말하는 것은 모두 일그러져 있어."

"코스트, 반합을 빌리러 온 것뿐이라면 잠깐은 참아주겠지만, 더이상 떠들어대면 내쫓아버리겠어."

그러자 코스트가 빈정대는 말투를 버리고 아주 심각한 어조로 느릿느릿 말한다.

"진짜 신경질 나는 것은 말이야, 우리가 싸움의 현장에서 멀리 떨어져 있다는 것이야. 우리는 아무 쓸모없는 인간들이야. 낙오자들에 불과하단 것이지. 우리는 사실을 제대로 판단하지도 못하고 있어. 지금 나는 독일군을 상대로 지하 투쟁을 벌이고 있는 사람들을 생각하고 있어. 그들은 유용한 사람들이야. 우리의 진정한 군대이지. 우리가 지금까지 실천해보지 못한 행동의 가능성을 갖고 있으니까. 여기서 우리는 헛바퀴만 돌고 있는 셈이야. 궤도에서 이탈한 거야. 그래서 우리는 정말로, 완전하게, 터무니없이 무용지물의 인간이 되었어."

그는 잠깐 말을 멈춘다. 불안정한 얼굴 표정이 바뀌더니 다시 빈정대는 말투가 시작된다.

"물론 내가 설교를 하려는 건 아니야. 자네들을 그냥 감상에 빠져 있도록 그대로 내버려두는 게 낫겠군."

그리고 그는, 랑쥐스의 전매 특허인 '썩 나가지 못해!'라는 호통을 들으면서 나간다.

피캉데는 자신의 생각을 말하려고 하지 않는다.

"내 생각을 되풀이해서 말할 필요는 없을 거야. 왜냐하면 매일 아침 내가 하는 '목적도 기쁨도 희망도 없는 또 하나의 날'이라는 말이 바로 그거니까. 그렇지만 이 상황이 1918년처럼 끝나는 게 분명하다면, 나는 이런 날들을 앞으로도 수없이 견뎌낼 수 있고, 또 한 번의 크리스마스를 이렇게 맞는다고 해도 좋아."

프랭은 피캉데에게 대든다. 언제나 고통스러움만을, 포로생활의 고통만을 이야기하는 것은 나약한 것이고, 스스로를 강하게 단련함으로써 이 고통에 대한 보상을 찾아야 한다는 것이다. 포로에게 체념을 이야기해서는 결코 안 된다는 것이다. 모두가 프랭을 보이 스카우트나 순진한 소년, 또는 성가대원쯤으로 취급한다. 누군가가 그의 등을 철썩 한 대 때리자 여드름 투성이 얼굴에 별수 없이 웃음이 퍼진다.

다음은 내가 말할 차례이다. 나는 말한다. 가장 괴로운 것은 일상적인 삶의 흐름에서 차단된 것인데, 그렇게 되면 진정 살아가는 것도, 마음이 밝아지는 것도, 인간으로서의 기쁨도 알 수 없다. 시골에서 그리고 마을에서 우리를 적시며 흐르는 이 커다란 물결 같은 삶의 흐름을 말하는 것이다. 이 침묵과 부동의 작은 섬에 영원히 버려져 있다는 느낌, 최소한의 인간적인 기쁨도 빼앗긴 채, 사랑하는 사람들로부터 멀리 떨어져 있다는 느낌이다.

이렇게 말하고 있는 동안 나는 자크의 냉소와 경멸에 가득 찬 얼굴을 보았다. 그는 말한다.

"나의 번민은 그저 무엇이든지 나는, 나는, 나는……이라고 시작하는 자신의 신세 타령, 그리고 이 진부하고 감상적인 넋두리와는 관계가 없어. 혼자서 참아내야 할 괴로움 따위는 자신감만 있으면 아무것도 아니지. 그러나 철조망 저 너머에 남겨두고 온 사람들에 관해 우리는 무엇을 알고 있는 것일까? 우리가 사랑하는 사람들은 지금의 상황을 어떤 방식으로 견뎌내고 있을까? 우리 모두에게 세상을 비춰주는 거울과도 같은, 사랑하는 여인은…… 지금 자신을 상실하고, 자신을 부인하고, 무너져내려, 스스로를 배반할 위험에 빠져 있는 것은 아닐까? 어제까지도 그렇게 싱싱하게 살아 있던 그녀는 이미 빈 껍데기로만, 이미 유령 같은 육체의 그림자로만, 이미 그녀다운 모든 것을 박탈 당한 채 육체만 남게 될 것인가? 포로생활의 무서운 고통은, 진정 육체적이고 정신적인 고통은 바로 목을 조르는 것 같은 이 불안감, 암처럼 온몸에 퍼져 있는 이 불안감이야."

자크는 갑자기 말을 멈췄다. 불빛 그림자가 흔들리면서 움푹 들어간 그의 눈은 더욱 커 보이고, 광대뼈는 더 튀어나온 것처럼 보이고, 검은 눈동자는 더 강렬해보인다. 그의 강렬한 말 때문에 분위기가 서먹서먹해졌지만 우리는 맥주를 몇 잔 마시고 분위기를 얼버무렸다. 그러다가 어찌된 일인지 이야기는 탈출의 가능성으로 옮겨갔다. 몇 사람은 피캉데와 함께 바카라 게임(카드놀이의 일종—역주)을 하러 갔다. 술기운으로 상기된 자크가 소리쳤다.

"걸어서 탈출한다고? 미친 짓이야. 어느 쪽으로 가든지 너무 멀어. 탈출하려면 치밀하게 생각해야 돼. 단 한 가지 방법은 말이야, 그걸 여러 번 생각해봤는데, 가장 간단하게 R 역에서 티롤 행 기차표를 사는 거야. 문제는 마르크를 구하는 일인데, 그건 시내에서 돈을 받고 음악을 들려준다고 하면 되겠지. 사복이 있어야 하는데, 이건 극장의 의상 담당자를 이용하면 간단히 해결될 거란 말야. 그리고 독일어를 할줄 알아야만 해. 위험을 무릅쓰는 만큼 확실한 목적의식이 있어야 되겠지."

그는 말없이 차거운 미소를 짓고 입술을 실룩거리면서 나를 바라보았다. 그리고는 곧 자리에서 일어나 바카라 게임에 끼어들었다. 그는 소등 시간이 될 때까지 미친 듯이 내기를 걸었다. 나는 부카르드와 둘이서 체스 게임을 했지만, 정신을 집중시킬 수 없어 번번이 지기만 했다. 몹시 만족한 부카르드는 자기가 이긴 것을 철학적 사색의 승리라고 생각하는 것 같았다.

나는 자크의 말과 이상한 태도가 자꾸 마음에 걸렸다. 클레르에 대한 그의 감정은 이제 분명히 드러났다. '우리 모두에게 세상을 비춰주는 거울과도 같은, 사랑하는 여인은…….' 그가 감히 내 앞에서 드러내보인 번민만으로도 모든 것을 충분히 알 수 있었다. 그가 가지고 있던 클레르의 사진이 내 마음에 일으켰던 질투심이 어느 정도 누그러졌다가, 다시 타오르기 시작했다. 클레르는 나를 배신했을까? 그것을 자크에게 다시 물어보는 것은 불가능했다. 냉소로 대답할 것이기 때문이다. 나는 크리스마스 밤의 마지막 자락을 고통스러운 마음으로 보내면서, 한 가지 계획을 세웠다. 그리고 그 다음날 아침부터 하나씩 하나씩 실천해나갔다. 나는 의사의 진찰을 요청해놓고, 점호 시간에도 침상을 떠나지 않았다. 동료들이 아침 점호를 받으러 밖으로 나가자, 나는 곧 자리에서 일어나 자크의 소지품을 뒤지기 시작했다. 바라크 안은 쥐 죽은 듯이 고요했다. 나는 창문을 통해, 독일군 장교가 나타나기를 기다리고 있는 포로들이 오열 종대로 서 있는 것을 보았다. 매일 두 번씩 행해지는 이 점호 의식은 예외 없이 이십 분 정도 걸린다. 시간은 충분했다. 자크가 사진을 간직해놓은 상자는 쉽게 찾을 수 있었다. 나는 클레르가 찍힌 사진을 모두 살펴보다가 압지(押紙) 밑에서, 자크가 내게 보여주었던 것과 똑같은 사진을 또 한 장 발견했다. 내가 쓰라린 마음으로 확인한 것은 그가 나에게 클레르의 사진 한 장을 선물로 준다고 해도 아무 문제가 없었다는 것, 다시 말하면 똑같은 사진을 두 장이나 갖고 있었다는 사실이었다. 이제는 편지를 읽는 일이 남아 있었다. 클레르에게서 온 편지는 리본으로 묶여서 다른 편지들과 별도로 보관되어 있었다. 나는 그 편지들을 주의 깊게 읽어보았다. 그녀의 문장은 정감 어린 것이었지만 내가 찾고 있는, 그 어떤 비밀의 단서가 될 만한 것은 아무것도 없었다. 당연한 게 아닐까? 개봉되어 검열을 받을 것이 뻔한 편지에 자신의 감정을 털어놓을 사람이 어디 있겠는가? 그러나 나는 다시 한

번, 그녀가 나보다 자크에게 더 스스럼없이 속마음을 털어놓는다는 것을 확인하고는 기분이 언짢아졌다. 그녀는 그에게 자신의 생각과 꿈을 말하고 있었다. 나에게는 아이와 집에 관해서만 이야기했을 뿐인데…… 물론 나에게 말한 것은 남편에게 할 만한 것이었다. 그러나 자크에게는 사랑한다는 말—그런 것은 찾아 볼 수 없었다—은 없었지만, 마치 연인을 대하는 말투였다. 나는 사진 속의 살아 있는 듯한 클레르의 눈길을 뚫어지게 바라보았다. 희미한 빈정거림이 느껴졌다. 사진을 다시 압지 밑의 제 자리에 넣어두려는데, 클레르가 사진 뒷면에 쓴 글이 눈에 띄었다. '나의 가장 소중한 친구 자크 퐁타니에에게' 나는 참을 수 없는 고통으로 가슴이 찢어지는 것 같았다. 이때 창 밖에서 상투적인 '차렷!' 소리에 이어 '해산!' 구령 소리가 들렸다. 그리고 수많은 포로들이 다시 바라크로 들어오는 웅성거림이 들렸다. 나는 간신히 자크의 물건들을 제자리에 놓고 내 침상으로 되돌아왔다.

그때부터 질투의 악마가 나에게서 떠나지 않았다. 나는 자크의 사소한 몸짓 하나도 말 한마디도 놓치지 않았다. 자크가 바라크 밖으로 나가기라도 하면 나는 열병이 난 듯 초조해졌다. 그는 반드시 내 옆에 있어야만 했다. 그래야만 마음을 고갈시키는 이 흥분에 내 온몸을 맡길 수 있었으니까. 나는 황폐한 세계, 재의 냄새, 검게 타고 남은 잔해의 냄새 속에서 살고 있었다. 나의 번민은 차츰차츰 모든 다른 관심사를 파괴해버리고 있었다. 그와 다시 관계를 맺고 우리 사이의 불화를 잊어야 했다. 나는 겸손한 태도를 보이기로 했다.

어느날 그에게 물었다.
"자네가 내게 준 클레르의 사진은 언제 찍은 거지?"
그는 어깨를 으쓱해 보였다.
"모르겠는걸. 그건 과거의 일이고, 과거는 죽어버렸으니까. 내게 중요한 것은 현재뿐이야. 그런데 우리는 현재에 관해서 아무것도 모르는 처지 아닌가."
나와 마찬가지로 그 역시 심한 번민에 사로잡혀 있음을 알았다. 그 역시 클레르를 질투하고 있었다. 그의 혼란스러운 얼굴 표정에서 그것을 알 수 있었고, 그의 눈길 속에서 내가 느끼는 강박관념과 비슷한 어떤 것을 읽을 수 있었다. 나는 대상 없는 그의 번민이 부러웠다. 그에게는 질투해야 할 이유가 없는데 비해, 나의 질투는 너무나도 분명한 이유가 있었기 때문이다.

■ ■ ■

아무 변화도 없이, 여느 때처럼 눈이 내리는 아침, 1942년의 태양이 떠올랐다. 시간이 흐를수록 과거는 점점 더 어렴풋한 회색빛 풍경 속으로 희미해져갔다. 이 희미한 풍경과 더불어 우리의 옛 모습도 그렇게 사라져갔다. 허무한 세계로 끌려들어가는 이 길고 긴 추락 속에서, 우리가 현실에 매달릴 수 있는 것이라고는 우리의 보물인 편지와 사진들뿐이었다. 그러나 수용소에서 벌어지는 무수한 자질구레한 일들은 우리를 그것들에서도 격리시켜 놓았다. 그러나 나의 특별한 고뇌는 나에게 끊임없이 생명력을 제공하면서 거대하게, 걷잡을 수 없게, 탐욕스럽게 커져만 갔다.

폭설로 수용소의 식량 보급에 심각한 차질이 발생하고, 도로의 통행이 불가능해지자, 우리들은 굶주림에 시달리기 시작했다. 게다가 편지와 소포도 오지 않았다. 크리스마스 이후 나도 자크도 클레르에게서 아무런 소식을 듣지 못하고 있었다.

1월 15일 저녁, 갑자기 정전이 되자 바라크 전체가 캄캄해졌다. 밖에는 세찬 바람이 휘몰아치고 있었다. 누군가 들락거릴 때마다 얼어붙은 눈더미가 문 쪽으로 날아들었다.

"수용소 전체에 전기가 나간 모양이군."

한 사람이 말했다.

"감시탑의 탐조등도 꺼졌어."

그러자 누군가 소등 시간 이후 무언가를 읽기 위해 만들어두었던 양초들을 꺼냈다. 빈 통조림 깡통에 비계를 채우고 거기에 가느다란 끈으로 심지를 만들어 넣은 양초였다. 흔들리는 희미한 촛불은 테이블 위만 비추었을 뿐 사람들의 얼굴은 여전히 어둠에 잠겨 있었다. 우리들 대부분은 자리에 누워, 이 밤의 끝없는 쓸쓸함을 잊기 위해 노래를 부르기 시작했다. 그것은 폴란드 사람들의 향수 어린 노래가 아니라, 거칠고 시끄러운 행군의 노래였다. 나의 신경은 고통으로 떨렸고, 견딜 수 없을 만큼 고독과 침묵을 갈구했다. 나는 이 집단적 흥분에서 벗어나기 위해, 꼼짝 않고 자리에 누워 내 자신의 고통을 되짚어보았다.

다음날 아침 잠에서 깨어났을 때, 나는 옆자리의 자크가 보이지 않는 것을 알고 놀랐다.

"퐁타니에 못 봤어?"
"조용히 해, 이 바보야."
랑쥐스가 쏘아붙였다.
그제서야 나는 자크가 전날 밤에 탈출한 것을 알았다. 나는 어떻게 해야 할 바를 몰라 그저 멍하게 서 있었다. 그리고 갑자기 피가 거꾸로 흐르는 것을 느꼈다. 나의 내부에서 분노가 들끓기 시작하고, 갈피를 잡을 수 없는 질문들이 쏟아져 나왔다. 분노가 가라앉은 다음에는 바닥을 알 수 없는 절망감이 밀려왔다. 버려진 아이, 길을 잃은 개라면 이 순간 나의 기분을 이해할 수 있을 것이다. 바로 그때 칼로 찌르는 듯한 고통스러운 질투심이 다시 고개를 들었다. 온몸이 오싹해지면서 아무 말도 할 수가 없었다. 이마에서는 커다란 땀방울이 흘러내렸다. 자크가 탈출의 위험과 고통에 도전한 이유는 한 가지밖에 없었다. 그것은 클레르를 만나는 것이었다. 이 탈출이야말로 나의 번민에 대한 명백한 해답이었다. 지난 며칠간 내가 그렇게도 찾았던 증거가 바로 이것이었다. 이제야 알게 된 것이다! 나는 모든 신경과 근육이 풀어지는 것을 느꼈다. 지난 몇 주일 동안 뒤지고 엿보고 추리하면서 견뎌냈던 극도의 긴장은 이제 음울한 무감각으로 변했다. 나는 그 속으로 매몰되어 가면서도 전혀 빠져 나올 생각을 하지 못하고 있었다. 나는 자유로워지고자 하는 강렬한 욕망을 잃어버렸다. 그래봤자 무슨 소용인가! 이런 생각이 머리에서 떠나지 않았다. 전쟁의 결과는? 우스운 일이다. 나는 태엽이 풀린 시계와 같다. 그 무엇에도 반응을 할 수 없고, 어떤 일이 일어나도 그저 무감각하게 받아들인다. 나는 이

상태로 점호를 받으러 나갔다.

갑자기 이제 어떻게 될 것인가 하는 생각이 들었다. 곧 간수들은 한 사람이 없다는 사실을 알게 될 것이다. 몇 번이고 되풀이해서 세어본 다음 포로 전체를 대상으로 호명 점호를 실시할 것이다. 탈출자가 누구인지 확인이 되면 옆 침상에서 잤던 사람들을 반드시 심문할 것이다.

"난 아무것도 보지 못했어."

나는 중얼거렸다.

이런 날씨에 탈출하다니 얼마나 미친 짓인가! 사정없이 눈이 퍼붓고 있었다. 자크는 탐조등의 불빛이 꺼진 틈을 이용해서 철조망을 넘었을 것이다. 그러나 도대체 어디로 도주해서 숨을 수 있단 말인가? 쌓이는 눈 때문에 발자국이 지워진다 해도 무서운 후각을 가진 경찰견들이 있지 않은가. 그러자 문득 크리스마스 밤 그가 했던 이야기가 떠올랐다. '탈출할 수 있는 방법이 꼭 한 가지 있는데, 그건 간단하게 R 역에서 기차를 타는 거야…….' 자크는 밤 사이 그곳에 도착해서, 헛간에서라도 자고, 지금은 자유의 삶을 향해 달려가고 있겠지! 의기소침했던 내 마음이 미칠 듯한 증오로 변했다. 그가 클레르 곁으로 가는 것을 막아야만 한다……. 나는 되풀이해서 중얼거렸다. 그렇게 하려면 나를 심문할 독일군 장교에게 자크가 했던 이야기를 말해주기만 하면 되는 것이다. 한 통의 짧은 전화. 기차 칸 수색. 그리고 자크는 체포될 것이다. 왜 그것을 참는단 말인가? 내가 자크에게 빚진 것이 무엇이 있단 말인가? 그는 나에게 어떤 인간이었던가? '그는 이 세상에서 나의 가장 소중한 것을 훔쳐갔다. 그가 클레르의 곁으로 가는 것을 막아야 한다.' 나는 마음속으로 되풀이해서 말했다. 독일군들은 호명 점호를 실시했고, 우리는 헐렁한 외투 속에 몸을 움츠린 채 눈 덮인 들판에 꼼짝 않고 서 있었다.

조사가 진행되는 동안 우리는 세 시간 이상이나 눈보라 속에 있었다. 나의 머릿속은 화덕처럼 뜨겁게 타올랐다. 나는 지난 며칠 동안 자크의 얼굴에 떠올랐던 사소한 표정 하나라도 놓치지 않으려고 애를 썼다. 나는 얼마나 어리석었던가! 이제 생각해보니 그가 흥분과 초조함을 드러낸 여러 징조가 있었다. 그러나 나는 그의 극단적인 성격이 무엇을 요구하고 있는지 전혀 알아차리지도 못했던 것이다. 그는 자신의 생각을 행동으로 옮기고 구체화시켜야만 했다. 그가 클레르를 만난다면 그것은 나의 비극이 될 것이다. 그는 교묘하게 자신의 의지를 관철시킬 것이다. 그는 외롭고 무방비 상태인 클레르에게 온몸의 무게만큼이나 무섭게 다가갈 것이고, 그러는 동안 나는 여기 이렇게 무력하게 남아 있어야만 한다. 그는 클레르를 자신의 도구로, 자신의 아내로 만들어버릴 것이다.

나는 생각이 여기에 이르자, 나 자신을 비웃게 되었다.

'자신의 아내로 만들어버릴 거라니!' 나는 얼마나 어리석은 인간인가. 그것은 이미 일어났던 일 아닌가. 클레르와 그는 훨씬 전부터 서로 사랑하고 있었고, 나는 그들의 장난감에 불과했던 게 아닌가. 예술가란 좋은 남편이 될 수 없으므로, 그와 결혼 따위를 하지 않았던 것이다. 그 대신 인생을 적당하게 살아가면 된다. 나

같은 바보는 영리하고 통찰력 있다고 믿으면서 함정에 빠져 '스가나렐'(몰리에르의 동명 희극에 등장하는 인물. 아내가 바람을 피우고 있다고 착각한다—역주)의 역할을 잘도 해내고 있었던 것이다!

그러나 나를 배신한 클레르를 비난하면서도, 그녀에게는 죄가 없다고 생각하지 않고서는 견딜 수 없었다. 어느 경우든 자크가 파리에 도착한다면 그것은 나에게는 돌이킬 수 없는 불행일 것이다. 이런 생각을 하고 있을 때 간수들이 나와 동료 세 사람의 이름을 불렀다. 물론 자크의 탈출에 관해 심문을 하려는 것이다.

그들은 우리를 수용소 본부로 데려갔고, 수용소 소장은 우리를 한 사람씩 불러들였다. 나는 마지막 순번이었다. 소장은 1차 세계대전에도 참전했던, 나이가 지긋한 사람이었다. 그는 다소 외국인의 억양이 있었지만 프랑스어를 유창하게 말했다.

"베르몽 씨."

그가 이야기를 시작했다.

"당신의 침상은 퐁타니에 중위의 바로 옆자리에 있었기 때문에, 그의 탈출에 관해 분명히 알고 있었으리라고 생각한다. 알고 있는 것을 말해주기 바란다."

독일군 장교는 나의 눈을 똑바로 바라보았다. 나도 고개를 숙이지 않고 그를 바라보았다. 그때 나의 마음속에 이상한 변화가 일어났다. 그때까지는 '어떻게 해서든지 그가 클레르에게 가는 것을 막아야만 한다'라고 생각했었다. 그런데 막상 심문하는 장교와 마주하게 되자, 나는 온몸이 마비된 듯이 단 한마디도 할 수가 없었다.

"이봐, 베르몽 씨,"

소장은 계속했다.

"나는 장교로서의 당신 명예를 실추시키는 것을 요구하지 않는다. 나는 결코 그런 일은 하지 않아. 지금 우리 두 나라가 교전중이라면 나의 질문에 대답을 하지 않는 것이 자네의 의무겠지. 다행히도 지금 사정은 그게 아니야. 자네의 불행한 동료는 위험하고 정신 나간 모험을 감행한 거야. 절대로 탈출에 성공할 수 없어. 그건 확실해. 이미 우리 수색대가 모든 곳에서 뒤쫓고 있으니까 말이야. 우리의 손아귀를 빠져나가지는 못해. 결국 시간 문제지. 우리에게는 사실 대수로운 일은 아니야. 그러나 혼자, 눈 속에 갇혀 있는 그로서는 죽느냐 사느냐의 문제이지. 아주 사소한 정보라도 수색에 도움이 되고 이 바보 같은 모험을 끝내게 해줄 거야. 이건 인도적인 문제야, 베르몽 씨."

나는 자신에게 '말해, 말해버려! 자크가 파리에 도착해서는 안 돼!'라고 계속 외쳤지만, 그것은 허사였다. 무언가 강한 것이, 나보다도 더 강한 무언가가 나를 억제하고 있었다. 나는 독일군 장교 앞에서 내 자신이, 바보처럼, 자크와 굳게 결속되어 있음을 느꼈다. 지금쯤 그는 흔들리는 기차에 타고 있을 것이라고 생각하면서, 나는 억양 없는 목소리로 겨우 대답했다.

"저는 아무것도 모릅니다. 어젯밤 정전이 되었을 때 잠자리에 들었고, 오늘 아침 깨어나서야 동료가 없어진 것을 알게 되었습니다."

소장은 서글픈 듯이 머리를 흔들었다.

"베르몽 씨, 당신은 나를 믿지 않고 있군, 유감스러운 일이야."

그는 뒷짐을 지고 몇 걸음 왔다갔다했다.

"나는 당신이 우리 독일의 적이 아니라 분별력 있는 사람이라고 들었어. 그래서 장교끼리 솔직하게 이야기하고 싶은 거야. 베르몽 씨, 나는 우리 독일인들에 대한 당신 동료들의 공격적이고 몰지각한 태도를 가슴 아프게 생각한다는 점을 말해두고 싶네. 세상에서 가장 지각 있는 국민인 프랑스인들이 왜 우리 독일인들을 있는 그대로 보려고 하지 않는 거지? 우리도 당신네들과 비슷한 사람들이고, 마찬가지로 아름다운 이상을 굳게 믿고 있는데 말이야……."

소장은 나를 안심시키려고 프랑스인들을 열광적으로 좋아하는 비엔나와 그곳의 술집 분위기를 이야기했다. 그러나 나는 그의 친밀한 태도를 완전히 무시했으며, 국가사회주의 어쩌고 하는 말에도 전혀 반응을 보이지 않았다. 다만 그가 승자인 만큼 그의 비위를 거스리지 않으려고 했을 뿐이었다. 무수한 시련과 수치와 혐오감을 경험해온 내가 주저 없이 고백할 수 있는 것은 바로 어제까지도 나 자신의 생명, 소중한 나의 생명 이상으로 중요한 것은 아무것도 없다는 사실이었다. 나는 반드시 그것을 파멸로부터 구해내야 한다고 생각했다. 그것이 옳은가 그른가 하는 논쟁을 벌이는 게 무슨 의미가 있겠는가. 어제까지만 해도…… 자크의 탈출은 이런 개인적 행복에 대한 기대를 망가뜨렸다. 나는 수용소 소장에게 이렇게 외치고 싶었다. 퐁타니에는 오늘 새벽 R 역에서 기차를 탔다고. 그러나 또다시 이 말은 마른 입술 위에 얼어붙어 버렸다. 수용소 소장은 나의 의식이 갑작스럽게 동요하는 것을 주의 깊게 지켜보았다. 내가 당장이라도 입을 열 것이라고 생각하는 것 같았다.

"베르몽 씨, 당신이 동료의 탈출 계획에 대해 아무것도 몰랐다는 것은 말이 되지 않아. 내게 말을 해준다면 그에게는 큰 도움이 될걸세. 아마도 그를 죽음에서 구해낼 수 있을 테니까."

나는 목구멍까지 올라오는 말을 입 밖으로 낼 수가 없었다.

"할 말이 전혀 없습니다."

"당신이, 베르몽 씨, 이 미친 짓의 공범자가 되었다는 게 유감스럽군."

내가 바라크로 돌아왔을 때는 내무반 수색이 이미 끝난 뒤였고, 동료들이 나를 둘러쌌다.

"상당히 오랫동안 붙들려 있었군."

랑쥐스가 수상쩍다는 듯이 말했다.

수용소 소장과의 대화를 사실 그대로 말해주었지만 그들의 눈에는 의혹의 빛이 감돌았다. 그러나 무슨 상관인가! 한 차례 시련은 끝났지만, 나는 허탈하고 기진맥진해 있었다. 초조한 긴장감이 지나가자, 입을 다물었기 때문에 결국 내 자신의 불행을 자초했다는, 칼로 찌르는 듯한 후회가 엄습해와 온몸의 기운이 빠져나갔다. 인간에게는 좀처럼 자신의 운명을 저울질해볼 수 있는 선택이 주어지지 않는다는 것을, 그리고 나 자신은 어떤 타당한 이유도 없이 스스로의 삶을 영원히 망가뜨려버렸다는 사실을 쓰디쓴 마음으로 되새겼다.

며칠이 지나도 자크는 붙잡히지 않았고, 우리들은 관례대로 보복을 당해야 했다. 통상적인 점호 외에도 눈 덮인 철조망 안에서는 끊임없는 불시 점호가 이어졌다. 음악회가 중지되고, 도서실이 폐쇄되었으며, 소포의 전달이 끊어졌고, 편지의 배달도 고의적으로 지연되었다. 그러나 나는 그런 일에 거의 신경을 쓰지 않았다. 그만큼 절망이 깊었기 때문이었다. 버려진 짐승이라 해도 그런 절망은 이야기할 수는 없을 것이다. 나는 그저 되는 대로 행동했고 수염도 깎지 않았으며 아무것에도 관심을 갖지 않은 채 몇 시간이고 얼빠진 상태로 앉아 있곤 했다. 그러다가 발작적으로 깨어나서 미친 듯이 포카 게임을 했다. 또 그러다가 지겹고 몸이 불편한 것 같으면 그것도 그만두었다. 술이 있었더라면 이 모든 것들을 잊기 위해 만취가 되도록 마셨을 것이다. 그러나 마시고 취할 만한 술도 없었다.

밤이 되면 무거운 마음으로 침상에 몸을 눕힌다. 앉아 있을 수가 없어 등을 바닥에 대고 바로 눕는다. 이렇게 누우면 내 머리 위에 보이는 것은 상단 침상의 바닥이다. 거기에 여러 가지 형상을 그려 놓았는데, 매일 밤 바라보기 때문인지 마치 살아 있는 인물들처럼 내 머릿속을 떠나지 않는다. 발을 너무 뻗으면 빵이나 컵이나 세면 도구를 얹어놓은 선반과 부딪친다. 나는 이렇게 서투르고 커다란 나의 몸뚱이가 싫다. 내 자신이 싫다. 죽음과도 같은 무감각한 상태에서 나를 끌어내리려는 모든 것이 신경을 날카롭게 만든다. 우리 분대의 당번이 창문을 여닫는 소리를 듣기도 괴롭다. 게다가 한밤중에 기차의 날카로운 기적 소리를 듣는 것은 참을 수 없는 고통이다. 그것은 나의 잠 속까지 쫓아와 웃음소리처럼 울린다.

나는 절망의 힘으로 살아간다. 크리스마스 이후로는 클레르에게서 한 통의 편지도 받지 못했다. 자크가 곧 그녀의 곁에 도착하리란 것을 알기 때문에 이제 그녀의 편지도 아무런 위안이 되지 못할 것이다. 세상을 살아갈 수 있는 유일한 이유를 빼앗긴 나는, 혼자 고독하게 우물 바닥에 내버려진 사람처럼 불행하다. 나에겐 과거도 현재도 미래도 한결같은 고통의 원인일 뿐이며, 유일한 구원은 죽음일 것이라고 생각한다. 죽음의 관념에 익숙해진다. 죽음을 생각해도 무섭거나 우울하지 않으며, 얼마 전 목 매어 자살한, 그리고 매장된 포로가 생각난다. 나의 관이 마차에 실려 중앙 통로를 지나가고 포로들이 말없이 바라크 앞에 늘어서 있는 광경이 떠오른다. 그것은 나의 삶만큼이나 어리석은 죽음이다. 올바르게 살다간 삶의 결실이 아닌 모든 죽음은 혐오스러운 것이다. 그렇지만 그것은 완전한 소멸이다. 적어도 그것은 나의 패배가 조국의 패배로 연장되는, 이 영원한 몰락을 보지 않아도 되는 일이다. 적어도 그것은 자신의 정체성을 만들어내지 못하고, 자신을 지탱하지 못하고, 자신을 강화하지 못했던…… 요컨대 존재의 방식을 알지 못했던 이 어리석은 '자아'의 파열이다.

  모든 생각을 내 자신에게만 집중시키면서 느끼게 되는 고통은 더 독한 고독의 냄새를 풍겼다. 나는 몇 시간이고 동료들에게 말 한마디 건네지 않고 우두커니 앉아 있었다. 때로는 혼자 거칠고 공격적인 태도로 막사의 중앙 통로를 걸어다녔다. 나의 시선은 이처럼 심하게 비뚤어져 있어, 모든 것이 도미에 그림의 찌푸린 얼굴들이나 고야가 그린 괴물같이 보였다.

■■■

 갑자기 퍼져나온 소식에 포로들은 경악했다. 자크 퐁타니에가 붙잡혀서 다시 수용소로 끌려왔으며, 아주 비참한 몰골이라는 것이었다. 이 소식은 나의 가슴 한복판을 강하게 때렸다. 수다쟁이 랑쥐스가 한탄하는 소리가 들렸다.
 "아무도 성공하지 못해! 아무도!"
 나는 정신없는 목소리로 물었다.
 "확실한 거야? 어디서 들었어?"
 "확실하다니까, 자크가 의무실에 도착하는 것을 본 녀석에게서 직접 들었다구. 아! 재수 없는 놈!"
 피캉데가 대답했다.
 나는 가슴에서 솟구치는 기쁨을 억누를 수가 없었다. 이 기쁨 때문에 마치 경련이라도 난 것처럼 몸이 저절로 움직이고, 손이 떨리고, 눈에는 생명의 빛이 돌았다. 그것은 동료들의 태도와는 뚜렷하게 대조가 되었다. 결국 피캉데가 나에게 말했다.
 "뭐야! 넌 기쁜 모양인데!"
 랑쥐스도 냉소했다.
 "네가 밀고한 것이 분명하다면……."
 나는 못 들은 척했다. 나의 기쁨은 너무나도 강한 것이었다. 혈관 속에서 다시 신선한 피가 흐르는 것 같았다. 갑자기 어두운 우물 바닥에서 빛이 가득한 곳으로 떠오르는 기분이었다. 나는 동료들의 의견을 경멸했다. 그것은 그들이 내가 지금까지 견뎌왔던 고통을 알지 못한 채, 나의 기쁨을 비열한 질투의 감정으로 이해했기 때문이다. 나는 그들의 대화에서 따돌림을 당했다. 그들은 마치 내가 존재하지도 않는 것처럼 행동했다. 철학자 부카르드만이 나를 대하는 태도를 바꾸지 않았다. 이 상황은 내게 고통스러운 것이었지만 생각지도 못한 방식으로 벗어날 수 있었다.

자크는 일 주일 동안 면회가 금지되었다. 나는 의무병을 통해 그가 몹시 고열에 시달리고 있다는 것, 그리고 위험할 정도로 몸이 약해져 있다는 것을 알았다. 어느날 오후 의무실장의 연락병이 나를 찾아와 자크에게 데려갔다. 그가 나를 만나고 싶어한다는 것이었다. 동료들은 내가 막사를 나서는 것을 아무 말 없이 바라보았고, 의무실 쪽으로 걸어가는 나는 알 수 없는 불안감을 느꼈다. 자크와 나 사이에는 이제 얼마만큼의 우정이 남아 있는 것일까? 아직도 공통점이 남아 있을까? 나로서는 영원히 그를 다시 보고 싶지 않았다.

의무실 입구에 들어선 나를 보자 자크의 초췌한 얼굴이 환해졌다. 나는 침대 가까이 다가가 그의 손을 잡고 마음에도 없는 말을 몇 마디했다.

"이런…… 고생을 많이 했군."

"운이 없었어. 아우스부르크 역에서 발각되고 말았지. 프랑스에서처럼, 멍청하게 플랫폼에서 뮌헨으로 가는 열차를 기다리고 있었던 거야. 여기에서는 그렇게 하는 것이 금지되어 있으니 즉시 혐의를 받았지. 그래서 곧 달아나서 화물칸에 숨어 있다가, 또 들판을 걸었어. 눈 속에서 독일병들에게 포위당해서 심하게 맞았어.

팔이 부러지고 엉덩이는 대검으로 찔리고, 게다가 기관지염까지……."

그는 오랫동안 기침을 했으나 곧 편안한 얼굴로 말했다.
"조금 전에 클레르의 엽서를 받았어. 근사해! 읽어봐!"
그 무렵 나도 클레르에게서 편지를 받았었다. 나는 자크가 무슨 의도에서 이렇게 말하는지 도무지 알 수 없었지만, 엽서를 받아들고 낮은 소리로 읽었다.

이 공포심을 어떻게 표현해야 좋을지 모르겠어. 우리집 위에 있는 산을 쳐다보면 온몸이 전율하는데, 거기에서 일제히 사격을 하는 끔찍한 총소리가…….

"무슨 뜻인지 알 수가 없군."
나는 무뚝뚝하게 말했다.
"뭐라고? 자네는 프랑스 신문도 못 읽었어? 클레르가 말하고 있는 것은 인질들이야. 몽 발레리앙에서 독일군에게 총살당한 아흔 여덟 명의 인질……."
나는 이 사건에 관해 아무것도 모르고 있었다. 신문 반입 금지가 겨우 며칠 전에 풀리기는 했지만, 클레르에게서 애정이 가득한 편지를 받은 나는 되살아난 내 자신의 행복 외에는 아무것에도 관심이 없었다. 가장 지독한 절망감에서 단번에 절대적인 낙관으로 옮겨간 것이다. 그러나 이러한 반전은 논리적인 모순이었다. 자크가 비록 탈출에 실패했다고 해도 클레르가 그의 애인일 가능성이 사라진 것은 아니기 때문이다. 어쨌거나 행운은 나에게로 돌아섰다고 생각했다. 이제는 내가 승리자이므로, 바로 나 때문에 그녀는 옛사랑의 망령을 잊을 것이다.

나는 자크가 그 이후에도 또다시 클레르에 관한 이야기를 해 몹시 언짢아졌다. 그래서 나는 앞으로는 우리 사이에 클레르의 이름을 꺼내지 말았으면 좋겠다고 쌀쌀하게 말했다.

자크는 잠시 날카로운 시선으로 나를 바라보았다.

"좀더 설명이 필요하겠군."

그는 이렇게 말했다.

그러나 이 만남으로 그는 매우 지친 것 같았고, 그래서 다음날 다시 만나기로 했다.

다음날 나는 자크를 만날 수 없었다. 열이 몹시 심해졌기 때문이었다. 며칠 후에 보았을 때 그는 전보다 더 수척해져 있었다. 눈은 더욱 커지고 움푹 패여서 마치 얼굴 전체에 어떤 영적인 후광이 감도는 것 같았다.

"분명하게 이야기를 하는 게 좋겠군."

그는 말했다.

"자네가 어떻게 생각하는지는 모르겠지만 말이야. 클레르는 영원하고 소중한 내 친구야."

나는 냉소적인 눈길로 바라보았고—이젠 내 차례니까—그는 베개에서 고개도 움직이지 않고 나의 눈길을 견뎌냈다.

"그 정도로 소중한 친구니까, 만나보기 위해서 목숨을 걸고 모험을 했군!"

쓸쓸하고 엷은 웃음이 자크의 입술 주변을 주름지게 했다. 그는 옆자리의 사람들이 들리지 않도록 목소리를 낮췄다.

"자네가 어떻게 나를 이해할 수 있겠어?"

그는 계속해서 말을 이었다.

"자네가 나를 이해하려면 전쟁 전으로, 자신의 이상을 위해 싸우는 것을 두려워하지 않았던 인간으로 되돌아가야 할 거야."

"나는 변했어. 나는 무슨 일이 있더라도 살아남아서 행복해지고 싶은 욕망뿐이야."

"그런데, 나는……."

그는 헐떡거리는 목소리로 말했다.

"나는 변하지 않았단 말이야. 나는 치욕 속에서는, 내 자신과 타인에 대한 혐오감 속에서는 행복해질 수가 없어. 나는 조금도 변하지 않았어. 클레르의 편지를 읽어보면 그녀가 자신을 포기하고 있는 것 같은 느낌이 들어. 나는 그것이 견딜 수가 없었어. 왜냐하면 나는 그녀를 사랑하니까. 자네에게 그것을 분명하게 말해두고 싶어."

"그렇군! 마침내 자백하는군."

나는 소리쳤다.

"나는 항상 클레르를 사랑했어. 그리고 항상 존중했지. 내가 그녀를 사랑하는 건 말이야, 잘 들어둬, 나를 위해서가 아니고 그녀를 위해서야."

"자신을 위해서가 아니라 그녀를 위해서 사랑하고 있다고? 자네는 나에게서 그녀를 훔치기 위해 탈출한 게 아닌가!"

나는 분노의 눈길로 열에 들뜬 그의 눈을 빤히 들여다보았다. 순간 그의 눈 속에는 경멸의 빛이 지나갔다. 그것은 그가 '자네는 자신을 세계의 중심이라고 생각하고 있어!'라고 말할 때의 바로 그 표정이었다. 그러나 곧 그 표정은 사라지고, 그의 얼굴이 부드러워졌다. 그는 말했다.

"그래, 나는 항상 클레르를 사랑했어. 그러나 이 사랑 속에는 육체적인 것은 없었어. 육체적 욕망이나 쾌락은 다른 여자들에게서 바라는 것, 다른 여자들과의 관계였지. 나는 클레르를 통해서 프랑스 자체를 보았던 거야. 나는 우리가 약해질 대로 약해져 결국 노예처럼 비굴하게 손을 내밀게 되지 않을까, 하고 괴로운 마음으로 자문해보았지. 크리마스 밤 동료 한 사람이 나에게 깊은 충격을 주었어. 그는 이렇게 말했지. '나는 지하 투쟁을 하는 사람들을 생각하고 있어. 그들은 유용한 사람들이야.' 그 말을 듣고는 더이상 수동적으로 있을 수가 없었어."

"뭐라고? 그게 유일한 이유였다고 주장하려는 것은 아니겠지?"

"아니야, 그것은 훨씬 더 복잡한 문제야. 프랑스가 자신의 과거를 부인하고, 자신을 부인하려는 시점에 도달했다고 생각했을 때 나는 견딜 수가 없었어. 클레르의 태도가 나를 절망으로 몰아넣었지. 어떻게 해서 그렇게 된 것일까? 그녀가 독일인들과 함께 음악을 연주하고, 그들은 과거 독일의 위대한 음악가들을 숭배하고 있다고 편지에 썼을 때, 나는 미칠 것 같은 마음이었어."

이야기는 계속되었고 그의 얼굴은 지난 번처럼 정열로 빛나기 시작했다.

"나는 음악이라는 게 때로는 아편이 될 수 있다는 것을 너무도 잘 알고 있어. 작곡가가 만들어내는 음악이 아니라, 함께 연주하는 음악 말이야. 그것은 인간의 사고를 함정에 빠뜨려 그 의지를 연약하게 만들지. 음악이 핑계와 면죄부의 역할을 하는 거야. 야만인이 방화를 하고 살인을 저지르고 난 뒤에 모차르트를 연주해서 자신의 결백함을 되찾는 셈이 되는 거지. 그 야만인이 아주 우아하게 연주하는 것을 본 사람은 이렇게 외칠 거야. '누가 대체 이 사람을 야만인이라고 했단 말인가?' 나는 속아 넘어가고 싶지 않아. 나는 투쟁하고 싶어. 내가 탈출한 것은 클레르를 구해내기 위해서이지, 자네의 부인을 가로채기 위해서가 아니었어."

자크는 입을 다물었다. 기운이 빠진 것 같았다. 이마에서는 땀이 흐르고 있었다. 나는 긴 침묵을 깨트리지 못했다. 나는 상반된 생각으로 번민하고 있었다. 그의 눈길도 그의 목소리도 거짓을 말하고 있지 않았기 때문이다. 그는, 클레르를 사랑하고 있다고 고백했지만, 내게서 그녀를 빼앗아간 것이 아니었다. 나는 그의 감정의 고결함을 인정하지 않을 수 없었다.

베개 위의 머리를 움직이지 않은 채 그의 두 눈은 더듬거리며 나를 찾았다.

"제발 내 말을 믿어줘?"

그는 말했다.

"자네에게 거짓말을 해서 무엇 하겠나?"

그는 나에게 손을 내밀었고, 나는 엉겁결에 그 손을 꼭 잡고 말았다. 바라크로 돌아온 나는 저녁 먹을 생각이 들지 않았고, 초조하게 소등 시간만을 기다렸다. 그리고 혼자가 되자, 마음 깊은 곳에서 격렬하게 솟아오르는 여러 가지 생각들과 마주쳤다. 나는 우리가 함께 생활했을 때의 자크의 태도, 그리고 몇 주일에 걸친 토론 등을 떠올렸다. 포로생활도 그를 타락시키지는 못했다! 그의 본성은 조금도 변함이 없었다.

"그렇지만 무슨 소용이 있어, 그 때문에 죽는다면?"

나는 냉소했다.

나는 돈키호테가 아니다. 나는 시대와 함께 살고 거기에 적응한다. 나는 현실을 거부하지 않는다. 과거는 과거일 뿐 다시 되돌아오지 않는다.

그리고 동시에, 나는 단순한 인간적 행복을 되찾았다는 만족감, 아주 새로운 만족감에 흐뭇해졌다. 지난 몇 달간 나를 괴롭히던 강박관념은 사라졌다. 클레르는 나를 사랑하고 있다. 그녀는 나를 배반하지 않았다. 집으로 돌아가면 나의 삶은 예전처럼 계속될 것이다. 삶이라는 것! 자크는 치욕 속에서는 살 수가 없다고 말했다. 그러나 산다는 것은 결코 치욕이 아니다. 패배와 침략이 나의 책임이란 말인가? 나의 행위가 아닌 것에 대해 내가 왜 수치스러워해야 한단 말인가?

그때 마침 클레르가 자크에게 보낸, 그리고 그가 나에게 보여주었던 편지의 한 구절이 생각났다. '나는 지금 남아 있는 것으로, 그리고 영원히 남게 될 것으로, 낯익은 풍경들을 되살려야 한다고 생각해. 그것은 센 강변, 루브르, 시테 섬, 노트르담 성당, 내가 사랑하는 음악, 프랑스의 위대한 작가들이야.' 그렇다, 그 모든 것은 우리에게 남겨진 일이다. 나는 단언했다. 침략자들은 우리와 접촉함으로써 변화될 것이고, 나치주의는 유럽과 긴밀한 관계를 가짐으로써 그 독성을 잃고 인간성을 회복할 것이다. 이렇게 믿는 것이 지혜로운 생각인 것이다. 게다가 나는 자신의 행위를 정당화하기 위해 그런 믿음이 절박했고, 그 때문에 더더욱 그렇게 믿어버렸다. 나는 이 같은 생각을 자크에게 말해주기로 했다. 그렇지만 다음날도 또 그 다음날도 그는 열이 심했기 때문에 만날 수가 없었다. 며칠 후 면회가 허락되어 그를 보았을 때엔, 병이 깊어진 흔적이 황폐해진 얼굴에 역력했다. 호흡이 가빠졌고 몹시 고통스러워 보였다. 눈이 초점을 잃은 것 같아서 나는 크게 놀랐다. 그러나 그의 의식은 명료했고, 나의 빈약한 논리에는 현혹되지 않았다. 그는 내 생각을 통렬하게 반박했다.

"센 강변, 루브르, 시테 섬, 노트르담 성당……, 그런 것들은 외형적인 빈 껍데기에 불과해. 그런 것들은 전혀 중요하지 않단 말이야, '인간이 없다면' 아무런 생명도 없는 것들이니까. 인간을 파괴한다면 모든 것을 파괴하는 거니까."

그는 곧 부드러운 목소리로 과거의 이미지들을 상기시켰다.

"고서점이 늘어선 센 강변. 그곳에는 활력이 넘쳤지. 프랑스 학사원과 생 제르망 대로 사이의 센 강변에는 마치 전람회를 구경하듯이 많은 사람들이 산책을 했지. 유화, 판화, 미술 서적들……. 정말 멋진 판화들이 있었어. 고개를 들어보면 파리의 하늘은 강변처럼, 강물처럼, 루브르처럼…… 그렇게 회색이었어. 기억 나?"

그리고 불쑥 말을 꺼냈다.

"이 풍경에 생명을 불어넣고 그것을 가치 있게 만드는 자유로운 인간들이 없다면, 그것이 무슨 의미가 있지? 음악이건 문학이건 자유나 자유에 대한 소망이 없다면 모두가 사기이고 허위인 거야."

그리고 내가 나치주의는 결국 독성을 잃게 될 거라고 말하자, 그는 나를 한동안 바라보다 말했다.

"근사한 이론이군. 그것이 자네의 양심을 보호해주겠지! 병이 자네의 내장 기관 가운데 하나에 침범해서 마침내 몸 전체를 망가뜨릴 때에도, 그 병의 독은 저절로 수그러들 거라고 말할 수 있을까? 자네 스스로가 싸우지 않는다면 그건 절대 불가능해. 그 독성이 수그러들려면 앞으로 몇 세대가 지나가지 않으면 안 돼. 나치주의가 만연한다면 인간의 진보는 얼마나 무서운 타격을 받을 것인가! 노동자 계급과 이성적 세계는 얼마나 암흑 속에 있게 될 것인가! 그것을 체념하고 받아들이는 것은 자네의 자유야. 나는 지금까지 언제나……."

그는 미소지으며 말했다.

"이제는, 내 생명이 끝날 때까지라고 해야 되겠지만…… 저 유명한 괴테의 말을 가슴에 간직할걸세. '생각하기는 쉽지만 행동하기는 어렵다. 자신의 생각에 따라 행동하는 것은 세상에서 가장 어려운 일이다.' 그렇지만 그렇게 할 수 있다면 그것은 지식인에게, 시인에게, 예술가에게, 인간에게 진정한 명예라고 나는 생각해."

나는 지난 번 그를 만났을 때보다 더 동요된 마음으로 자크의 곁을 떠났다. 그의 말은 얼마나 고결한가! 나는 부끄러웠고, 그의 존재는 나에게 생명을 소생시키는 산소와 같았다. 그러나 그는 앞으로 얼마나 더 살 수 있을까? 그 자신이 이제는 가망이 없다고 생각하는 것 같았다. 의무실에서 만났던 프랑스 소령도 의심스럽다는 표정으로 고개를 가로 저었다. 나는 매일 자크를 만나 그의 고결한 정신을 배우기로 결심했다. 깊은 충격을 받은 나는 자크의 병세가 어떤가를 듣기 위해 주위에 모여든 동료들에게 우리의 대화를—클레르에 관한 부분은 빼고—그대로 전해주었다. 코스트도 마침 거기 와 있었다. 크리스마스날 밤 코스트는 이렇게 말했었다.

"신경질 나는 것은 말이야, 우리가 싸움의 현장에서 멀리 떨어져 있다는 것이야. 나는 지금 지하 투쟁을 벌이고 있는 사람들을 생각하고 있어."

열광적인 영화를 보고 나올 때처럼 모두 크게 감동을 받았다. 내가 말을 끝내고 입을 다물자, 동료들은 자크에 관해 이야기하기 시작했다.

"그가 죽는다면 그건 정말 큰 손실이야."

피캉데가 말했다.

"포로생활도 그에겐 아무런 영향을 미치지 못했어."

코스트가 토론을 하려는 듯이 끼어들었다.

"포로생활이 누구에게나 똑같은 시련은 아니야."

그는 말했다.

"왜 그렇지?"

누군가가 물었다.

"퐁타니에는, 어느 정도로는 말이야, 최악의 사태는 피할 수 있었어. 그것은 그가 인간을 믿었기 때문이지. 크리스천도 마찬가지야. 그렇지만 인간이나 신을 믿지 않는 자, 자기 자신밖에 모르는 사람, 자기 자신이 바로 자신의 신인 사람은 말이야, 만일 그가 의식적인 존재라면—예를 들자면, 베르몽 자네 같은 사람이 거기에 속하는데—다른 사람들보다 더 많은 고통을 받고 온 세상을 증오하지. 포로생활이 일 년이나 이 년 더 연장된다면 자네 역시 지난번에 목을 매 자살한 친구처럼 그렇게 인생을 끝낼 거야."

나는 갈피를 잡지 못하고 코스트를 바라보았다. 그에게 '상처에 소금을 뿌리는 자'라는 별명이 붙는 것은 당연한 일이었다. 그는 자기 자신의 의식이나 타인의 의식 속에 깊이 파묻혀 있는 진실을 찾아내기를 좋아했다. 코스트는, 이런 경우 늘 그렇듯이 시치미를 떼고 비웃기라도 하는 것처럼, 약간은 교활하게 눈에 술책을 숨긴 채 나의 시선을 되받았다. 그는 자신이 쏜 화살이 적중했는가 살피는 듯 나를 바라보았다. 그것이 제대로 날아가자 기대 이상으로 효과가 있었다고 판단하는 것 같았다.

한편 나는 아무 대답도 하지 못하고 그 자리에 꼼짝 않고 서 있었다. 그의 정확한 분석에 충격을 받았기 때문이다. 이 진실은 나의 정신을 일깨워주었다. 증오, 그렇다, 증오야말로 내가 끊임없이 느끼고 있던 감정이었다. 나를 가로막고 있는 모든 것에 대한 증오. 밤낮을 가리지 않고 나타나는 증오. 저항하면서 오히려 전쟁을 연장시키고 있는 자들에 대한, 스스로의 확고한 신념 속에서 편안한 자들에 대한, 내 고독에 상처를 입히고 망가뜨리는 동료들에 대한 무의식적인 증오…… 나는 정말 그런 인간이 되어버린 것인가? 그리고 나는 갑자기 예전의 나를 떠올렸다.

정확하게 말해서 나는 어떤 인간이었던가? 조금은 회의적인 자유주의자, 그러나 적어도 자유라는 것을 믿었고 그것을 지키기 위해서 생명까지 바칠 수 있는 사람, 그게 바로 나였다. 그에 대한 증거라면, 1939년 나는 기꺼운 마음으로 참전했었다. 그 전쟁이라는 최악의 사태를 어떻게든 끝장내야 한다고 생각했기 때문이었다. 그러므로 나 역시 어느 정도는 타인을 걱정하는 마음이 있었던 것이다. 물론 자크와는 비교할 수 없는 정도였지만 말이다. 그는 스페인 내전이 발발했을 때 '마드리드의 죄없는 사람들이 폭탄 아래에서 쓰러지고 있는 한, 우리는 행복하게 살 권리가 없다'며 절규했었다. 나는 자크처럼 극단적으로 생각하지는 않았으며, 스페인 사태 때문에 잠을 이루지 못한 것도 아니었다. 그것은 상상력의 결핍인가, 논리의 결핍인가? 하지만 프랑스는 다른 문제였다. 나는 내 조국을, 다시 말하면 내 조국의 동포들을 사랑했다. 그렇다, 나는 그들을 사랑했다. 그런 내가 왜 이렇게까지 변해버렸단 말인가?

자기 자신을 명료하게 본다는 것은 얼마나 어려운 일인가! 우리는 매 순간 자신을 분석하는 것은 아니어서, 어느날 갑자기 자신이 다른 사람으로 변해 있는 것을 발견한다. 나는 '너는 너 자신의 신이 되었다'라고 생각해본 적이 없었기 때문에, 누군가가 나에게 그렇게 소리쳤을 때 그 뜻을 전혀 이해하지 못했다. 나는 내 방식대로 살아왔고 물결을 따라 표류했지만 그것을 깨닫지 못하고 있었다. 물론 그 충동이 그렇게 강한 것은 아니었다. 포로생활이 인간을 바꾸어버릴 수 있다는 사실, 그것이 인간의 가장 내밀한 반응까지도 변화시킨다는 것은 미처 생각하지 못했던 것이다. 코스트의 말대로 '인간은 공전하고(헛바퀴처럼 맴돌고) 탈선한다.' 패전 이후 우리는 존재의 '현실적' 토대를 상실했다. 편지가 프랑스에 도착하려면 한 달이 걸리고, 질문에 대한 답장이 올 무렵에는 벌써 질문 자체가 의미를 갖지 못한다. 이 절대적인 무의미 속에서 논리는 감정 앞에서 사라지고 만다. 그것이 저 수많은 불안정과 폭력적인 동요를 설명해준다.

나는 검은 바라크와 눈더미가 줄지어 선 수용소 구내의 중앙 통로를 지칠 줄 모르고 오르락내리락 걸어다녔다. 첫번째 철조망 너머, 죽어가는 자크가 누워 있는 의무 병동이 보인다. 그때 코스트와 부딪쳤다. 낡은 외투를 뒤집어쓴 코스트는 어깨에 의자를 메고 강연장으로 가느라 서두르고 있었다. 나는 채 생각이 정리되지 않은 상태에서 그에게 말을 걸었다.

"자네는 '상처에 소금을 뿌리는 사람'인데…… 그래도 아직 인간이라는 존재를 믿을 수 있나?"

그는 기분이 나쁘다는 듯 얼굴을 찡그렸다. 그리고 방어 태세를 갖추었다. 그러나 내가 비난을 하고 있는 것이 아님을 알고는 말했다.

"인간을 믿는다는 건, 자네가 생각하는 것처럼 그렇게 희귀한 일이 아니야. 그러나 자네들의 세계에서는 그렇지 않지. 지적인 오만이 포로생활보다 더 인간을 왜곡시키니까 말이야. 내가 일하던 공장에서는…… 어쨌든 퐁타니에가 예외적인 사람이라고는 생각하지 마. 그를 신으로 생각하지도 말라구. 퐁타니에 같은 인간은 그런 걸 질색으로 생각하니까."

그때 예배당 쪽으로 가는 포로들이 몰려와 길가 쪽으로 비켜서야만 했다.

"저 친구들도, 베르몽, 인간을 믿고 있지. 전부는 아니지만 진지하고 순수한 자들은 아마 그럴 거야. 나는 기독교 신자는 아니지만, 내 생각으로는 진정한 기독교도라면 자신보다는 타인을 위해서 기도할 거야. 신 앞에서 모든 인간은 평등하다는 것이 그의 복음이니까. 그들과 자크 퐁타니에 같은 사람 사이에는 공통점이 있는데, 그것은 인간에 대한 연대감이야. 그렇지만……."

그는 괴로워하는 나의 얼굴을 놀리기라도 하듯, 시큰둥하게 말을 맺었다.

"천천히 생각해봐. 자네는 꼭 철망 속의 물고기 같은 표정이군."

나는 혼자서 나와의 싸움을 계속했다. 진실은 천천히 한 걸음씩 다가서고 있었다.

그후 사흘 동안 자크와의 면회가 금지되었다. 우리는 끊임없이 그를 이야기했다. 나는 그의 말을 듣고 부끄러웠다는 사실을 동료들에게 솔직히 털어놓았다. 그렇다, 나는 모든 체념에 승복하고 있었으며, 비통한 패배감이 나의 의지를 위축시키고 있었다. 전쟁의 소용돌이 속에서 나는 단지 내 자신만을 생각했었다. 무슨 대가를 치르더라도 행복을, 행복을…… 오직 내 자신의 행복만을 원했던 것이다. 한심한 싸구려 행복이었지만 말이다. 그것은 행복이 아니라, 행복의 그림자에 불과했다. 바로 이 환상을 간직하기 위해, 나는 내 감정과 대립되는 모든 생각들을 멀리 쫓아버렸다. 나는 작업반에서 강제 노역을 했던 사람들의 이야기를 들어도 과장된 것이라고 치부했었다. 그런데 이제야 그들의 증언이 띄엄띄엄 떠올랐다. '우리들은 마을 광장에 포위되어 있었다…… 농사꾼들이 우리에게 다가와 튼튼한 사람들을 골라냈다…… 그들은 우리의 가슴 근육을 만져본 다음 가축 시장의 짐승처럼 가격을 결정했다.' 그리고 다른 이야기들도 있었다. '우리는 습지에서 순무를 뽑아 먹고…… 이질에 걸려 녹초가 되었다. 뒤처져 있던 사람들은 주먹으로 얼굴을 얻어맞았다.' 동료 한 사람이 절망을 이기지 못해 철조망을 넘다가 보초에게 사살되었을 때, 나는 사살하라는 명령이 있었다는 것을 확신하고 있었다. 이 모든 것들이 머리에서 소용돌이치자 나는 몹시 괴로웠다. 그렇다, 나는 무슨 짓을 하더라도, 심지어는 나치의 폭압을 견뎌가면서도, 행복의 가능성만은 간직하고 싶어했다. 나치가 우리와 접촉하게 되면 인간다워질 것이라고 말했던 것도 이 때문이었다. 나는 그것을 자크 퐁타니에에게 말하기까지 했다. 자크가 이 말을 기억하면서 죽어간다고 생각하자 도저히 참을 수가 없었다. 나는 그것을 동료들에게 고백했고, 그들의 존중심을 되찾은 것 같은 기분이 들었다. 이제 나는 그들을 다른 시선으로 보게 되었다. 랑쥐스에게까지 호감이 갔다.

■ ■ ■

 다음날 병동에 갔다. 자크는 몹시 위독한 상태이며 특히 심장의 기능이 약화되었다는 이야기를 들었다. 면회 역시 금지였다. 하루 종일 병동 근처를 서성이면서 의무병들에게 자크의 상태를 물었다. 저녁때 소령이 나에게 잠시 들어와도 좋다고 말했다. 자크는 숨을 헐떡거렸다. 얼굴은 더 초췌해져 있었다. 그래도 나를 알아보는 듯했다. 어떻게 하면 나를 이해하게 만들 수 있을까? 내 생각이 바뀌었다는 것을, 그리고 그에 대해 우정을 느끼고 있다는 것을 몇 마디로 압축해 말해주고 싶었다.
 "자네 말이 옳았어."
 내가 한 말은 이게 고작이었다.
 그는 내 말을 이해했고 우정 어린 몸짓과 미소를 지으려 했다. 그러나 곧 그의 눈길은 외부 세계에 대해 아무 반응을 하지 않았다. 검은색에 가까운 눈의 홍채(虹彩)가 작은 새의 심장처럼 팔딱거리는 것이 보였다. 무엇을 보고 있는 것일까? 호흡은 더 짧아지고 맥박은 약해져갔다. 얼마 후에는, 아마 한 시간 후에는…… 숨을 거두겠지. 그리고 그 과정이 지극히 단순하게 진행되었다. 약해질 대로 약해진 이 커다란 몸속으로 죽음이 공격해 들어오고 있었다. 이제는 결코 클레르를 기억하지 못하겠지. 나는 울지 않으려고 애를 썼다. 우리 모두에게 얼마나 큰 상실인가.
 "이제 돌아가세요. 시간이 되었습니다."
 당직 간호장교가 말했다.

나는 규칙에 따라 아홉시 이전까지 막사로 돌아가야 했다. 이제 다시는 그를 볼 수 없다는 것을 나는 알고 있었다. 나는 오랫동안 그를 바라보았다. 뼈 위로 피부가 얇게 걸쳐 있어, 아직 살아 있는 육신 밑으로 골격이 드러나 보였다. 그 강렬하던 이마에서 그의 사고가 빠져나가고 있었다. 나는 그를 오랫동안 바라보았고 고통에 의해 정제된 그 얼굴을, 마치 깊은 샘과도 같은 저 아득한 눈길을 내 기억 속에 새겨넣었다. 그는 모든 것을 고요히 수락하는 것 같았다. 삶을 똑바로 바라보았듯이, 그는 죽음도 똑바로 바라보고 있었다.

나는 무거운 마음을 안고 모포 속으로 기어들어갔지만 잠을 이룰 수는 없었다. 자크가 나를 부르면서 혼자 헐떡거리는 꿈을 꾸었다. 다음날 아침 점호가 시작되기 전에 나는 병동으로 달려갔다. 그러나 전날 내가 떠난 지 십오 분 후에 그는 조용히 숨을 거두었다는 말을 들었다. 간호 장교가 내게 한 장의 쪽지를 내밀었다.

장 베르몽에게
희미한 기억에 의지해서 이 노래를 적는다. 오래전에 불리워졌던 이 혁명가를 어디에서 들었는지는 잊었지만, 오늘 그것은 내 마음을 기쁘게 한다.

몸짓도 꽃다발도
종소리도 없이

남자답게
눈물도 한숨도 없이
너의 옛 동지들
너의 친구들이
너를 땅에 묻었다
희생자여
대지는 너의 영구대(靈柩臺)
꽃도 십자가도 없는
무덤이여

너의 유일한 기도는
동지여
복수, 그리고 복수
너를 위하여…….

"그저께 낮에 쓴 것입니다."
간호장교가 말했다.
"전해드리는 것을 깜박 잊었습니다."
나는 이 시를 들고 막사로 돌아와, 침상에 누워 몇 번이고 되풀이해서 읽었다. 자크, 나의 친구 자크는 마지막 사념들을 이 시에 묶어두고 있었던 것이다. 의식이 또렷했던 마지막 몇 시간 동안 그는 죽음을 생각하고 있었다. 그리고 무명용사의 순박한 죽음을 꿈꾸었던 것이다.

몸짓도 없고, 꽃다발도 없고, 종소리도 없고, 눈물도 없는……
그리고 너의 유일한 기도는 복수, 그리고 복수, 너를 위하여……
이 헐떡거리는 시 한마디 한마디가 나의 뇌리에서 떠나지 않았다.
그에게 복수가 무슨 의미인지는 분명했다. '나의 시체를 넘어 투
쟁이 계속되기를…….' 자크는 자신의 죽음을 자유를 위해 죽어
간 저 무수한 사람들의 죽음과 동일시하고 있었다. 이 시에는 주
석이 필요 없다. 나는 자크를 잘 알고 있었고, 그가 이 시를 어떻게
이해했는지도 알 수 있었다. 이 단순함, 이 고결함, 무수히 많은 전
사들 가운데 단순히 한 전사이기만을 바라는 그의 의지, 본질적인
것 외의 모든 것에 대한 경멸이 나에게 깊은 충격을 주었다.

자크의 매장은 자살한 사람의 경우와 비슷했다. 마차가 지나가
며 삐걱하는 바퀴 소리를 냈다. 우리는 눈보라 속에서, 두 줄로 늘
어선 검은 막사 앞에 정렬했다. 나는 그에게서 받은 작별의 시를
낮은 목소리로 암송했다.

2부

1

자크가 죽고 난 이후 며칠 동안의 생활을 결코 잊을 수 없다. 친구의 죽음은 전투에서의 패배와 포로생활 이후 잠들어 있던 나의 모든 능력에 결정적인 타격을 가했다. 그렇게 해서 나의 의식과 지성, 의지가 되살아난 것이다. 나는 모든 것을 재검토하고 폐허 위에 무언가를 세우기 시작한다. 나는 온 힘을 다해 고립 상태에서 벗어나고 있었으며, 가까운 과거의 일을 생각하다 보면 자크의 비난이 생각나 얼굴이 붉어진다. '자네는 자신을 세계의 중심이라고 생각하고 있어!' 아니, 이제 나는 나를 세계의 중심이라고 생각하지 않으며, 나를 다시 세계에 통합시키려고 세계와 나 사이에 새롭고 다양한 관계를 만들어나갔다.

이 같은 정신 상태의 첫 결과는 동료들과의 관계 회복으로 나타났다. 이제 나는 그들을 보다 솔직한 마음으로 볼 수 있게 되었다.

그러나 나는 극단적으로 그 반대편에 빠지는 것을 거부한다. 인류에 대한 사랑을 설교하는 인간들을 항상 혐오했기 때문이다. 인간은 아름답지 않다. 그것은 그의 잘못이 아니라, 그가 받은 교육이 잘못되었기 때문이다. 인간은 잔인하다. 인간은 이기적이다. 그에게 주어진 삶의 조건이 그렇게 만든 것이다. 그러나 친하게 되었던 코스트가 말했듯이, 누구나 그들의 마음속에는 순금 한 조각이 있어 때때로 깊은 곳에서 그 모습을 드러내며 한순간 반짝인다.

■■■

"자네 친구인 퐁타니에 같은 인간은 좀처럼 찾아보기 어렵지."
코스트가 말했다.
"나는 말이야, 충동적으로밖에 투쟁을 할 수 없거든. 그건 아마 나의 체질 때문이겠지만, 어쨌든 지치지 않고 계속해서 싸움을 해나갈 수 있는 사람들을 나는 존경해."
나는 코스트와 이야기를 하는 것이 즐거웠다. 그는 머리가 좋고 자만심이 없었다. 나는 그의 볼품없는 몸매까지 호감이 가고, 약간 비뚤어진 입, 더부룩한 머리칼, 러시아 농부처럼 총명한 눈매, 냉정하게 비웃는 듯한 목소리도 좋았다. 그는 끊임없이 타인과 자기 자신을 비판했고, 그것은 내가 명료하게 생각하는 데에 도움을 주었다. 우리는 끝없이 막사의 중앙 통로를 함께 걸으면서 미래의 인간상에 관해서 토론을 했다.
"세계 혁명이 초래할 경제 · 정치적 변화를 예견하는 것은 어려운 일이 아니야."

그는 말을 덧붙였다.

"그러나 그것이 인간 자신, 인간의 근본적인 구조에 미칠 변화를 상상하는 것은 거의 불가능해."

코스트는 적절한 단어들을 생각하고 그것을 하나하나 골라서 천천히, 길게 끌면서 말했다.

"인간이 하루 몇 시간을 일해서 빵을 벌고, 영양 부족으로 고통을 당하지 않게 되고, 수많은 새로운 즐거움을 맛보고, 창조적인 활동을 한다면, 근본적으로 변하게 될 거야…… 여러 가지 사건들이 굉장한 무게로 인간을 짓누르고 있어. 자네 자신의 경우를 생각해봐. 전투의 패배와 포로생활이 마음을 공허하게 만들고 파괴해버렸지. 그후 자넨 단번에 정신 상태가 비겁한 인간이 돼버렸어. 그런데 퐁타니에의 죽음과 그것이 가져온 깨우침이 다시금 자네를 변모시켰고, 어떤 의미로는 해방시켜준 거지. 한 개인에게 진실인 것은 수많은 사람들에게도 역시 진실이야. 내가 세계 혁명의 필연성을 믿는 것도 바로 그 때문이야."

나는 몇 시간이고 코스트가 하는 말에 귀를 기울였다. 그는 토론을 벌이면서 파이프를 피워 물거나, 과장된 몸짓 없이 천천히 이야기하기를 좋아했다.

1월이 지나갔다. 시간은 단조롭게, 느린 강물처럼 흘러갔다. 우리의 생활에 달라진 것은 없었다. 미국이 참전하게 되자 희망과 낙담이 막연하게 교차했다. 어떤 사람들은 미국의 우수한 공업기술이 바로 승리의 보증 수표라고 생각했다. 다른 사람들은 유럽

대륙과 미대륙 간의 전쟁이 십 년은 계속될 것이라고 걱정했다. 내가 그것은 말도 안 되는 생각이라고 소리치자, 코스트는 이렇게 대꾸했다.

"그것은 가능성일 뿐이야. 그렇지만 자네 마음에 들지 않는다고 해서 무조건 배척할 권리는 없는 거야."

그때 전에 자크가 비난하던 말이 떠올랐다. '자네는 자신을 세계의 중심이라고 생각하고 있군!' 자신의 자아로부터 벗어난다는 것은 얼마나 어려운 일인가! 객관적으로 사고하려고 노력할 때조차도 내 가슴속에는 살가죽이 벗겨진 짐승이 울부짖었다. 나는 코스트조차도 몇 시간이고 계속 입을 다물고 있을 때는 자신의 이기적이고 주관적인 생각과 싸우고 있는 것임을 알았다. 그가 가장 강하지 못한 순간이다. 포로들만이 알고 있는, 무서운 힘을 지닌 악마는 밤낮없이 공격을 하면서 조금이라도 정신이 해이해지는 순간을 놓치지 않는다. 자크가 죽고 나의 내부에 큰 변화가 생긴 다음에도, 나는 가끔씩 굴복하곤 했다.

어느날 도서실에 앉아서 도스토예프스키를 다시 읽고 있는데, 코스트가 다가와 의무 병동에서 나를 찾는다고 전해주었다. 나는 클레르에게서 불길한 소식이 온 게 아닐까 하는 마음으로 달려갔다. 그러나 프랑스 의사가 나를 보더니 아무런 설명도 없이 '옷을 벗어요'라고 말했다. 나는 놀라서 아픈 데가 없다고 말했다. '잔말 말고……' 그는 이렇게 대꾸했다. '당신에 관해 스위스에서 온 편지가 있어.' 나는 즉시 상황을 짐작했다. 국제 적십자에 있는 친구가, 전에 내가 폐질환을 앓았다는 사실을 들어 의료위원회에 제소

해보겠다고 연락을 해온 적이 있었기 때문이다. 그후 팔 개월 동안 아무 소식이 없었는데, 이제 이 문제가 재론되는 모양이었다. 나는 의사의 질문에 그럭저럭 대답을 하고 전에 요양원에 입원해 있었다고 말했다. 독일인 의사가 진찰을 하고 나서, 나중에 진료 부장이 호출을 할 거라고 말했다. 나는 흥분을 감추지 못한 채 기쁜 얼굴로 막사로 돌아왔다. 코스트는 내가 겉보기에는 솔직해 보이지만 내심으로는 교활한 사람이라고 말했다. 그때서야 나는 내 기쁨이 옳지 못한 것임을 깨닫고 애써 감추려 했다.

2월 10일 — 열흘 동안 일기를 쓰지 않았다. 거의 한 끼도 먹지 않았다. 대부분 침상에 누워서 지낸다. 밤에는 배고픔 때문에 잠을 이루지 못한다. 오랜 침체 상태가 계속되면서 거의 아무것도 느끼지 못한다. 가장 힘든 것은 식사 시간이다. 막사의 중앙 통로를 걷다 보면 어느 방에서나 같은 광경을 볼 수 있다. 음식이 놓여진 테이블 둘레에 포로들이 앉아 있고, 김이 나는 수프가 담긴 반합, 그리고 통조림을 따서 각자에게 나누어주고 있는 식사 당번. 우리 분대의 랑쥐스가 나를 부른다.
"베르몽, 식사하지 않을 거야?"
나는 무관심한 목소리로 먹지 않겠다고 말한다. 자크의 탈출 사건 때문에 금지되었던 소포 반입이 겨우 해제되어 한꺼번에 몰려들어오기 시작했다. 이렇게 많은 소포가 일시에 배달되기는 처음이다. '상처에 소금을 뿌리는 사람'이 온종일 걷기만 하는 나를 부른다.

"간식 좀 먹어보지 않겠어?"

이렇게 말하고는 교활한 눈초리로 막 따려고 하는 참치 통조림을 가리킨다.

"바피는 달걀을 받았어. 내일은 달걀과 햄 요리를 해먹으면 어떨까?"

그리고는 재미있다는 듯이 웃음을 터뜨린다.

저쪽에는 몸집이 작은 그로비예 신부가―여신도가 보내온 모피를 보온용으로 배에 두르고 다니기 때문에 '고양이 가죽'이라는 별명을 가졌다―걸상 위에 올라가서, 맛있는 냄새를 풍기면서 난로 위에서 익고 있는 크림을 살펴본다. 같은 분대 소속인 공증인 펠릭스는 수프를 세 번이나 덜어 먹으며 항상 하던 대로 '잔소리 마!'라고 소리친다.

식사는 왁자지껄한 소리, 반합이나 쟁반이 부딪치는 소리 속에서 계속된다. 마침내 조용해지면 나는 침상에 눕는다. 때로는 도저히 견딜 수가 없어 비스킷을 한 입 베어먹는다. 비스킷이 그렇게 맛있을 수가 없다.

■ ■ ■

2월 13일―정말 쇠약해진 느낌이다. 다행히도 바로 내일이 검사를 받는 날이다. 끔찍하게 독하고 입맛이 얼얼한 폴란드산 파이프 담배를 몇 대 피웠다. 단식 중에 담배를 피웠기 때문에 얼마 동안은 심장이 두근거리고, 얼굴은 향신료가 잔뜩 들어간 누런색 빵처럼 볼썽 사나운 꼴이 될 것이다. 이렇게 안간힘을 쓰는 나를 지켜본 코스트가 한마디 한다.

"효과가 좋군! 시체 같은 몰골이야."

거울을 들여다본다. 초췌한 모습에, 이 주일이나 깎지 않은 수염, 누렇게 뜬 황토색 피부…… 이 정도면 됐다고 생각한다.

"자네도 한번 해보면 어때? 폐병 환자 같은 그 얼굴이라면 단번에 성공할 테니까."

나는 코스트에게 말했다.

그는 어깨를 으쓱하고는 자신의 체력으로는 견뎌내지 못할 거라고 말한다.

"게다가 나는 보란 듯이 근사하게 탈출을 하고 싶단 말야. 용기가 있을지 모르지만."

■■■

2월 14일—이제 됐다. 귀국 예정자 제3호 명단에 내 이름이 올라갔다. 이제는 식사를 한다. 다시 면도를 하기 시작하고, 말할 수 없는 삶의 기쁨을 느낀다. 곧 이곳을 떠날 수 있다는 확신이 나를 포로생활에서 해방시키고, 동료들과 다른 특별한 존재로 만든다. 아주 특별한 기쁨이 나에게 활기를 주고 나를 지탱시켜준다. 이제 나는 언제나 현재나 과거 속에 유폐되어 있는 포로생활에서 느끼는 체념을 거둔다. 나는 또다시 온통 미래를 향해 정신을 긴장시킨다. 밤에는 잠을 이루지 못하고 출발의 날을 꿈꾼다. 수용소 울타리를 넘어가는 내 모습을, 전나무 숲 가장자리의 길모퉁이에서 사라지는 내 모습을, 달리는 기차에 앉아 있는 내 모습을 본다. 기차의 기적 소리는 이제 더이상 쓸쓸하게 부르는 노래가 아니라 놀라운 약속이다. 나는 산타클로스를 기다리는 아이가 되었다. 이제 동료들은 흐릿한 그림자에 불과하다. 오직 나만이 떨리는 생명을 호흡하고 있다. 이 모든 것을 예민하게 느끼는 코스트는 내가 마치 다른 종류의 인간이라도 된 것처럼 나를 멀리한다.

"자네는 이제 부인과 아이를 만나겠지. 평화로운 생활을 되찾겠군. 그리고 우리들의 어리석은 토론이나 이곳의 비참한 생활은 기억도 못 하겠지."

내가 아니라고 말하자 그는 덧붙인다.

"자네는 설마 자신을 초인이라고 생각하는 건 아니겠지?"

출발이 결정되고 나서야 겨우 마음이 가라앉았다. 프랑스로 돌아가면 이 모순의 느낌은 사라지겠지. 그러나 현재 가장 큰 걱정은 클레르를 다시 만나는 일이다. 그녀에게서 받은 편지 때문에 불안하지 않을 수 없다. 결혼 이후 그녀의 건강은 늘 좋지 않았고, 특히 아이를 낳은 후에 더 나빠졌다. 그녀의 편지 가운데 애매하고 망설이는 듯한 구절로 미루어보아, 이번 겨울에 심한 고생을 하고 있는 것이 틀림없다. 무슨 병이라도 걸린 게 아닌지 걱정이 된다. 빨리 돌아갈 수만 있다면!

나는 때때로 죽음과 경주를 벌이고 있는 듯한 기분이 든다. 자크는 이 괴로움을 알지 못했다. 그는 클레르의 여린 곳을 보지 못했다. 그녀의 고통과 슬픔과 절망의 시간들을 함께하지 않았기 때문이다. 그가 그녀를 만난 것은 그녀 쪽에서 그럴 준비가 되어 있을 때뿐이었다. 아마 그는 그녀의 생각을 나보다 더 잘 알고 있었을지 모른다. 그러나 그녀의 몸을 잘 알고 있는 사람은 바로 나다. 그래서 나는 그녀를 사고하는 한 인간으로서 뿐만 아니라, 어린 아이를 사랑하듯 그렇게 사랑했다. 그리고 그녀를 보호하고 삶의 모든 고통에서 구해내고자 했다. 바로 그 때문에 나는 예전의 기쁨을 되찾으려는 단순한 욕망을 넘어서, 어떤 대가를 치르더라도 평화를 찾고자 했던 것이다. 그러나 그것을 생각해보면 모든 것이 뒤섞여 혼란스러워진다. 나의 유일한 기쁨은 바로 클레르와 함께 사는 것이기 때문이다. 이기심의 한계는 어디까지인가?

  나 자신을 지나치게 분석하다 보니 생각이 논리에 어긋나는 것을 깨닫는다. 사고력을 훈련시켜야겠다는 생각에 독서에 몰두하기로 한다. 그래서 도서실에서 책을 한권 한권 읽어나간다. 그러나 책에서 눈을 떼면 정신은 놀랄 만큼 활발하게 움직인다. 최고 속도로 작동하는 새 기계 같다. 나는 다른 막사에 있는 제3호 명단의 귀국 예정자들을 자주 만났다. 우리는 일종의 비밀조직을 형성하고 있었다. 우리의 관심사는 다른 동료들의 그것과는 달랐다. 출발은 4월이나 5월이 될 것이라고 추측했다. '환자 수송 열차가 4월 말 이전에 우리를 수송한다면 좋으련만. 그렇지 않으면 동부전선에서 일어날 공세 때문에 사용 가능한 모든 열차가 징발당할 텐데.' 프랑스에서 온 환자 수송열차가 콩피에뉴와 독일 수용소 사이를 쉴새없이 왕복하고 있다고 말하는 사람도 있었다. 2월 말에는 전혀 다른 뉴스가 퍼지기 시작했다.

"제이호 명단과 제삼호 명단에 이름이 올라 있는 사람은 일 주일 후에 출발한다."

"이 명단은 비엔나에서 다시 작성된 것인데, 이름의 절반이 삭제되었다."

우리들은 술렁거리기 시작했고, 끊임없는 희망과 절망이 되풀이되면서 가슴은 불안감으로 조여들었다. 비틀거리는 클레르의 마음에 용기를 주기 위해 곧 귀국하게 될 것이라고 이미 편지를 보냈었다. 그런데 지금 와서 그것이 실현되지 못한다면! 나는 브리지 게임을 시작했다. 심리적 안정을 유지하는 데는 이것만큼 좋은 것이 없기 때문이다. 정신을 기계처럼 움직여 마음의 동요를 가라앉히는 것이다.

프랑스를 마음속에 떠올려 보기 위해 모파상을 다시 읽는다. 모파상만큼 본질적으로 프랑스적인 작가는 없다. 다음 구절이 특히 나를 감동시킨다.

이 세계에는 감각적인 매력을 지닌 구석들이 있다. 우리는 그런 곳을 육감적으로 사랑한다. 대지에 매혹당한 인간인 우리들은 자주 가보았던 어떤 샘물, 어떤 숲, 어떤 연못, 어떤 언덕에 다정한 기억들을 간직하고 있다. 그러한 장소들은 마치 행복한 사건들처럼 우리를 애잔하게 만든다. 때때로 우리의 기억은 숲의 한 귀퉁이, 비탈의 끝, 어느 화창한 날 단 한 번 보았던 꽃이 만발한 과수원으로 달려간다. 그러한 곳들은, 봄날 아침, 거리에서 보았던 밝고 환하게 단장한 여인들의 모습처럼, 우리 마음속에 그렇게 남아 있다. 우리의 영혼과 육체 속에 잊을 수도 없고 채워지지도 않는 갈망을, 서로 옷소매가 스치는 행복감만을 남겨주었던 여인처럼 그렇게…….

포로의 마음을 울리기에 충분하지 않은가! 내가 이것을 수첩에 옮겨적고 있을 때 동료 한 사람이 다가오더니, 제3호 명단에 실린 환자는 모두 비엔나 의료위원회에서 파견된 의료진에게 재진을 받기 위해 소환될 것이라고 알려주었다. 나는 책과 수첩을 밀쳐놓고 이 불길한 뉴스를 골똘이 생각했다. 기가 막힐 일이었다! 다시 식사를 시작하면서부터 내 얼굴빛은 좋아졌기 때문이다. 별수 없이 나는 즉시 단식을 하기 시작했고, 동료들의 비웃음은 다시 시작되었다.

■ ■ ■

3월 1일—검진을 받았다. 결과는 아직 모른다. 이 주일 동안 일기를 쓰지 않았고, 기운도 없다. 이제 다 틀린 것 같다.

■ ■ ■

3월 3일—대위 한 사람이 의무병동에서 심장마비로 죽었다. 그가 돌아오기만을 기다리고 있는 사람들의 슬픔을 생각해본다. 무덤 하나 두지 않을 주검. 영원한 추방자.

창밖의 눈보라. 질척거리는 진흙탕. 날카로운 칼날을 세워 고원을 후려치는 바람. 막사는 쉴새없이 덜컹거린다. 고원에서는 신경질적인 기관총 소리와 박격포의 폭음이 들려온다. 사단이 훈련중이다. 봄이 오면 개시될 공세를 준비하는 훈련이다.

■ ■ ■

3월 20일 ─검진 결과가 나왔다. 명단에 올랐던 아흔여덟 명 중에서 마흔일곱 명이 삭제되었다. 아직 이름은 발표되지 않았다. 어쨌든 귀국할 수 있는 가능성이 절반으로 줄었다. 매일 점호 후에 스피커에서 나오는 말에 귀를 귀울인다. 그러나 출발 전날까지는 발표하지 않겠다고 한다. 수용소 생활은 숨이 차 토막토막 끊겨서 흘러간다. 책을 읽어도 한 번에 한 페이지 이상을 읽을 수가 없다. 브리지 게임을 해도 주의를 집중하기가 어렵다. 나의 감각은 숨어서 엿보고 있다. 나는 한없이, 한없이 기다린다. 때때로 절망에 사로잡힌다. 나는 출발을 알아차렸고 열에 들뜬 듯이 그 생각만 했다. '당신이 돌아온다고 생각하니 기뻐서 미칠 것 같아요'라고 클레르는 편지에 썼다. '당신이 병자라고 주둔군 사령부에 신고했더니, 우리 집을 점거하고 있던 독일 군인들이 나가주었어요.' 이런 편지를 읽는 마음이 어찌나 무거운지! 아무것에도 흥미를 가질 수가 없다. 불안이 끊이지 않는다. 이리저리 걸을 때마다 고통도 함께 따라다닌다. 아마 앞으로 몇 달, 아니 몇 년을 이 철조망 속에 갇혀 있게 될지도 모른다. 이런 이야기를 코스트에게 하자 그는 비웃는다.

"그만해! 그게 우리를 기다리고 있는 운명 아니야? 자네도 다른 사람들과 다름 없겠지."

이 말은 나를 위로해주지 못한다. 왜냐하면 나는 마음속으로 이미 이곳을 떠났으니까.

■ ■ ■

나는 의무실에서, 현재 병으로 누워 있는 환자들만이 귀국할 수 있다는 것을 알았다. 얼굴을 한 대 얻어맞은 느낌이다. 약한 모습을 보이지 않으려고 마음을 굳게 먹는다. 이럴 때 혼자 있을 수 있다면, 내 모습을 감출 수 있는 고독의 공간을 가질 수 있다면 얼마나 좋을까. 그러나 그것은 허용될 수 없는 일이다. 부활절의 멋진 월요일! 예배당의 날카로운 종소리가 들린다. 종소리도, 그들의 기도도, 그들의 신도 나를 위로해주지 못한다. 그 무엇도 자유를 애원하는 자유로운 마음을 위로해주지 못한다. 그리고 나는 붙잡히면 생명이 끊어져버리는 야생동물의 마음을 이해한다.

■ ■ ■

4월 28일 — 밤에 불침번을 서면서, 병을 담아놓는 상자 안에 있는 램프의 불빛에 의지해, 동료들의 코고는 소리를 들으면서 쓴다.

어제는 상처난 심장에서 피가 흘러내리는 것 같은 느낌이었다. 한순간 한순간이 날카로운 고통으로 나를 후려쳤다. 나의 집과 기쁜 마음으로 나를 기다리고 있는 클레르, 그리고 아이의 모습이 눈에 선했다. 그리고 반쯤 열렸던 문이 낙원 앞에서 닫히는 것이 보였다.

그렇다, 그것은 참을 수 없는 절망의 날이었고, 그 절망은 내 온몸에서 새나왔다. 동료들의 태도에서 그것을 느낄 수 있었고, 알 수 있었다. 귀국 준비를 할 때 사람들은 미리 포로의 특성을 벗어던진다. 규칙적으로 일하지 않으며, 동료들과 생각을 같이 하지도 않는다. 하늘을 가르는 섬광 같은 희망이 온몸을 꿰뚫고 나온다. 그러나 뜨겁게 고동치는 육체처럼 싱싱하고 젊은 희망이 사라지면 아무것도 남지 않게 된다. 공허, 그리고 절대의 침묵, 허무. 오직 가슴을 도려내는 듯한 강렬한 고통뿐. 포로들의 세계로 다시 돌아가야만 한다. 몇 달이고 그리고 몇 달이고 포로의 시련을 되풀이해야만 한다. 그것은 너무나도 초인적인 일이어서 절망이 나를 껴안고 어깨를 흔든다. 나는 냉소한다. 모두 다 꺼져버려라, 독일도, 영국도, 러시아도, 프랑스까지도, 세계도, 존재하는 모든 것은 다 꺼져버려라. 그러나 나는 자유의 몸이 되어야 한다!

■■■

4월 29일—어제는 끔찍할 정도로 온몸에 기운이 없었지만, 오늘은 좀 나아졌다. 어느 정도 기운이 회복되어 아직은 견뎌낼 수 있을 것 같다. 클레르도 참아낼 수 있으면 좋으련만. 그녀가 절망하지 않도록 이 사태를 부드럽게 알려주어야 한다. 그녀에게서 이 고동치는 뜨거운 희망을 단번에 빼앗아서는 안 된다. 겨우 다시 책을 읽을 수 있게 되었다. 자크의 기억, 자크의 가르침이 나를 지탱시키고 있다.

■ ■ ■

4월 30일 — 인간은 왜 이렇게 수다스러울까? 지껄이기 위해서 지껄이는(쓸모없는 말을 하는) 이 이상한 버릇! 오늘 오후에는 브리지 게임을 하지 않는다. 나는 침상에 누워 책을 읽는다. 곁에는 피캉데가 의자에 앉아 하품을 하다가 심심한지 옆사람에게 말을 건다. 코스트는 난로 옆에서 사유재산에 관해 이야기하고 있다. 말상대가 전혀 이해를 못 하는지 그는 화를 낸다. 그러니까 오직 말을 하는 즐거움 때문에 이야기를 하고 있는 것이다. 나는 헉슬리를 읽어보려고 하지만, 여기저기에서 이야기 소리가 들린다.

"러시아는 결국 그렇게 움직일 거야. 다른 수가 없잖아."

"보(스위스의 주 이름—역주) 지방 사람들은 국제관계나 정치, 그리고 우리에게 큰 피해를 준 모든 것들에 지나치게 사로잡혀 있어. 그러나 베른(스위스의 주 이름—역주) 사람들은 스위스의 꽃이지."

"내일은 소포 배달이 없대! 죽을 지경이군."

"자네들은 요구하는 게 너무 많아!"

"미군의 '하늘의 요새'가 독일을 격파하겠지."
"너한테 성냥을 두 갑이나 빌려 주었어."
"아, 그녀석! 썩 괜찮은데 그래!"
"동부전선은 완전히 사면초가로군."
"스페이드 넉 장!"
"두 배로 걸겠어!"
"그러면 나도 두 배로!"
"러시아인들은 영웅적으로 싸우고 있어. 그래도 놈들은 그들이 현 정권에 불만이라고 주장하거든. 알겠어?"
"Dégénération(퇴화)은 프랑스어가 아니야. Dégénérescence라고 해야 옳지."
"클로버 일곱 장에 에이스, 킹, 잭…… 10점이야. 나머지는 꽝"
나는 헉슬리가 미국에 대해 쓴 대목을 읽고 있는데, 그것은 앵글로색슨 자본주의의 우스꽝스런 모순에 관한 것이다.

인간은 자신의 권력을 세우려 한다. 그 때문에 인간은 잔인한 존재가 되기도 하고, 선한 존재가 되기도 한다.

누군가가 천천히 공들여서 연필을 깎고 있다. 나는 독서를 다시 시작하기 위해 이 희미한 소리가 끝나기를 기다린다. 밖을 바라본다. 바라크는 시궁창 속에 잠겨 있는 것 같다. 눈은 거의 다 녹아버리고 군데군데 더러운 거품덩어리만이 남아 있다. 비탈진 곳에는 눈 녹은 물이 흘러내리고, 히끄므레하게 남은 덩어리는 바닷물이 빠져나간 뒤의 해안 같다. 배 밑창처럼 시커멓고 칙칙하고 견디기 어려운 이 분위기를, 그리고 이 수용소를 도대체 언제쯤 벗어날 수 있을 것인가?

'터무니없는 진지함…… 이것이야말로 우리가 가장 두려워해야 할 오류의 근원이다.'

헉슬리는 주장한다.
"비타민이 부족해. 내 맥박은 사십사밖에 안돼."
"장교에게 강제 노동을 시키다니, 언어도단이야. 이건 품위의 문제라구."
"막사 책임자는 독일군에게 우리의 대표자일 뿐, 그 이상은 아니야."
"우리의 우두머리이고, 우리에게 명령할 수 있어."
헉슬리는 나에게 속삭인다.

'인간은 평화만으로는 살 수 없을 것이다. 인간은 자신의 삶이 의미를 갖고 있다고 느끼지 않으면 안 된다.'

"빌어먹을, 이거야말로 진짜 문제다!"
철학자 부카르드의 목소리가 들린다.
"아내를 얻으라는 내면의 명령이 들렸을 때, 난 어느 아가씨를 소개받아서 두 달 만에 결혼을 하고 말았지."

"생 디에서 퇴각을 할 때, 소형 트럭과 침낭을 잃어버리고 말았지. 침낭이야말로 포로가 되었을 때 아주 중요한 물건인데 말이야."

"자신의 내면에서 나오는 명령에 따르고 운명의 방향으로 간다면, 나쁜 일은 생기지 않아."

"중요한 것은 배짱이야."

"자네는 왜 그렇게 결혼을 하고 싶어하지?"

"자식이 없으면 누구에게 돈을 물려줘야 하나? 나는 어머니가 물려주신 보석을 경매에 넘기고 싶진 않단 말이야."

"유럽 건설! 그걸 위해선 사람도 좀 죽어야 하지 않을까?"

헉슬리는 말한다.

'이야고(셰익스피어의 비극 『오셀로』에 등장하는 악당—역주)는 존재하지 않는다. 그러나 이야고가 했던 모든 일을 그대로 할 사람들은 어디엔가 반드시 존재한다. 그렇지만 그들은 결코 자신들을 망할 자식들이라고는 말하지 않을 것이다. 그들이 건설할 세계에서는 모든 추악한 행위들이 올바르고 합당하다는 말잔치가 벌어질 것이다.'

헉슬리의 목소리는 재미있고 신랄하다. 헉슬리는 인간을 감상적인 지식인의 위선적인 관용이나 눈물 적시는 동정심이 아니라, 과학자의 날카로운 안목으로 판단하고 있다. 그러나 포로들의 견딜 수 없는 우울이 헉슬리의 목소리를 눌러버린다. 한 달 전에 나는 라인 강을 바라보며 담뱃불을 붙여야겠다고 생각하면서 기뻐했다. 그런데 이 모든 것은 물거품이 되고 말았다. 낮과 밤이 지나는 사이에 멀리 사라져버리고 만 것이다.

갑자기 누군가가 뛰어오는 발걸음 소리, 그리고 외치는 소리.

"제삼호 명단에 오른 사람들은 이 주 뒤에 출발한다! 자네도 들어있어, 베르몽!"

한순간 멍해졌다가 또다시 찾아온 강렬한 황홀감. 무수한 별빛에 눈이 부신다.

2

5월 3일—눈이 녹는다. 얼어붙은 땅이 녹으면서 수용소 전체가 흐르는 물로 젖어 있고, 비탈진 곳에서는 흡사 급류처럼 흐른다. 나는 오랫동안 잊고 있던 이 물의 노랫소리에 귀를 기울이며, 경쾌하게 흐르는 물 속에 두 손을 담근다. 이것이 수용소에서 보내는 마지막 일요일인가?

벌써 땅바닥의 검은 흙이 드러나고 있다. 동료들은 농구 코트를 정비한다. 그들은 또 한번 보낼 수용소의 여름을 준비하고 있다.

5월 5일—내일이면 출발이다. 마치 꿈을 꾸는 것 같다. 프로방스의 빛나는 황금빛 새벽. 보이지 않는 종달새들의 지저귐. 녹아내리는 꿀처럼 부드러운 태양. 공기는 뭐라고 말할 수 없는 그윽한 향기로 부풀어 있겠지. 하늘의 색깔은 노랑과 파랑 사이를 오간다. 철조망 너머 들판은 온통 어지러울 정도로 짙은 초록이다. 내가 확신을 갖지 못했다면 이 봄은 얼마나 고통스러웠겠는가!

포로들은 속옷만 입은 채 수용소 구내를 돌아다닌다. 식당 앞 공터에서는 브라스 밴드가 연습 중이다. 나는 벌써 낯선 눈으로 이 광경을 바라본다. 내일이면 나는 살아 있는 사람들 사이에 있겠지.

■ ■ ■

5월 6일—네시 기상. 동료들과 분주하게 작별인사를 나눈다. 특히 여위고 허약한 코스트를 두고 떠나는 것이 부끄럽다. 소지품 검사. 출발 수속. 몇 번씩이나 확인 점호를 한 다음, 우리는 일렬종대로 무장한 독일군들에 에워싸여 수용소의 문을 나선다. 중환자들을 실은 두 대의 마차가 뒤따라온다. 이것으로 끝이다. 동료들은 철조망에 달라붙어 몸짓과 목소리로 작별인사를 보낸다. 가련하고 힘없는 목소리들. 우리는 등에 무거운 짐을 메고 걷는다. 뒤를 돌아볼 때마다 수용소가 작아진다. 언덕길로 접어들어 그렇게도 꿈꾸던 숲의 모퉁이에 닿는다. 내 신발은 딱딱한 땅에 무겁게 부딪치고, 나는 자갈 위에서 비틀거린다. 다시 한번 뒤를 돌아본다. 동료들은 아직도 철조망에 늘어서 있다. 코스트도 보인다.

그의 목소리가 들리는 듯하다. '사건들은 엄청난 무게로 인간들을 짓누르지. 포로 베르몽은 이제 죽었어. 파리에서 태어날 사람은 다른 베르몽이고, 그는 자신이 겪었던 고통과 우리가 겪고 있는 고통을 잊어버리겠지.' 이것은 자신의 진정한 생각을 눌러두고 하는 뼈아픈 충고이다. 타인이나 자신에 대한 그의 격렬한 비판은 인간에 대한 신뢰와 은밀한 희망을 감추고 있다. 가엾은 '상처에 소금을 뿌리는 사람'이여! 그는 우리가 숲 모퉁이로 사라지면 아무 말 없이 손을 놀려서 하는 일에 몰두할 것이고, 그게 싫증이 나면 또 좋아하는 토론을 시작할 것이고, 예리한 말들을 퍼부을 것이다. 이제 고갯길의 정상이다. 땀에 젖은 내 얼굴을 식혀주는 이 자유의 바람이 바로 저 소나무 가지를 흔들며 거친 소리를 내는 그 바람이다. 마지막으로 다시 한번 뒤를 돌아본다. 작은 사변형으로밖에 보이지 않는 수용소에는 바라크의 검은 지붕들이 기하학적인 형태로 줄지어 있다. 철조망, 경비병들이 지키고 있는 감시탑, 쓰레기장 위를 맴돌고 있는 까마귀들에게 마지막으로 시선을 던진다. 이 모든 것들이 이리도 작았던가! 공터에서 한 포로가 아침운동을 하고 있다. 그는 달리기도 하고 두 팔을 치켜올리기도 한다. 위로 뛰어올랐다가 땅바닥에 엎드린다. 그러다가 다시 달린다. 아! 무엇을 위해 이렇게 진지한 동작을 되풀이한단 말인가! 얼마나 한심하고 가련한 삶인가! 나는 푸른 언덕들 사이에 납작 엎드린 이 작은 사변형 안에, 이 좁은 테두리 속에 어떻게 나의 삶을 꾸겨 넣었던가?

  길모퉁이를 돌아서자 이제 수용소는 보이지 않았다. 그래도 마음에 걸려서 나는 다시 뒤를 돌아본다. 그러나 시야에 들어오는 것은 언덕들밖에 없다. 우리는 호밀밭과 개양귀비꽃밭을 지난다. 나는 흙냄새를 깊이 들이킨다. 마을을 지난다. 나는 모든 것을 탐욕스럽게 바라본다. 여자들이 문간에 서 있다. 이십이 개월의 포로생활 동안 나는 여자를 바라보는 습관을 잃어버렸다! 그녀들의 얼굴과 몸은 내가 상상했던 것만큼 아름답지는 않지만, 그 섬세함과 연약함은 놀라울 정도이다. 아이 하나가 엄마를 돌아보고 손가락으로 우리를 가리키면서 '아빠! 아빠!'라고 소리친다. 그렇지, 이 아이의 아빠도 군인이겠지. 러시아에서 싸우고 있는 걸까. 우리는 녹초가 되어 역에 도착한다. 발은 아직 견딜 만한데 허리와 어깨가 쑤신다. 전에는 산 속에서 무거운 짐을 나르기도 했었는데…….

■ ■ ■

기차가 도착하기를 기다리면서 우리는 자그마한 집 앞의 풀밭 위에 드러눕는다. 나는 잘 가꾸어진 채소밭을 보고 감탄한다. 사과꽃이 가득 피어 있다. 나는 나뭇잎 사이를 스치는 바람 소리, 우리들의 수통에 물을 채워주면서 우리가 나눠주는 초콜릿에 즐거워하는 아이들의 외침 소리를 듣는다. 수도 펌프의 삐걱거리는 소리, 개 짖는 소리, 새들의 지저귐 소리도 들려온다. 처음에는 좀 둔감한 상태에서 들었지만, 그것은 나의 내부에서 솟아오르는 어렴풋한 생명의 술렁임이라는 것을 차츰 깨닫는다. 느리지만 저항할 수 없는 밀물과도 같은 것. 이 생명의 물결을 빼앗긴 인간은 바싹 말라버린다. 자기 스스로 만들어내는 독소에 중독되는 포로의 영원한 비극이 그것이다. 나는 숨을 깊이 들이마신다. 가슴이 부풀어오른다. 다시금 인간으로 변하는 것 같다. 무장한 보초들에게 눈길을 돌린다. '너희도 곧 그곳에 없을 것이다.' 그때 기적 소리가 울리고 내가 이십이 개월 전부터 기다리던 순간이 왔다. 모든 것은 꿈처럼 진행됐다. 열차가 플랫폼에 들어선다. 호송관들이 우리를 예정된 칸에 태우자 열차는 움직이기 시작한다. 바퀴가 굴러갈 때 나는 중얼거린다. '나는 자유다! 나는 자유다! 이런 날이 오리라고는 감히 생각하지도 못했는데……' 마음이 너무나 긴장돼서 머리가 터질 것만 같다. 그러나 곧 일상이 되돌아온다.

11시 30분 — 다뉴브 강을 통과
21시 — 린츠.
선로 공사를 하고 있는 한 포로에게 말을 걸어본다.
"카알과 나는 친구야."
그는 오스트리아 간수의 어깨를 잡으며 말했다.
"이 친구도 러시아 전선에 나가고 싶어하지는 않아."
그러자 오스트리아인 또한 프랑스 포로의 어깨를 정답게 두드리면서 웃는다.
"우리 둘은 동료야."
01시 10분 — 파사우. 오스트리아를 떠난다.
05시 — 라티스본
08시 — 뉘렘베르크.
열차는 포로 수용소 옆을 지난다. 벌써 나는 철조망과 감시탑과 더러운 바라크를 악몽처럼 되새긴다. 선로 저편에는 거대한 올림픽 경기장이 보인다. 지금은 방치되어 있지만 전에는 나치 전당대

회가 열렸던 곳이다.

1940년 7월 우리가 독일로 끌려왔을 때, 이곳은 온통 하켄크로이츠(나치 십자가, 갈고리 십자가)가 그려진 진홍색 깃발들로 뒤덮여 있었다. 프랑스를 이겼다는 경이로운 승리의 축제를 벌이고 있던 것이다. 아가씨들은 '총통'의 뛰어난 일망타진 작전으로 포로가 되어 끌려가는 프랑스 군인들을 바라보며 웃음을 터뜨렸다. 지금은 그 깃발들이 보이지 않는다. 내 눈에 가장 놀라운 것은 시골에 카키색 제복을 입은 사람들이 많다는 사실이다. 그들은 밭에서, 농가 마당에서, 한적한 길에서 짐마차를 끌고, 어깨에 짐을 메고, 괭이로 땅을 고르고, 잡초를 뽑고, 삽질을 하고, 곡괭이로 흙을 파내고, 씻거나 문지르고, 흙을 털고, 나무를 자르고, 철판을 구부러뜨리고 있었다. 도처에서 포로들이 전쟁 중인 독일을 위해 노동을 하고 있는 것이다. 도로 건설을 하는 포로들이 있었고, 철도의 복선 공사에 동원된 사람들도 있었다. 지금 우리 눈앞에 솟아 있는 거대한 공장 뒤편에도, 보이지는 않지만 또 다른 포로들이 일을 하고 있을 것이다. 여기저기에서 총 끝에 대검을 꽂은 보초들이 독일 제국의 노예들을 감시하고 있다. 노예로 전락한 수백만의 사람들을 생각하자 가슴이 죄어든다. 독일을 통과하는 동안 아무도 우리에게 말을 걸지도 쳐다보지도 않는다. 바인스베르크, 15시 35분. 하일브론, 17시. 기차에서 내린 초등학생들이 건방지게 웃으며 우리 앞을 지나가다 소리친다.

"자유! 평등! 박애!"

우리가 탄 기차는 비탈진 언덕에 포도밭들이 줄지어 서 있는 푸르고 풍요로운 네카어 강변의 골짜기를 내려간다. 하이델베르크와 오래된 회색빛 돌다리들이 보인다. 밤이 찾아왔다. 그러나 기차는 계속 북쪽으로 달린다. 만하임, 23시. 고사포의 포성. 탐조등이 밤하늘에서 번쩍인다. 모든 전등이 꺼지고, 우리는 화물칸에 웅크려 앉는다. 갑자기 기차가 심하게 움직이기 시작한다. 철교…… 라인 강이다. 눈에서 눈물이 흐른다.

날이 밝자 나는 정신없이 풍경을 바라본다. 프랑스의 집들이다. 전나무숲, 농가, 들판, 모두 프랑스의 것들이다. 첫번째 역에서 나는 역무원에게 신문을 보여달라고 부탁한다.

"없습니다."

그는 대답한다.

"신문을 읽지 않으니까요."

동료 한 사람이 말한다.

"오늘은 패탱 원수(독일 점령하의 프랑스 괴뢰 정부의 수반—역주)의 연설이 없나요?"

"아! 연설! 연설을 읽지 않은 지가 오래됐어요."

역무원은 무뚝뚝하게 대답한다.

프랑스 땅의 프랑스인과의 첫 접촉으로 내 몸은 기쁨으로 떨린다. 동료들은 이해를 하지 못한다. 수용소에서 그들은 소수 패탱 소속이었고, 아직도 고집스럽게 패탱 원수의 프랑스를 믿고 있었기 때문이다. 기차는 커다란 역 근처 공사장 앞에서 멈추었다. 노동자들은 일손을 놓고 침울한 얼굴로 입을 다물고 있다. 십장이 그들에게 다가가서 야단을 친다. 노동자들은 눈 하나 깜짝하지 않고 히죽거린다. 그러자 나의 동료들이 화를 낸다.

"이것이 새로운 프랑스란 말야? 꼴 좋다! 저 녀석들은 아직 교육을 덜 받았군. 일하는 게 무서운가⋯⋯ 그러나 나는 마음속으로 미소 짓는다. 귀환하자마자 프랑스가 저항하고 있는 장면을 목격할 수 있었던 우연에 고마움을 느낀다.

■ ■ ■

나는 공식적인 환영식이나, 스카피니(독일 점령하의 프랑스 독불협회 회장—역주) 대리라며 거드름 피우던 자의 연설 따위에 대해서는 이야기하지 않겠다. 나는 자유의 몸이 되었다는 감격에 그저 되는 대로, 아무런 감시도 받지 않고 거리를 돌아다녔다. 비가 내린다. 비에 젖은 신발을 한 걸음 뗄 때마다 질퍽거리는 소리가 난다. 한없는 기쁨으로 몸이 저절로 움직여지는 것 같다. 베레모를 벗었다. 군용 비옷을 입고 있어서 누더기 같은 군복은 보이지 않는다. 이렇게 괴상한 옷차림을 하고 있으니 독일군 장교에게 경례를 할 필요도 없다. 카페와 이발소에도 들른다. 나는 무엇이든 열심히 바라보고 귀를 기울인다. 나의 동포 프랑스 사람들의 마음을 짐작하는 데에는 긴 시간이 걸리지 않는다. 마침내, 내 주머니 속의 모든 증명서들이 말해주듯 나는 자유의 몸이 된 것이다. 파리행 열차, 파리 동부 역. 꿈꾸는 기분이다. 지하철의 냄새. 일상적인 삶. 연인들의 키스. 말없는 노동자들. 지나가는 사람들은 우리를 보고 '독일에서 돌아오는 중이군'이라고 생각하겠지. 생 라자르

역. 나는 역의 인파에 어리둥절해진다. 전차. 빨리 집에 가고 싶은 초조한 마음. 낯익은 풍경. 역, 그리고 포장된 도로. 거리. 또 다른 거리. 햇볕에 피부가 탔음에도 나의 얼굴은 창백해진다. 드디어 집이 보인다. 입 밖으로 나오던 소리가 입술 끝에 걸린다. 창가에 보이는 클레르의 얼굴. 그녀의 시선은 내 모습에 고정돼 있었으나 아직 나를 알아보지 못한다. 비명 소리. 달려나오는 발소리. 그녀가, 클레르가 나의 팔에 안긴다. 그녀는 흐느낀다. 나를 만져보고 내 눈을 들여다 본다. 우리는 거의 아무 말도 하지 못한다. 내 모습이 영락 부랑자 같다. 낡은 비옷, 티롤식 배낭, 끈으로 묶고 돌멩이를 넣어 흔들거리지 않도록 한 보따리, 그리고 초췌하고 햇볕에 그을린 얼굴. 나는 아들을 껴안는다. 얼마나 달라졌는지! 벌써 어른 티가 난다. 집에 들어온 지 오 분도 채 못되어 포로의 누더기 옷을 벗어 멀리 내던진다. 목욕. 평상복으로 갈아입고 식사를 한다. 애정. 기쁨. 내 눈에 보이는 것들이 믿어지지 않는다. 나는 집에 있다. 이제 철조망은 없다. 예전처럼 나는 여기에 있다. 자유롭게! 모든 것이 예전처럼 노래한다.

"자크는?"

클레르가 묻는다.

나는 한 손을 이마로 가져간다. 아직은 자크가 어떻게 죽었는가를 이야기할 때가 아니다. 아직은 과거나 미래의 일을 생각하고 싶지 않다. 오직 현재의 순간만을, 이 충만함과 강렬함을 붙잡고 싶을 뿐이다.

3

 모든 것이 예전처럼 노래한다! 첫날에는 그렇게 생각했다. 그러나 지금 깨달은 것은 내가 좀더 넓은 감옥에 갇혀 있다는 사실이다. 아침에는 독일군들의 합창 소리에 잠을 깬다. 길모퉁이에서 악장(樂長)의 짧은 외침이 들린다. 대개 사람을 감상적이고 나르하게 만드는 〈에델바이스〉라는 노래다.
 하사관이 쉰 목소리로 '차르트! 차르트!(부드럽게, 부드럽게)'라고 소리지른다. 그러면 히틀러 숭배자들은 부드러운 목소리를 내려고 입을 잔뜩 긴장한 채 앞으로 내민다. 때로는 군가가 울려퍼지기도 하는데, 이전에 독일군이 프라하나 비엔나에 입성할 때 베를린 방송에서 흘러나오던 행진곡과 같은 것이다. 군화의 발걸음에 리듬을 맞춘 찬가이다.
 "우리는 이렇게 세상 끝까지 행진하리라."

모든 것이 예전처럼 노래한다! 문 밖을 나서니 이웃 별장에는 독일 이름의 문패가 걸려 있다. 비스마르크관, 쾨니히스베르크관, 바르바로사관……. 그리고 거리에는 독일군들이 '졸다텐하임'(병사의 집) 근처에서 산책을 하고 있다. 클레르는 병들어 있다. 이 끊임없는 발소리에 절대로 익숙해지지 못했기 때문이다. 조용한 밤에 순찰병들의 둔탁한 발걸음 소리가 들려오면 그녀는 소스라쳐 놀란다.

"이제는 산책이 싫어요. 저 정복자들의 면상을 보는 게 참을 수 없으니까요."

겨울이 오자 클레르는 몹시 힘들어 했다. 몹시 수척해졌고, 신경이 날카로워졌다. 몽 발레리앙의 학살 사건과 그 이후 계속된 총살이 그녀를 공포로 얼어붙게 만들었다. 라디오에서 흘러나오는 죽음에 관한 뉴스를 들을 때마다 그녀는 진저리를 친다.

"저들과 맞서봤자, 무슨 소용이 있겠어요? 흙항아리와 쇠항아리가 부딪치는 격이에요. 고통을 참고 견디는 편이 나아요."

그녀는 말한다.

자크가 어떻게 해서 탈출을 시도했고 그리고 죽게 되었는가를 이야기해주었다. 그녀는 그가 자신 때문에 탈출했다는 사실에 몹시 괴로워했다. 나는 자크의 진정한 소망은 독일에 대항해 투쟁을 시작하는 일이었음을 그녀에게 납득시키려고 애를 썼다.

"그렇게 정신 나간 짓을 하다니!"

그때까지 본 적 없는 격렬한 태도로 그녀는 말했다.

"그들은 탱크와 기관총을 갖고 있어요. 우리는 맨주먹뿐이에요!"

나는 입을 다물었다. 나도 같은 생각을 하고 있었기 때문이다. 우리 집은 몽 발레리앙의 육중한 산등성이가 내려다 보이는 곳에 있었다. 그것은 우리의 시야 속에 비극의 표지를 새겨놓는 셈이었다. 그렇다, 나도 역시 지쳐 있었다. 끊임없이 수용소를 생각했고, 때때로 자크의 말이나 코스트의 날카로운 생각들이 귀에 울리곤 했다.

"자네는 찾고 있던 것을 손에 넣었군! 낙원과 아늑한 평온함과 안락한 일상생활을 되찾았어. 나머지는 중요할 게 없지. 자네는 초인이 아니니까! "

그래, 나는 초인이 아니다. 나는 클레르와 아들 사이에서 행복하게 살고 있으며, 이제야 제대로 알게 된 아들은 나에게 날마다 놀라움을 준다. 나는 그들과 함께 프랑스라고 하는 커다란 감옥에서 살고 있다. 군 당국은 나를 전역시켰고, 민정청은 파리의 한 고등학교 교사로 발령을 내주었다. 요양 휴가가 끝나면 학교에서 근무를 하게 된다. 따라서 미래의 일은 걱정할 필요가 없다. 말하자면 생활이 보장된 셈인데, 그것은 내가 얌전하게 지낸다는 한 가지 조건을 지켜야만 가능한 것이다. 행복을 갈망하는 나를 누가 비난할 것인가? 내가 열심히 한 최초의 일은 정원의 잔디를 파내고 그것을 채소밭으로 만든 것이다. 저녁이면 안락 의자에 편하게 앉아서, 여러 라디오 방송국들이 제각기 단편적으로 보도하는 전황을 듣는다.

"수용소 이야기를 해주세요."

클레르는 말했다. 그러나 나는 그곳의 진정한 분위기를 전달할 만한 말을 찾아내지 못했다.

클레르는 내가 수용소에 있는 동안 집 안을 바꾸어놓았다. 그녀는 언제나 방 하나에서 생활하는 습관을 그대로 지니고 있었다. 집 안에서 제일 큰 방에 자신의 생활에 필요한 모든 것을 전부 갖다 놓았다. 붉은 벽돌로 만든 큼직한 벽난로 양쪽으로는 책이 가득 꽂힌 책장이 있다. 방 가운데에는 밝은 참나무로 만든 커다란 테이블이 놓여 있다. 그리고 침대 겸용의 긴 소파 하나. 방의 한구석에는 재봉틀이, 다른 구석에는 서인도 제도산 고급 목재로 만든 책상이 있다. 그녀에게 중요한 것들은 모두 거기에 있다. 수많은 작은 상자 속에는 여러 종류의 천, 단추, 장갑, 니트 제품, 양말, 여러 색깔의 실 뭉치. 스카프, 쇼올, 브로치, 반지 등이 들어 있다. 사진첩, 즐겨 읽는 책들. 그리고 낡은 만돌린이 있는데, 큰 소리로 이야기라도 하면 악기의 케이스가 울렸다. 피아노는 아이의 침대와 함께 옆방에 있고, 두 방은 유리문으로 나뉘어져 있다.

이 내밀한 낙원에서 우리는 우리끼리만 살아가려고 애를 썼다. 우리는 사랑의 힘과 현실감을 느끼려고 서로 바싹 달라붙어 있었다.

"이제 당신이 곁에 있으니 난 행복해요."

클레르는 말했다.

나도 그녀에게 같은 어조로 그렇다고 말했다. 그러나 나의 대답은 확실히 그녀를 납득시키지 못한 게 틀림없다. 왜냐하면 자주 그녀는 이렇게 말했다.

"당신의 마음을 어둡게 하는 이 그림자를 쫓아내버리고 싶어요. 수용소를 잊게 해주고 싶어요."

아! 문제는 그렇게 간단한 것이 아니었으며, 내 불안의 원인은 클레르가 상상하는 것보다 더 심각한 것이었다. 나는 내 인생에 일어났던 나쁜 추억을 언제나 믿기 어려울 정도로 빠르게 잊어버리는 능력을 갖고 있었다. 그러나 불행히도 이번에는 추억의 문제가 아니라, 뿌리부터 흔들리는 '자아'의 변화에 관한 일이었다. 예전에 나는 별로 어렵지 않게 세상의 일로부터 초연할 수 있었고, 가벼운 공기 속에서 자유롭게 움직였다. 스스로 자유롭다고 느낄 수 있었던 것이다. 그런데 지금 나는 세계의 다른 부분과 끈끈이처럼 달라붙어 있다. 이 같은 생각들이 클레르를 불안하게 만든다. 나의 내부에서 일어난 이러한 변화가 도대체 언제 생겨난 것인가를 분명하게 해두어야겠다. 전쟁이 일어나기 전, 외부 세계에 대한 나의 관심은 철학적인 측면에 국한되어 있었다. 나는 개인주의자이며 민주주의자였다. 나는 전체주의 열강을 상대로 벌이는 전쟁은 당연한 논리라고 생각했다. 그런데 나는 정말로 내 생명을 희생했던가? 아니다! 나는 의무를 다하려고 했지만, 시련으로부터 살아남고자 했다. 만일 수류탄을 손에 든 채 탱크 밑으로 뛰어들라는 명령을 받았다면, 솔직히 말해 복종하지 않았을 것이다. 그것은 내가 자신의 생명을 이념보다 더 소중하게 생각하기 때문이다. 그것은 이념이라는 것이 나를 세계와 결속시킬 만큼 내 마음에 절실하지 않기 때문이다.

나는 끊임없이 나 자신에게 묻는다. 포로생활 초기에 나의 정신은 어떤 상태였던가. 그때 나는, 이 세계와 나를 연결시켰던 연약한 유대관계를, 전쟁의 당위성을 설명하고 결국 나를 포로생활 속으로 던져넣었던 저 가느다란 실타래를 거칠게 끊어버렸다. 그때 나는, 그 어떤 사상이든 그것의 노예가 되기를 거부하고 오직 내 자신의 행복만을 갈구하게 된 것이 아닌가.

그러나 자크는 내가 끊어버린 바로 그 유대관계를 더욱 강화시켰다. 이 얼마나 놀라운 일인가! 자크는 그에게는 저버릴 수 없는 프랑스와 같았던 클레르에게 애착을 가지고 있었다. 그러나 자신의 기질로는 프랑스에 더 깊은 애착을 갖고 있었다. 그는 고집스러운 프랑스의 농민들, 과묵한 노동자들, 이치를 따지기 좋아하는 지식인들에게 애착을 갖고 있었다. 그는 프랑스의 전통, 풍속, 프랑스적인 특유한 사고방식, 프랑스 국토의 기본 지층을 구성하는 연속적인 퇴적 충적토에 애착을 갖고 있었다. 그는 프랑스에 애착을 갖고 있을 뿐만 아니라, 무엇보다도 인간에게 애착을 갖고 있었다. 그는 인간이라는 동물의 어리석은 사랑에 이끌린 것이 아니라, 인간의 연대적인 결속을 느꼈고—이것은 전혀 다른 일이다—따라서 인간을 비굴하게 만들고 학대하고 변질시키는 모든 것에 결연한 적의를 보였다. 나는 자유의 몸이 되어 어떤 속박도 받지 않고 자유롭게 돌아다니게 되자, 심한 열등감에 사로잡혔고 그것이 부끄러워졌다. 엄밀히 말해서 나는 나 자신에게만 매몰되어 있었다. 그러나 내가 뼈저리게 느꼈던 것은 자크는 이 인간적인 결속을 통해 자신의 존재를 연장시키고 풍요하게 만들었다는 사실이다. 그는 그렇게 자신의 한계를 넘어섰던 것이다.

자크의 죽음이 가져온 무감각 상태가 사라지고 난 다음, 나는 스스로 변한 것을 느꼈으며 세계와 새로운 유대관계를 맺기를 간절히 원했다. 코스트는 끊임없는 비판적 분석으로, 내가 이러한 관계를 형성하도록 도와주었다.

지금 내가 행복하지 않은 것은 이 때문이다. 나는 끊임없이 나 자신에서 분리된다. 나에게 들러붙어서 나와 한 덩어리가 된 이 끈끈이 같은 세계에 붙잡혀 있기 때문이다.

"당신의 마음을 어둡게 하는 이 그림자를 정말 쫓아내고 싶어요."

클레르는 말한다.

만약 이 그림자가 엄청난 무게로 나를 짓누르고 있는 세계의 그림자라는 것을 그녀가 안다면…… 내가 전에 그녀가 알고 사랑했던 사람이 아니라는 것을 안다면…… 나는 이제 더이상 자유롭지 않으며, 풍요롭지도 완전하지도 않은 이 자유를 원하지 않는다는 것을 그녀가 안다면…….

나는 파스퇴르 고등학교에 발령을 받았고, 10월 신학기부터 강의를 할 예정이다. 동료 교사였던 뤼시앙 소브레를 다시 만나게 될 것 같다. 그는 시력이 나빴기 때문에 징집 면제를 받아 전쟁 중에도 계속 학교에 남을 수 있었다. 그를 만나보기로 했다. 소브레는 뇌이이에 있는 현대식 아파트 6층에 살고 있었다. 나는 그가 예리한 정신의 소유자라고 알고 있다. 그는 인성론을 다룬 철학책과 청년 운동에 관한 책 등을 썼다. 그는 언제나 그랬듯이 나를 다정하게 맞아주었지만, 그 다정함에는 뜨거움이 없었다. 결코 감정을 밖으로 드러내는 성격이 아니었기 때문이다. 그의 내부에서 그를 억누르고 있는 어떤 조심스러움이 그를 젊은 '목사'처럼 보이게 한다.

형식적인 재회의 인사를 나누고 난 뒤, 나는 그에게 나의 마음속에서 일어난 변화를 이야기했다. 그는 놀란 표정으로 나를 바라보았고, 근시인 눈을 깜박거리면서 희미한 미소를 지어보였다. 그것은 자신의 생각을 감추기에 적절한, 너무나도 '품위 있는' 미소였다.

"자네는 어떻게 그런 반철학적인 태도를 취할 수가 있지?"

그 말을 듣고 나는 깜짝 놀랐다. 그의 설명이 이어졌다.

"철학적 인간은 집착이 없는 인간이지. 힌두교, 불교도 그렇거니와 노자, 그리스 사람들, 스토아주의자들, 그리고 예수와 스피노자의 가르침 모두가 이 점에서는 일치하고 있어. 중요한 것은 평정심이야. 만일 세계와 긴밀한 관계를 갖는다면 그 세계의 열정들을 느끼게 되지. 초연함을 유지하지 못하면 냉정하게 판단할 수 없어."

그의 입장은 문제를 높은 곳에서 응시하는 것이었다.

"하지만 총살은?"

나는 이렇게 물었다.

"전쟁, 점령, 인질 처형 등은 물론 불행한 일이야. 그렇지만 그것은 일시적인 불행이고, 현재 우리로서는 어떻게 할 수 있는 일이 아니야. 당분간 상황은 우리의 한계를 넘어서고 있어. 따라서 사태에 개입하지 않고 지켜볼 수밖에 없지."

그는 대답했다.

나는 아파트의 계단을 내려오면서, 철학적 인간이란 집착이 없는 인간이라는 소브레의 주장에 어떻게 대답해야 좋을지를 생각했다. 나는 즉각적으로 대응을 하지 못하는 체질로, 흔히 상대와 충분한 거리를 두고서야 논증을 정리할 수 있었다. 나는 생 클루드까지 걸어가면서 발걸음의 리듬에 맞춰 소브레의 생각을 반박해보려고 애를 썼다. 나는 세련된 취미로 잘 정돈된 안락한 아파트에서 편안하게 살고 있는, 저 기품 있는 '목사'의 모습을 다시 떠올렸다. 그는 총살이 자행되고 있다는 사실에도 아랑곳하지 않고, 가죽 장정의 팔절판 장서들을 손바닥으로 어루만지고 있었다. 자기만족에 젖은 그의 사고는 자신의 '자아'라는 밀가루 반죽을 끊임없이 주무르고 있었다. 그는 세상의 중심이었다. 나는 예전에 수용소에서 자크가 나를 나무라면서 했던 말을 생각하고 큰소리로 웃지 않을 수가 없었다.

"자네는 자신을 세상의 중심이라고 생각하고 있군!"

그렇다, 뤼시앙 소브레의 특징이 바로 그것이었다. 모든 것이 '정의(定義)'의 문제이다. 우리가 말하는 부정확한 언어에서, 하나하나의 낱말은 여러 가지 의미를 갖는다. (헉슬리의 풍자가 생각난다. '단어를 깨끗이 청소하고 소독할 수 있는 방법이 있어야 한다. 낱말들의 의미가 불분명하게 확장되는 것을 방지하고 그 윤곽을 뚜렷하게 해야만 한다') 예를 들면, 집착이 없는 인간이라는 표현보다 더 애매한 것이 어디 있겠는가? 불교 신자들, 신비주의자들, 모든 시대의 철학자들이 의미했던 것은 우리의 감각과 정염,

부, 명예, 권력욕 등에 대한 집착의 결여이다. 그것은 우리의 '자아'로부터의 초연함과 비개인화를 의미한다. 소브레는 자신이 자유롭다고 말하고 있지만 사실은 자신의 노예이며, 제멋대로 한없이 부풀어오른 자만의 괴물이다.

사실 목소리를 높여 세계로부터 초연함을 주장하는 자들은 자기중심주의자들이다. 천국의 관념에 사로잡혀 있는 자들은 지옥에 떨어진 자들이며, 명예에 관한 이야기를 즐기는 자들은 비열한 자들이다. 본질이 결핍되어 있을 때 말이 그 자리를 대신하는 법이다.

그의 '목사' 가면을 벗겨버린 것에 기뻐하면서 나는 가벼운 마음으로 집으로 돌아왔다. 그리고 내가 바른 길에, 내 운명이 부르는 자연스러운 길에 들어섰다는 생각에 마음이 오랜만에 편안해졌다.

집에 돌아와보니 클레르는 외출하고 없었다. 친구인 안느를 만나러 가는 데 저녁 늦게 돌아온다는 메모지가 있었다. 나는 약간 언짢았다. 제멋대로 생활한다고 비난하는 것이 아니라, 안느가 그녀에게 좋지 않은 영향을 미치지 않을까 걱정되었기 때문이다. 안느의 남편은 포로 수용소에 있다. 안느는 항상 남편의 상황을 걱정하고 라디오를 들을 때마다 가슴을 졸이고 있었다. 수용소의 포로들 중에서 인질을 뽑아 사살한다는 것을 알고 있기 때문이다. 그녀를 만나고 올 때마다 클레르는 공포에 질려 있었고, 극도로 민감해져서 침착하게 생각하지 못하였다.

텅 비어 있는 커다란 집의 쓸쓸함이 가슴을 무겁게 했다. 나는 서재로 올라가서 한동안 이리저리 거닐었다. 그리고 책상 서랍을 열고 수용소에서 가져온 노트를 꺼냈다. 자크가 수용소에서 내게 주었던 젊은 클레르의 멋진 사진에서 눈길이 멈췄다. 또 한 장의 사진, 자크가 지니고 있던 또 한 장은 어떻게 되었을까? 아마, 다른 물건들과 함께 땅속에 묻혔겠지…… 나는 사진을 꺼내 책상 위에 놓고 자세히 바라보았다. 둥그스런 이마, 또렷한 얼굴 윤곽, 젊고 꿈꾸는 듯한 눈매…… 어떤 정신적인 분위기를 읽을 수 있었다. 나는 우리가 결혼하고 나서 몇 년 후에 찍은 클레르의 사진을 찾아냈다. 같은 여자라고는 도저히 생각할 수 없었다. 젊은 시절의 얼굴은 없었다. 삶에 대한 뜨거운 의문을 갖는 표정이나 강렬하게 느껴지던 정신적인 분위기도 찾아볼 수 없었다. 그 대신 상냥하고 여성스러운 분위기와 희미한 미소 속에는 관능과 다정함이 엿보였다.

　나는 이 두 장의 사진을 놓고 내 마음속에 각인되어 있는 클레르의 모습, 그녀의 진정한 모습, 현실의 클레르와 비교해보았다. 지금의 그녀는 얼마나 달라져 있는가! 그 모습에는 정신적 고뇌와 육체적 고통의 흔적이 남아 있다. 그 얼굴은 잔물결 같은 희미한 몇 가닥 주름과 함께 수척해 보인다. 미소, 고운 빛을 연상시키는 이 미소는 슬픔과 불안의 배경 위로 겹쳐지며 퍼져나간다. 이 사진은 거세게 내 가슴을 흔들었다. 나는 초조한 마음으로 이 세 가지 영상을 비교해본다. 그것은 세 가지 세계이다. 그리고 아내를 잘 알지 못했다는 자책감이 든다. 우리는 서로 사랑한다. 우리는 완전한 애정 속에서 서로 기대며 살아가고 있다. 그러나 또한 우리는 각자 비밀을 간직하고 있다. 왜? 우리 내부에서는 서로 섞이지 않는 지하수가 흐르고 있지만, 우리는 결코 그것을 이야기하지 않기에.

 나는 아래층 거실로 내려온다. 참을 수 없는 마음으로 클레르의 책상 서랍을 열고 우리의 옛날 앨범을 찾는다. 앨범은 보이지 않는다. 그 대신 자그마한 회색 수첩 하나가 눈에 띈다. 무심코 그것을 펴본다. 클레르가 쓴 글로 빽빽하게 채워져 있다. 나는 그것을 정신없이, 끝까지 읽어 내려갔다.

4

클레르의 수첩

프와티에, 1931년 1월 20일 — 오늘은 결혼 삼 년째 되는 날이다. 청춘 시대의 이 노트를 다시 쓰려는 것은 정리와 결산을 해보기 위해서이다. 결혼, 그것은 낯선 나라로의 여행이다. 국경 너머에서 무엇을 발견하게 될지 모른다. 큰 변화를 기대한다. 멋진 비약을 할 준비가 되어 있다. 자크가 그렇게도 경멸하며 미지근한 목욕물에 비유하던 소시민적인 행복 속으로…… 나도 모르는 사이에 조금씩 조금씩 빠져 들어가는 것이다.

이 평온한 행복에 만족해서는 안 되는 것일까? 그것은 사랑하는 남편과 생활하고, 우리 아이를 키우고, 살림을 하는 것이다. 그래, 내가 이성의 목소리를 들을 때는 그렇다. 그러나 내 내부에 있는 어떤 깊은 힘이 때때로 반발한다. 아마도 그것은 내 청춘의 마지막 발버둥일 것이다.

1926년 샤모니에서 장을 만났을 때의 내 모습을 기억한다. 우리는 친한 친구들끼리 한 그룹을 만들었다. 우리는 산길을 오르고 암벽등반을 하고 폭포물을 마셨다. 우리는 웃고, 노래하고, 마음껏 소리치면서…… 아무 거리낌도 없었다. 자크가 리더였다. 그는 빈정대기도 잘했지만 정말 근사한 친구였다. 그의 신랄한 야유 속에는 한없는 섬세함이 숨어 있었다. 내가 열일곱 살이었을 때 그는 나를 몹시 사랑했었다. 우리는 함께 베토벤과 쇼팽을 초견으로 연주했다. 그는 미친 것처럼 흥분해서, 곧 폭발할 것 같은 강렬함으로 음악을 이야기했다. 그러나 우리는 결혼에 관해서는 조금도 생각하지 않았다. '부르주아적 결혼이란 예술가에게는 사형 선고와도 같은 거야.' 그는 이렇게 말했다. 그는 정말 뛰어난 예술가였다. 그는 자신의 부르주아적 환경과 결별하고(그의 아버지는 목재 도매상이었다), 오직 나하고만 접촉했다.

우리는 세상에서 가장 친한 친구가 되었다. 그는 나에게 자신의 꿈을 이야기하고 사회관을 설명해주었다. 우리는 함께 에릭 사티의 음악, 초현실주의 시, 공산주의 이론 등을 체험했다. 청년기의 자크는 불 같은 열정 그 자체였다. 그가 속삭이는 듯한 낮은 목소리로 클로델의 옛스러운 시들을 나에게 읽어줄 때, 그의 시선이 섬뜩한 광채로 빛나던 것을 지금도 기억한다.

나를 교육시킨 것은 학교의 선생님보다, 그리고 물론 부모님보다 바로 자크였다. 그는 나의 내부에 있는 자기 초월에 대한 욕구, 강렬하고 풍부한 삶에 대한 욕구를 확장시켜주었다. 에드가 포우에게서 빌려온 그의 표어를 나도 그대로 마음속에 새겨두었다. '강렬하게, 간결하게'가 그것이다.

  1927년 8월에 장 베르몽이 우리의 그룹에 들어왔다. 젊은 영어 교사인 장은 셰익스피어를 암송하거나, 로크의 철학을 논하거나, 빅토리아 시대의 청교도주의를 비판하는 것을 좋아했지만, 동시에 등산도 즐기는 쾌활한 청년이었다. 우리 처녀들에게 그는 자크와 맞먹을 정도로 인기가 있었다. 그는 나에게 청혼을 했고 우리는 그후 일 년도 안 돼 결혼을 했다.

  우리 집에서는 약간의 반대가 있었다. 아버지가 원했던 사위는 자신과 함께 사업을 할 만한 사람이었기 때문이었다. 그러나 나는 전문직 기술자와 결혼할 생각은 전혀 없었다. 나는 먹고사는 일에만 매달려서 직업적인 기술 이외에는 아무것도 관심이 없는 사람들을 알고 있다. 결혼해서 집을 떠난 다음에도 이 따분한 분위기 속으로 다시 들어가야 한다니! 품위 있는 내 남편이, 아버지 회사의 총지배인같이, '실제적으로' '이론적으로' '원천적으로' 따위의 말을 되풀이하는 것을 들을 수야 없지 않은가. 아니, 나는 결혼 같은 건 하지 않고 애인을 가지는 편을 택하고 싶었다. 어머니는 내가 평생 교사 봉급으로 겨우 살아갈 것을 생각하며 한숨을 쉬었다. 그리고 어머니 보기에 '좋은 혼처'로 생각되는 건축가나 사업가 등을 차례차례 머릿속에 떠올렸다. 물론 부모님들은 상당한 반대를 한 다음에 결국 양보했다. 나는 매혹적인 인생의 문턱에 서 있다고 믿었다. 아무리 높은 꼭대기라도 못 올라가겠는가! 아마도 나는 인생에서 평범한 일상생활 이외의 것을 요구하는, 소위 오만의 죄를 범했는지 모른다. 나는 지적인 욕구가 아주 강했다. 그래서 이 내면의 불꽃을 키워야만 했다. 내 삶의 이유는 인생을 향해 내 자신을 내던지고, 정열적으로 그것을 탐구하는 것이었다.

나는 그런 성격이었다. 다음에는 삼 년 동안의 결혼생활을 통해 내가 어떻게 되었는지를 분석해보려고 한다. 장은 프와티에의 한 고등학교 교사로 임명되었다. 그래서 내가 원했던 프로방스에서의 신혼여행이 끝난 다음 프와티에에 자리잡았다. 신혼여행 때 우리는 한 달 동안 빌뇌브 레 자비뇽에 있는 자그마한 호텔에 머물렀는데, 그 호텔은 성채로 가는 언덕길 위에 있었다. 호텔 앞에는 론 강 너머로 웅장하게 솟은 교황청(프랑스의 남부 아비뇽에 있는 교황청—역주)과 반들반들하게 빛나는 성벽이 보였다. 멀리 방투산의 등성이까지 언덕들이 하얀 골조처럼 뻗어 있다. 길가에 늘어선 사이프러스 나무들은 모두가 한쪽 방향을 향하고 있다. 론 강은 소용돌이치며 흘러간다. 올리브 나무들은 잎사귀 안쪽을 드러내 보이고 있다. 장과 나는 마치 이곳에 거처하는 신이라도 된 것 같았다. 이렇게 충일하고 자유스러운 느낌은 지금까지 맛 본 적도 없었고 또 앞으로도 그럴 것이다.

그러나 프와티에로 돌아온 후의 생활은 실망스러웠다. 나는 파리의 개인적인 생활에 익숙해 있었는데, 이곳에서는 시골 사교계에 합류해야만 했기 때문이다. 학교 동료들, 교감, 교장, 사무 담당관, 그밖에 여러 유력 인사들의 부인을 만나는 일이 기다리고 있었다. 끝없는 차 대접. 그런 행위의 무의미함. 장은 나의 권태를 이해하지 못했다. 이런 위험한 과도기에 그는 좀더 나를 배려하고, 끌어올려 한 차원 높은 삶으로 이끌어갔어야 했다. 가장 한심한 것은 내 몸이 쇠약해져간다는 사실에 그가 별 신경을 쓰지 않았다는 점이다. 나는 그가 새로 쓰기 시작한 영국 소설에 관해 이야기를 들어보려고 했다. 나는 그와 함께 같은 것에 흥미를 갖고, 그의 내면적인 삶을 공유하고, 그의 노력에 동참하려고 했다. 그러나 그가 내 곁에 올 때는 편히 쉬고 싶어서이거나, 혹은 사교생활에 관해 여러가지 충고를 하기 위해서였다. 그는 내가 상냥하지 못하다거나 혹은 어떤 중요한 방문을 하지 않았다고 몹시 걱정을 했다.

언덕 위에 자리 잡은 프와티에는 꼬불꼬불한 작은 길과 다닥다닥 붙어 있는 집들, 회색 돌로 지은 성당들로 이루어진 아담한 도시였다. 만일 이 강제적인 작은 시골 사교계를 벗어나서 내 마음대로 살 수 있었다면, 그 도시가 마음에 들었을지도 모른다. 프와티에가 매력적인 이유는 그곳이 일종의 경계 지점이었기 때문이다. 이곳에서는 벌써 남국을 연상시키는 황토색 기와가 얹힌 평평한 지붕들이 보인다. 이 같은 고고학적인 관심사 다음으로 나는 음악에서 도피처를 찾았고, 다시 열심히 피아노를 치기 시작했다. 이 무렵부터 나는 자크와 지속적으로 편지 왕래를 했다. 자크의 편지들은 내가 침체 상태에 빠져드는 것을 얼마 동안 막아주었다. 그 편지들은 신선한 숨결을 불어넣어 주었고 지적인 토론의 기회를 주었다. 살아 있는 세계를 알려주었고, 내 자신의 내면을 더 명료하게 볼 수 있도록 도와주었다. 나는 자크에게 보다 풍요로운 삶에 대한 욕구를 털어놓았고, 파리로 돌아가고 싶다는 이야기도 했다. 질식당할 것 같은 내 청춘이 몸부림치고 있었다.

사실 나의 반항심을 억누른 것은 생리적인 변화였다. 왜냐하면 그 무렵 나는 임신을 했다. 그때부터 나는 어떤 흐름에 이끌려갔다. 아니 그 흐름에 순순히 내 자신을 내맡겼다. 프랑수아가 태어났을 때 나는 삶의 이유를 발견했다. 자아 분석을 하는 대신 나의 분신인 아이에게 젖을 먹이고 키우는 일에 열중했다. 나의 온 존재를 오직 아이에게 바쳤던, 이 공백 기간은 이 년 동안 계속되었다. 프랑수아가 젖을 떼고, 내가 다시 집 밖의 세계를 의식하고 제정신을 차렸을 때, 나는 또다시 권태를 느끼기 시작했다. 단조로운 일상생활이 어느 때보다 더 견디기 어려웠다. 이런 생활을 하며 인생을 살아갈 수는 없었다. 나는 나의 인생이 뚜렷한 의미를 갖기 바랐다. 직업을 갖지 않는 것을 후회했다. 음악 강습회를 열고 싶었다. 사실은 오래 전부터 생각했던 일이다. 어제는 굳게 결심을 하고 장에게 이야기했다. 그는 심하게 반대했다. 자존심이 상한 것이 분명했으며, 공상적인 생각을 한다고 나를 나무랐다. 나는 이것이 일시적인 변덕이 아니라 내면의 깊은 욕구에서 나온 것이라고 설명했다. 장은 나를 이해하지 못했다. 그는 나의 행복에 부족한 것이 무엇인지 물었다.

"아니, 뭐라고? 당신이 못마땅하게 생각하는 이 평범한 일상생활, 이것이 바로 인생이고, 바로 여기에 인생의 매력과 아름다움이 있는 거야."

사실 우리 사이에는 두 가지 개념이 충돌하고 있었다. 장이 나에게서 높이 평가하는 것은 여성적 매력이다. 나는 그의 삶을 아름답게 장식하고 그의 집에 활기를 주기 위해 존재하는 것이다. 그렇지만 그는 나만의 독자적인 삶은 인정하려 하지 않는다. 나는 그 사실을 이야기하고, 화가 난 표정으로, 그는 자신을 위해서만 나를 사랑한다고 덧붙여서 말했다. 그는 미소를 지으면서, 사랑에서 이기주의가 차지하는 비율이 정확히 얼마인지를 알아내기는 어려운 일이라고 대답했고, 나와 결혼한 이유는 사실 나와 함께 사는 것을 즐기기 위해서라고, 내가 그에게 줄 수 있는 기쁨을 즐기기 위해서라고 말했다. 그는 나를 껴안으며 나를 기쁘게 하기 위해서는, '가능하고 합리적인 한계 내에서라면' 무엇이든지 하겠다고 덧붙였다.

나는 그에게 어떻게 해서든지 직장을 파리로 옮기라고 졸랐다.

2월 2일―장은 직장을 옮기기 위해 힘이 될 만한 친구들에게 편지를 썼다. 나는 지금 이 희망으로 살아간다. 그것 때문에 권태로운 생활을 견디고 있다.

2월 15일―지적인 활동에 대한 욕망이 하루하루 더 강해져간다. 나의 삶은 어떤 의미를 획득해야만 한다. 부모님들이 내게 직업 교육을 시켜주지 않은 것이 유감스럽고, 부부 혹은 가정을 이루는 두세 사람만의 이기주의를 이해할 수 없다. 비행기가 공중에서 뜰 수 있는 것은 그 속도 때문이다. 사랑 또한 움직임이 없으면 지속되지 않으며 꽃을 피우지도 못한다. 자기 자신의 배꼽을 한없이 바라보는 것은 인생의 목적도 수단도 아니다. 그것은 사랑의 속도를 잃게 한다.

2월 20일—차 모임에서 돌아오는 나의 머릿속에서 아무 의미도 없는 잡담만이 와글거린다. 자신의 생각을 표현하기 위해서 말을 하는 것이야말로 모든 교육의 기본 원칙인데 말이다. 장은 영국문학에 관한 저술에 몰두하고 있다. 우리는 몇 번인가 이 문제에 관해 흥미있는 대화를 나누었지만, 그는 내가 자신의 일을 이야기하는 것을 좋아하지 않는다. 그는 내가 '느긋하게 휴식하기를' 원한다.

3월 3일—내가 부모님이나 할아버지, 할머니처럼 무미건조하기 짝이 없는 생활에 깊이 잠겨 있는데도, 장은 나를 사랑한다. 우리는 함께 즐거운 시간을 갖기도 한다. 그러나 그것은 사막의 오아시스에 지나지 않다.

3월 18일—이 주일 동안이나 아무것도 쓰지 않았다. 쓴다고 한들 무슨 소용이 있단 말인가?

4월 12일—체질적인 차이. 자크는 지칠 줄 모르고 미래을 향해 비약한다. 그의 모든 노력은 창조를 지향한다. 그러나 장에게는 지적인 활동도 다른 일이나 마찬가지로 시간을 보내는 오락에 불과하다. 자크는 사고를 행동으로 연장시킨다. 장은 그저 사고하는 것으로 만족한다.

 5월 8일—나는 지식인과 결혼했다. 그런데도 나의 생활은 여느 상인과 결혼한 것과 별 차이가 없다. 왜 지적생활은 직업을 넘어서 더 확장되지 않는가?

 5월 11일—장은 나에게 집착한다. 그러나 그 집착은 아주 귀한 물건에 대한 집착과도 같다. 소유하려는 사랑은 사랑이 아니다. 나의 아들이 나를 닮기를 요구하지 말 것. 아들의 생활이 나의 생활의 연장이기를 요구하지 말 것. 다른 사람들에게 그늘을 드리우지 말 것, 사랑한다는 것은 어떤 사람을 자신의 본성에 따라 자유롭게 발전해 나갈 수 있도록 도와주는 것이다. 장은 내가 자신의 그늘, 가정의 그늘에서 벗어나는 것을 상상도 하지 못한다. 나는 혼자서 오랫동안 생각에 잠겨 있다가 혹시 자크가 나에게 좋지 않은 영향을 미친 것이 아닐까 하고 자문해보곤 한다. 자크가 아니었더라면 나는 이 격렬한 갈망, 이 혐오감, 이 반항심을 알지 못했을 것이다. 그를 만나지 않았더라면 생리적인 생활이 삶의 전부라고 믿었을 것이다. 인간으로서 존재한다는 것은 사고 작용을 '넘어가는' 것이라고 생각하지도 않았을 것이다. 자크를 알지 못했더라면 나는 틀림없이 행복한 아내가 되었을 것이다.

 6월 2일—체념. 비굴한 일. 음악까지도 의미가 달라졌다. 이제 나는 무엇인가 새로운 것을 표현하거나 창조하기 위해 연주하지 않는다. 다만 내 영혼을 잠재우기 위해 연주할 뿐이다. 내가 피아노를 연주하는 것은 다른 사람들이 아편을 피우는 것과 같은 것이다. 음악이라는 것은, 그것에 어떤 의미를 부여하느냐에 따라 최상의 것이 될 수도, 최악의 것이 될 수도 있다. 나에게 음악은 최악의 것이 되고 말았다!

5

　클레르의 수첩은 이렇게 절망적인 글로 끝나고 있었다. 관자놀이에서 피가 고동치는 것이 느껴졌다. 이로써 첫 두 장의 사진에 대한 의문이 해명된 셈이다. 나는 젊은 시절 클레르의 사진을 바라보았다. 그녀는 삶 앞에서 놀라운 비상을 꿈꾸는 표정을 하고 있었다. 그리고 다른 한 장의 사진은 영성(靈性)을 상실한 천사, 여인으로 변한 어린 아이의 모습이었다. 이 두 모습 사이에는 방금 내가 읽은 비극이 가로놓여 있다.
　그 무렵의 나 자신을 생각해보았다. 그때 나는 몹시 변덕스러운 사람이었다. 지금은 그것이 부끄럽다. 내부의 수많은 모순 때문에 나는 어떤 일관성을 갖지 못했던 것이다. 인습에 얽매인 대학교수였던 나의 아버지는 자신이 세운 이미지에 따라 나를 교육시켰고, 그것이 나를 위하는 길이라고 믿었다. 아버지는 회의주의 사상을 가지고 있었기 때문에 인간에 대해서는 관대한 시선을 가졌지만, 집안에서는 소위 전능한 '가부장'적 전통을 유지했다. 그래서 나는 클레르가, 가정과 자식 이외에는 아무것에도 관심이 없었던 나의 어머니와는 다른 삶을 살고 싶어했을 때 그녀를 이상하게 생각했다. 내가 상당한 교양을 지니고 있음에도 불구하고 소유적인 사랑이라는 야만적인 단계에 머물러 있었던 것도 이 때문이었다.

자크와는 큰 차이가 있었다. 자크는 어떤 정형화된 틀에 따라 교육된 사람이 아니었다. 그는 자신의 내부에 존재한 뛰어난 재능을 느끼면서 아주 일찍부터 일관성을 확립했다. 클레르는 이러한 차이를 구별하기에는 너무 젊었다. 내가 셰익스피어를 암송하고 로크의 철학을 논하자, 그녀는 나의 허상을 사랑하게 되었다. 실제로 '나'라는 인간은 존재하지 않았으며, 그저 잡다한 인물들을 한데 모아 조립된 것에 불과했다. 우리의 무지가 얼마나 타인에게 고통을 줄 수 있는가!

나는 기계적으로 수첩의 흰 페이지를 몇 장 넘겼다. 그러자 다시 깨알만한 글씨로 가득 찬 페이지들이 나타났다. 1940년 7월!

1931년 6월~1940년 7월. 구 년에 걸친 공백. 현기증이 났다. 클레르의 현재의 초상화를 해명해줄―나는 그렇게 믿었다―이 기록을 읽기 시작하면서, 나는 불안감이 엄습해 오는 것을 느꼈다. 그녀의 새로운 표정 하나하나, 그리고 여러 형태의 미소 속에 완강하게 자리 잡고 있는 슬픔으로 이루어진 저 부동의 얼굴.

■■■

1940년 7월 30일—두 사람 모두 포로가 되었다. 그리고 나는 혼자 남아 있다. 이 수첩을 다시 펴서 나의 의식을 확인해야 한다. 나는 점령군이 프랑수아와 함께 사용하도록 허락한 방에서 생활한다. 그들이 정원의 잔디를 깎고 있나 보다. 풀냄새가 나에게까지 풍겨온다. 그들은 못되게 행동하지는 않았다. 마음만 먹으면 나를 쫓아낼 수도 있었을 텐데 말이다. 어제 저녁, 내가 대문을 여느라 철책의 빗장을 딸그락거리자 그들이 창가로 달려나왔다. 여덟 개의 낯선 얼굴이 이상한 듯이 나를 쳐다보는 것을 보고 나는 깜짝 놀라고 말았다. 나는 독일말을 조금 할 줄 안다. 내가 이 집은 우리 집이며 지금 아들과 함께 피난을 갔다 돌아오는 길이라고 간신히 설명을 하자, 그들 중의 한 젊은 군인이 나서서 말했다.

"우리는 당신보다 먼저 여기에 왔어. 게다가 우리는 점령군이야."

그의 동료들이 그를 제지했다. 그들은 나를 집으로 들어오게 하고, 내가 쓰고 싶은 방을 비워주겠다고 했다. 그리고 저녁 식사는 했는지 물어보았다. 우리는 이틀 동안 돌아다녔기 때문에 배가 고파 죽을 지경이었다. 그들은 빵과 고기 파이, 샴페인과 딸기를 갖다 주었다. 나는 주위를 둘러보긴 했지만 너무나 피곤했기 때문에 집이 변함없이 잘 정돈되어 있는 것도, 그리고 집안에서 나는 냄새도 알아차리지 못했다. 그들이 군화를 신은 채 여기저기 걸어다녔기 때문에 집안에는 가죽과 땀 냄새가 지독했다. 나는 그들이 아이스박스에서 꺼내온 커다란 토마토 하나가 식탁 위에 놓여 있는 것을 그저 멍하게 바라보고만 있었다. 모든 것이 낯설고 비현실적으로 보였다. 그리고 나에게 허락된 작은 방에 혼자 앉아 있다. 프랑수아는 거실의 소파에서 자고 있다. 독일인들은 2층을 침실로 쓰고 있다. 나는 밤새도록 잠을 이룰 수 없었고, 내 집에서 정중하게—그러나 거기에는 감출 길 없는 빈정거림이 배어 있었다—나를 맞이한 외국인들의 얼굴이 자꾸만 떠올랐다. 그리고 이 정중하고 질서정연한 인간들에 의해 유럽의 저쪽 끝에 억류되어 있는 사랑하는 남자들이 생각났다.

밤새도록 지난 일들이 머릿속을 떠나지 않았다. 끔찍한 피난의 기억이 떠오를 때는 정신이 몸에서 빠져나갔다. 그 무렵에는 나는 누구에게도 소식을 받지 못하고 있었다. 초라한 호텔방과 '마지노 선의 병력은 보주 지역에 투입되었음'이라고 스피커가 아우성치는 공원에서 시간을 보냈다.

나는 군중 속에 있었지만 버림받은 것 같았다. 아직 어린 프랑수아는 엄마랑 이렇게 여행하는 것이 재미있는지 전혀 고통스러워하지 않았다. 나는 불안감을 떨쳐버리지 못했다. 잠을 이루지 못하는 밤에는 아주 희미한 소리까지도, 실을 뽑는 거미의 소리까지도 들려오는 것 같았다. 장이 죽는 꿈을 꾸었는데, 그는 온몸이 찢긴 채 피투성이가 되어 흙덩이 위에 누워 있었다. 몇 주일 전부터 소식이 없는 자크는 그가 몰던 탱크 잔해 사이에 시커멓게 불타버린 시신으로 누워 있었다. 죽음. 피. 절망. 이 두 사람을 다시 만날 수 있는 가능성이 얼마나 될까를 한없이 생각했다—적어도 한 사람만이라도. 그렇지만 두 사람 모두 이토록 그리운데! 낯모르는 사람이 이 문장을 읽으면 틀림없이 놀랄 것이다. 조롱할 것이다, 내면을 담지 않은 도식적 표현의 조잡함을. 현실은 훨씬 풍부하고 훨씬 복잡하다. 현실은 다른 차원에 있다. 자크는 한 번도 나의 연인이 아니었고 앞으로도 그럴 것이다. 그러나 나에게 있어서 그는 연인보다도 더 소중한 사람이다. 그와 나 사이에는 동질의 영혼이 존재하기 때문이다. 내게는 그의 열정, 그의 흥분이 필요하다. 자크만이 나를 진부한 일상에서 끌어올려 줄 수 있다. 오직 그만이 내 존재의 본질을 나의 내부에서 솟구쳐 오르게 할 힘을 갖고 있다. 그는 강렬한 광채를 가진 별이다. 이와는 달리 장은 지혜이며 조용한 힘이다. 나는 그의 확고한 사랑 위에서 쉬고 있다. 이 두 사람은 내 영혼에 필수적인 요소이다. 나는 감옥에서 사는 것처럼 생활했던 프와티에에서 다시 파리로 돌아올 때까지 이 사실을 분명하게 이해하지 못했었다. 나는 파리에서 자크와 그의 정열적인 약동을 다시 발견했다. 그는 내게 결핍되어 있던 지적인 자극을 가져다 주었다. 그는 거의 매일 밤 우리집으로 왔고 몇 시간이고 피아노를 쳤다. 그러다 시작할 때와 마찬가지로 갑자기 멈추고는, 좋아하는 주제를 꺼내 토론을 시작한다. 그는 마야코프스키를 가장 존경했다. 나는 자크가 나즈막하면서도 폭발할 것 같은 목소리로 낭송하는 것을 들었다.

그리고 담배 연기 속에서
샴페인 잔을 손에 든

세베리아닌의 술취한 얼굴이
시무룩해진다.
그러고도 시인이라니!
술취한 메추라기처럼 지껄여댄다
이제는 몽둥이로
세상의 머리통을 박살내야만 한다.

그리고 그는 「기분이 좋아!」라는 시를 암송했다. 지금도 그 마지막 구절을 힘차게 낭송하는 그의 목소리가 들리는 것 같다.

나는 이 땅을 사랑한다
배를 채우고 실컷 먹었던 게
언제 어디였던가는
잊을 수 있다
그러나 배고픔이 무엇인가를
배웠던 땅은 결코 잊을 수 없다
인간이 정복한 땅
우리는 죽어가는 그 땅을 달랬다
총알이 사람을 일으켜 세우고
총이 사람을 쓰러트리고
인간은 민중 사이에서
한 방울의 물로 흘렀던 땅
그것은 생명의 땅

노동의 땅
축제의 땅
그리고 죽음의 땅

"나는 마야코프스키가 시에서 이룬 일을 음악을 통해서 하고 싶어. 그러자면 새로운 세계가 필요해."

그는 말했다.

그가 갈망하는 새로운 세계…… 그는 그 세계에 관해 불같이 정열적으로 이야기했다. 그는 새벽의 여명처럼 그 세계를 눈앞에서 보았다. 그는 음악과 시와 정치를 이야기했고, 나는 그의 이야기를 열심히 들었다. 장도 토론에 흥미를 가졌지만 회의주의 기질 때문에 자크가 가진 생각의 극한까지는 따라가지 못했다. 그의 정열은 사변적인 것의 한계를 넘지 못했다. 그는 명석한 정신, 사랑스런 아내, 훌륭한 장서, 근사한 포도주 창고만 있으면 행복을 느끼는 사람이었다. 그는 나에게 한없이 관대했다. 자크가 우리의 생활에 침입해 들어오는 것에 화를 내기는커녕, 언제나 존재 자체가 들끓는 듯한 그의 사유가 나에게 유익하다며 그를 기꺼이 환영했다. 만약 그때 장이 어리석은 질투심을 품었더라면 우리의 사랑은 끝장이 났을 것이다. 그러나 우리의 사랑은 장이 나에게 허락한 자유 속에서 더 커지고 깊어질 수 있었다.

시간은 무서운 속도로 흘러갔다. 나는 행복한 아내였다. 나는 남편과 내 아이를 사랑했다. 그렇지만 내가 기꺼이 내 생각과 꿈을 이야기했던 사람은 자크였다. 나는 그를 존경했고, 그는 나를 자신의 길로 이끌어갔다. 나는 그가 남편이었으면 하고 생각한 적은 없다. 연애감정으로 그를 생각한 적도 없다. 그런 측면에서 본다면 극도로 예민한 어린 아이처럼 여겨졌다. 만약 무슨 어려운 일이 일어난다면, 장에게는 의지할 수 있어도 자크에게는 그렇게 하지 못할 것이다. 그러나 친구로서 그는 가장 좋은 사람이었다. 자크 또한 나의 존재를 필요로 했다. 그는 자신의 창작을 대중에게 선보이기 전에 우선 나에게 들려주고 싶어했다. 그는 자신의 글에 설득력이 있는지 나의 의견을 물었다. 1936년에는 스페인을 지지하는 투쟁에 물불을 가리지 않고 참여했다. 그는 이미 자신의 정치적 입장을 나에게 드러내 보여준 것이다. 그는 집회에서 스페인을 지지하는 즉석 연설을 했다. 그는 내가 함께하기를 요구했고, 내가 그렇게 하지 못한 경우에는 며칠간이나 기분이 상해 있었다. 나는 이런 시위에 여러 번 참석했고, 그의 연설이 대중을 흥분시키는 것을 보았다. 나는 흡사 내 자신이 연설을 하는 것처럼 흥분했다. 사실 내가 그의 입장이었다면 두려웠을 것이다. 그러나 그에게는 그런 약점은 없었다. 그의 강점은 달성해야 할 목표 이외의 다른 것은 전혀 고려하지 않는다는 것이었다. 그밖의 일은 중요하지 않았다.

  신문이 마치 괴물인 것처럼 보도하던 파시오나리아(스페인 인민전선의 여성 투사인 이바루디의 별명. '정열의 여인'이라는 의미—역주)를 내가 알게 된 것도 그러한 집회에서였다. 사실 그녀에게서는 엄숙한 모성이 느껴졌다. 그러나 이야기를 할 때면 완전 딴 사람으로 변했다. 그녀의 연설은 외국어였지만 완전하게 이해할 수 있었다. 그녀를 통해서 스페인의 모든 어머니들과 모든 연인들을 보았다. 그녀는 정의를 요구하는 어머니였다. 그 얼마나 강력한 요구였던가!

자크는 나를 가두 투쟁에도 끌여들었다. 반복적인 선율처럼 박자를 맞춘 외침 소리가 들려왔다. '스페인을 위해 비행기를, 대포를!' 자크는 요약해서 말해주었다.

"스페인 내전은 세계대전의 서막이야. 스페인이 패배한다면 남는 것이라고는 공중에서 비 오듯 쏟아지는 총탄을 맞으며 이리저리 달아나는 군중들과, 비행기에서 투하된 엄청난 양의 폭탄으로 처참하게 폭파되고 무너져 내린 도시의 잔해들뿐이야."

지금도 자크의 말이 귀에 생생하게 울린다. 장은 이렇게 분명한 결론 앞에서도 뒷걸음질했다.

"나는 예언자들을 믿지 않아. 그들을 좋아하지도 않고."

그러자 자크가 대답했다.

"자네는 여러 세대 동안 이어진 회의주의에 정신이 둔해져 있어."

이 모든 것들이 마치 어제 일처럼 생각난다. 우리는 정열적으로, 열심히 살았다. 1937년. 만국 박람회. 스페인관에 전시된 피카소의 작품들. 수은으로 번쩍거리는 알마덴의 연못에 사람들은 동전을 던져넣었다. 떨쳐버리지 못했던 강박 관념들―마드리드, 테루엘. 반응이 없는 우리들의 외침. 당국의 철저한 무관심. 나는 1938년 11월 총파업이 실패했을 때 자크가 분노하던 것을 지금도 기억한다. 그는 마치 개인적인 슬픔을 억누르지 못한 듯 계속 이렇게 말했다.

"인민들의 힘은 바닥이 났어. 그것은 이제 조만간 우리가 나치의 손아귀로 넘어간다는 것을 의미하는 거야."

그는 열병에 걸린 것처럼 장송곡을 쓰기 시작했다. 발표되지는 않았지만 특이한 가락을 가진 이 노래를 그는 나에게 들려주었다. 그리고는 단치히(폴란드의 항구. 히틀러가 이 항구를 확보하기 위해 폴란드에 침입하면서 제2차 세계대전이 발발했다—역주), 전쟁 발발, 전시 소집령. 두 사람 모두 전쟁에 나갔다. 자크는 편지에 '결국 나치와 전쟁을 하게 되었지. 하지만 이게 정말 전쟁인가, 아니면 전쟁 놀이인가?'라고 썼다. 초기에 전세가 불리했음에도 나는 프랑스의 패배를 믿고 싶지 않았다. 장은 라 자르 전선에서 중대장으로 복무했다. 처음 몇 개월 동안은 고착 상태였기 때문에 그는 사기가 떨어져 있었다. 그 역시 전략 사령부를 강하게 비판했지만, 기질 때문에 다소 냉소적인 태도였다. 아이들 골목놀이 같은 전쟁, 아름다운 정원 만들기 시합(전쟁 초기에 프랑스 군대가 무위도식하며 소일 삼아 정원 가꾸기 따위를 했던 것에 대한 언급—역주)에 대한 풍자. 그는 자신의 부대가 주둔해 있는 로렌 지방의 단조로운 생활을 유머스러운 어조로 써 보내왔다. '여기서…… 나는 뭘 하고 있는가? 이 질문이야말로 우리가 우리 자신들에게 던지는 질문이야.' 5월 10일자 편지의 어조가 달라졌다. '이번에는 진짜 전쟁이야. 우리는 싸울 거야.' 그러나 전쟁은 그를 필요로 하지 않았다. 독일군 기갑사단이 세당을 돌파했던 것이다. 프랑스의 도시들이 차례차례 함락당했다. 주민들은 스페인 군중들처럼 필사적으로 피난길에 올랐다. 그러나 장이 주둔하고 있는 로렌 지방은 평온했다. 그는 편지에 이렇게 썼다. '생 캉탱을 우리가 장악하고 있는 한, 걱정할 것은 없어. 그들이 이곳을 돌파하면 퇴각해야겠지만.' 독일군은 생 캉탱을 함락시킨 다음 칼래를 향해 진격했다. 나는 모든 것을 체념하고 파리를 이대로 떠날 수는 없었다. '무기를 들어라! 시민들이여'라고, 라디오는 정규방송을 시작하기 전에 호소했다. 그러나 그것도 파국의 뉴스가 흘러나오기 전의 일이었다. 지금도 기억나는 폴 레이노(당시의 프랑스 수상—역주)의 날카로운 목소리, 그 쓰디쓴 절망의 목소리를 들으면 등에서 식은 땀이 흐르는 것 같았다. 밤이면 멀리서 폭음이 들리기 시작하고, 이어서 둔탁한 포성이 계속되었다. 남쪽으로 이동하는 피난 행렬이 꼬리를 잇고, 피난민들은 쏟아지는 폭탄이나 파괴된 기차역에 관해서 이야기했다. 재난의 폭풍우였다. 나는 아직도 살아서 뜨겁게 파닥거리는 프랑스를 뒤로 한 채, 프랑수아를 데리고 피난을 떠났다. 집을 떠나기 전에 장에게서 급하게 갈겨 쓴 엽서 두 장을 받았다. 그는 독일군의 공습이 진행되는 동안 숲에서 숲으로 이동하며 퇴각 중이라고 했다. 그러나 그뒤 모든 것이 얼어붙어 버렸다. 나의 외부도, 그리고 내부도. 프랑스 전체가 얼어붙은 바다였다.

한없이 긴 불안의 시간이 흘러갔다. 그러던 어느날 적십자 마크가 찍힌 엽서 두 장을 받았다. 그것은 두 사람 모두 포로가 되었다고 알리는 통지서였다. 그때서야 얼어붙었던 내 영혼이 녹아내렸다. 나는 세상의 모습을 다시 보기 시작했다. 그것은 내가 모든 것을 잃은 것이 아니라는 의미였다. 나는 그 사실만으로도 큰 기쁨을 느꼈다. 그리고 이 시선에는 증오가 없다. 저 외국인들, 저 점령군들도 결국은 우리와 다름없는 인간이다. 그들이 쉬는 시간에 어린애들처럼 장난치는 것을 나는 본다. 어린애들을 미워할 수 있을까?

1940년 8월 15일 — 여름. 회색 먼지가 자욱한 파리. 사크레 쾨르 성당의 길쭉한 모습이 어슴프레하게 보이고, 그림 엽서에 등장하는 에펠탑에는 나치의 깃발이 걸려 있다. 활짝 열린 창문으로 시장에서 떠들어대는 스피커 소리가 들려온다. 비행기들이 지붕을 스칠 듯이 지나간다. 잔치라도 벌어진 것처럼 모든 것이 시끌벅적하다. 우리 동네에도 독일 군인들이 우글거린다. 정말로 많다. 그들의 눈에는 아직도 승리의 기쁨이 남아 있다. '다음 달에는 런던이다. 크리스마스에는 집에 돌아갈 수 있지'라고 떠들어댄다. 크리스마스에는 나도 그리운 사람들을 만날 수 있겠지.

9월 2일 — 런던 폭격. 브리스톨 폭격. 맨체스터 폭격. 조선소에, 항구에, 공장에, 기차역에, 상가 지역에, 가난한 사람들의 초라한 집에…… 소나기처럼 퍼붓는 폭탄들. 전에는 여자 하나가 살해되어도 우리는 흥분했었다. 이제는 품 안에 아이들을 안은 수백 명의 여자들이 죽어간다. 나는 다른 사람보다 분별 있고 교양 있는 베르너에게 그 이야기를 한다. 그는 이렇게 말하면서 슬쩍 빠진다.
"보복 공격!"
나는 펄쩍 뛰며 반박한다.

"그럼 로테르담은?"

그는 나를 노려보지만 아무 대답도 하지 못한다.

9월 10일―이제 집에는 독일인이 두 사람밖에 없다. 다른 사람들은 영국으로 가기 위해 아브빌로 떠났다. 그들은 출발 전에 전장에서 찍은 사진을 꺼내놓고 보여주지 않으려 했다. 베르너도 메지에르에서 찍은 사진을 나에게 보여주지 않으려 했다.

"여자들은 보지 않는 게 좋아요."

메지에르에 대해서는 공포의 기억이 있는 모양이다. 그의 동료들이 무심코 한 말로 미루어보면, 그들은 지하실에서 수많은 세네갈인들을 학살한 것 같다. 분명한 것은 내가 흑인들에 관해 말을 하면, 그들은 입을 굳게 다물어버렸다. 그들의 눈에서 도저히 떨칠 수 없는 악몽 같은 것을, 어쩌면 회한일지도 모르는 것을 엿볼 수 있었다. 그래서 그에게 흑인 이야기를 하는 것이 얼마나 즐거운지 모른다.

9월 28일―영국을 함락시킨다느니, 크리스마스에는 전쟁이 끝난다느니, 포로들을 석방한다느니 하는 말들은 이제 헛소리가 되고 말았다.

"걱정 마세요, 부인."

베르너가 말했다.

"독일은 포로들을 인도적으로 대우하고 있으니까요. 당신의 남편도 우리와 똑같은 식사를 하고 있습니다."

그러나 장의 편지에서 그가 굶주리고 있다는 것을 알 수 있었다. 내가 보낸 첫번째 편지 이후로는 소식이 전혀 전해지지 않은 것 같았다. '살아 있다는 사실 외에는 중요한 게 없어'라고, 그는 썼다. 자크는 자신에 관해서는 아무런 이야기도 하지 않았고, 또 불평도 없었다. 그가 보낸 엽서는 모두, 마치 내가 프랑스어를 모르는 사람인 것처럼 '나는 조금도 변하지 않았다'라는 말을 여러 가지 표현으로 되풀이 했다. 그렇다면 이 재난도 그에게는 단절이 아니었던 모양이다. 그러나 이제 무엇을 기대하겠는가? 독일의 불패 행진은 계속될 듯이 보였다.

10월 21일—눈이 내린다. 음울한 저녁이다. 낮에는 혼자 지낼 수 있게 되었다. 끈질긴 작전 끝에 1층 전체를 되찾았다. 밤이 되면 그들은 벽난로 불을 쬐려고 아래층 거실로 내려온다. 베르너는 안락의자에 앉아서 라디오를 만지작거린다. 때때로 그는 『관찰자』인가 뭔가 하는, 삽화가 들어 있는 독일 잡지를 읽는다. 나도 바느질을 하거나 독서를 한다. 뮐러는 벽난로의 반대편에 앉아서 커다란 발을 하릴없이 건들거린다. 그는 깡마르고 허약하며 농부처럼 동작이 느린 편이다. 그는 베르너의 자질구레한 일을 도맡아서 하는데, 베르너는 그를 당번병처럼 취급한다. 뮐러는 불 앞에서 큰 소리로 지껄이고, 베르너는 책에서 눈을 떼지 않은 채 혼잣말처럼 대답한다. 그는 자기 어머니에게서 소포를 받고, 그 속에 뭐가 들어 있었다고 장황하게 늘어놓는다. 밤에 혼자서 보초를 서는 게 무섭다고 이야기하기도 한다. 테이블 한구석에서 숙제를 하고 있는 프랑수아는 가끔 나에게 도와달라고 한다.

베르너가 갑자기 나에게 신문을 내민다. 나는 대충 훑어보고는 아무 말 없이 테이블 위에 놓는다. 한참 후에 그는 참을 수 없었던지 말을 꺼냈다.

"그 기사를 읽어보았습니까?"

"네."

"어떻게 생각하나요?"

"무슨 말을 하겠어요! 당신네 독일 사람들은 그걸 믿겠지요. 그러나 우리들은 믿을 수가 없어요."

차츰 그는 나한테 무언가를 불쑥 물어보는 습관이 생겼다.

"물론 당신은 찬성하지 않겠죠?"

"저는 뭐든지 이유를 따져보지도 않고 찬성해야 한다고는 배우지 않았어요."

베르너는 얼굴을 찌푸리고는, 꼬치꼬치 따지면서 정치를 이야기하는 여자들이 못마땅하다고 말했다. 그는 불만스러운 표정을 지은 채 사탕을 몇 개 깨물어 먹었다. 우리에게는 먹어보라는 말도 하지 않았다. 그러다 화해를 하려는 것인지 내게 담배 한 개피를 내밀었다.

12월 12일 — 나의 생활 역시 포로의 생활이다. 나의 정신과 마음도 귀환을 고대하고 있다. 잃어버린 낙원을 꿈꾼다. 베르너는 이상한 남자이다. 때로는 냉정하고 거만하며, 건방진 미소를 짓고, 무감각하다. 그런가 하면 때로는 정신적인 군복을 벗어던지고, 자기는 예민한 체질이고 평화주의자이며, 제국주의가 가져올 행복이라는 것을 믿지 않는다고 말하기도 한다.
"왜 히틀러에게 충성을 하죠? 왜 전쟁을 하죠?"
나는 그에게 물었다.
"조국을 위해! 오직 조국을 위해!"

■■■

그는 나에게 자신이 그린 스케치를 보여주었다. 복제 솜씨가 제법이다. 하지만 독창성은 없다. 나는 조용히 그 사실을 말해주었다. 그는 유감스러운 얼굴로 나를 바라보았다.
"그건 사실이지요."
그는 고백하듯 말했다.
"아직 다른 사람의 영향에서 벗어나지 못했으니까요."
"무언가를 창조하려면 자신이 자유롭다고 느껴야 해요."
나는 대답했다.
나의 말은 침묵 속으로 사라졌다. 깊은 물속에 던져진 돌멩이처럼 조용히 가라앉았다.

12월 25일—두 사람 모두 휴가를 떠났다. 나는 온 집안을 대청소했다.

1월 15일—폭설이 내렸다. 밖에서 들리는 소리도 희미하다. 이 얼어붙은 겨울은 대체 언제 끝날 것인가? 베르너와 뮐러는 훈련으로 녹초가 되어 돌아온다. 눈 속에서 포복을 했다고 한다. 이렇게 지독하게 추운 날에도 기관총 사격하는 소리가 들려온다.

그날 저녁 베르너가 라디오의 사이클을 맞추던 중 우연히 모스크바 방송이 잡혔다.

"어머, 아름다운 음악이네!"

내가 말했다.

그는 예의상이겠지만, 내가 그 곡을 들을 수 있도록 해줬다. 그리고는 설명까지 했다.

"그게 뭔지 알겠어요? '국제 노동자 연맹 찬가'예요!"

"그래요? 아주 멋진 음악이네요."

순간 나는 자크를 생각했다.

1월 7일—베르너는 모순 투성이의 인간이다. 마치 자유롭게 자기 자신이 될 수 없는 것처럼 행동한다. 그래도 그는 감정이 섬세해서 그의 동료들보다 좀더 나아 보인다. 가게에서 물건을 살 때도 프랑스 사람들처럼 굳이 줄을 선다. 어느날 오후 그는 나에게 프랑수아를 영화관에 데려가도 좋으냐고 물었다. 내가 거절을 하자 그는 고분고분하게 말했다.

"알겠습니다. 부인. 죄송합니다."

3월 10일—뮐러는 놀라운 편지를 받았다. 그의 형과 사촌이 폴란드 국경지대에 투입됐다는 것이다.

"당신도 언젠가는 러시아 사람들과 싸우게 될 거라고 생각하나요?"

나는 베르너에게 물었다.

그는 화를 내면서 대답한다.

"절대로 그런 일은 없어요! 그건 독일에게 아무런 이익이 되지 않으니까요."

나는 그에게 폴란드에 관해, 그리고 그가 참가했던 폴란드 전투에 관해 이야기해달라고 했다. 그러나 그는 별 반응이 없었다.

베르너는 이렇게 말할 뿐이었다.

"폴란드 여자들은 너무나 궁핍해서 빵 한 조각에도 몸을 팔았어요."

그이상은 한마디도 더 들을 수 없었다.

뮐러는 어머니가 손수 만든 과자를 소포로 받았다. 노랗게 잘 구워진 버터 과자였다.

그는 모두에게 그것을 먹어보라고 권한다. 난로 위에서는 찻물이 끓고 있다. 내가 말했다.

"이 조용한 겨울을 프랑스에서 지내는 게 유감스럽겠군요."

3월 23일—나의 마음은 항상 에델바흐 포로 수용소에 있는 두 사람 곁으로 달려간다. 장은 오직 귀국하려는 희망 하나로 버텨내고 있다. '우리가 다시 만날 수 있는 날짜를 알 수만 있어도 좋으련만…….' 그는 이렇게 썼다. 뉘른베르크 수용소에서 자크는 군용 열차가 지나가는 소리를 들으면서 결코 꺾이지 않은 희망을 나에게 적어 보냈다. 실망스러운 소식들. 발칸 제국이 주추국에 가담했다. 베르너가 나에게 신문을 내민다.

"유럽은 재건될 것입니다. 유고슬라비아가 독일의 지원을 요구하고 있습니다."

그는 말했다.

"당신네 독일 사람들은 너그럽기도 하군요, 전 세계의 모든 민족들을 행복하게 만들어주겠다니!"

베르너가 나를 쳐다본다. 그는 빈정대는 것을 몹시 싫어한다. 곧 표정이 굳어진다. 이 순간 그는 나를 증오하는 것이다.

3월 30일 — 발칸 폭발. 라디오에서는 벨그라드의 쿠데타 뉴스를 보도한다. 오늘은 베르너가 내게 신문을 보여주지 않는다. 나는 이렇게 물었다.

"유고슬라비아가 독일의 지원을 요청했나요?"

그는 성난 눈길로 나를 바라본다. 우리는 그날 저녁 내내 한마디도 하지 않았다.

4월 10일 — 장과 함께 벨그라드와 니시를 여행했던 일이 생각난다. 나는 제대로 된 도로 하나 없는 이 나라에서 전투가 벌어진다면 어떨까 하고 상상해본다. 가축의 발자국이 패인 진흙탕 길은 소달구지가 느릿느릿 오가는 길이지, 기계화 부대가 통과할 만한 길은 아니기 때문이다. 이 마을 집들의 낮은 벽은 나뭇가지를 얽어맨 다음, 그 위에 진흙을 발라서 만든 것이다. 미신을 믿는, 아직

원시적인 농민들, 남루하고 조잡한 옷, 지독한 불결함. 그러나 그들의 놀라운 친절함을 다시 생각해본다. 독일군은 사흘 만에 사로니카, 니시, 우스크브, 프릴레프를 장악하고, 지중해 연안을 거쳐 산악지대 깊숙이까지 들어갔다. 벨그라드 함락. 독일군들은 인간이 아니라 악마다. 베르너는 다시 미소를 짓기 시작했다.

"우리는 이탈리아군이 아니지."

그는 건방진 태도로 말했다.

4월 18일 — 유고슬라비아 함락.

4월 19일 — 그리스 함락. 절망의 나락으로 빠져드는 느낌이다. 장에게서 엽서가 왔다. '프랑스 사람들은 언제 태양을 바라볼 수 있을까?'

5월 12일 — 베르너와 뮐러가 떠났다. 목적지는 알 수 없다. 냉냉한 이별. 군복을 입은 베르너는 아무 개성도 느껴지지 않는다. 그는 이제 가공할 조직의 톱니바퀴 하나에 불과하다. 가끔 그의 시선에서 느꼈던 인간의 불꽃도 이제 완전히 꺼져버렸다. 프리드리히 황제의 기계화된 군인들.

5월 25일 — 일 주일 동안 조용하던 집안이 다시 시끄러워졌다. 새로 온 장교 두 사람. 한 사람은 눈초리가 고약한 청년으로, 한밤중에 돌아와서는 조용한 집안에 라디오 볼륨을 크게 틀어놓는다.

또 한 사람은 금발의 중년 남자로, 대머리가 되기 시작한 이마가 강한 인상을 준다. 첫날 저녁 그는 거실을 사용하게 해달라고 부탁했다.

"나는 가정생활을 좋아합니다."

그는 좀 어색한 듯 고개를 숙이고 자기 소개를 했다.

"쿠르트 폰 스툼입니다."

그는 뮌헨의 음악 출판업자로서 자크 퐁타니에의 이름을 알고 있었다. 그는 프랑스 음악이나 문학을 이야기했다.

"싸우면서도 서로 사랑할 수 있습니다. 그렇지 않나요?"

"평화가 좋은 것이라면 왜 전쟁을 하지요?"

그러자 그는 독일어로 실러의 시를 인용한다.

그러나 전쟁에도 영광이 있으니…….
인간은 평화 속에서 쇠약해지기 때문에

"그렇습니다. 인간은 평화 속에서 나약해집니다. 창조적 긴장을 상실하기 때문이지요."

그는 말했다.

■■■

쿠르트 폰 스툼은 말수가 적은 베르너와는 전혀 다른 사람이다. 그와 함께 있으면 내 생각에 몰두할 수가 없다. 그는 서가에 기대어 책을 뒤지거나 큰 소리로 설명하는 것을 좋아한다. 그는 프랑스에 아주 관심이 많고 나를 통해서 여러 가지를 배우고 싶어한다. 열시 정각에 내가 일어서면 그는 정중하게 인사를 한다.

6월 1일 — 폰 스툼이 내 피아노를 사용하게 해달라고 부탁을 했다. 물론 나는 허락을 했다. 그는 피아노 앞에 앉아서, 자크가 그랬듯이, 한없이 연주에 빠져들었다. 나는 내 눈앞에서 피아노를 치고 있는 사람이 자크가 아니라 외국인이라는 것을 확인하기 위해 눈을 크게 뜬다. 그의 음악은 자크와 흡사한 외침으로, 자크와 흡사한 강렬한 생성의 음악으로 나를 일깨운다. 깊은 어두움. 폭발, 섬광, 눈부심. 음악의 정령이 다시 나를 사로잡는다. 그동안 나는 피아노를 치지 않았었다. 무뎌진 손가락이 근질근질하다. 바흐, 베토벤, 모차르트, 그리고 모든, 모든 음악가들.

6월 15일 — 음악의 길로 숨 가쁘게 달려간다. 흘러내리는 물처럼. 밤마다 폰 스툼과 나는 나란히 앉아 함께 피아노를 친다.

6월 22일 — 울려퍼지는 심벌즈. 숨이 끊어질 것 같다. 독일군이 러시아를 침공했다! 자크, 이 시간을 기다리던 네가 사무치게 생각나는구나. 전쟁이 어떤 의미를 갖기를 기다린 너. 꽃피는 시간, 그리고 묵시록의 시간. 폰 스툼과 나 사이에는 이제 음악 따위는 문제도 되지 않는다.

6월 23일—멋진 여름, 작열하는 가혹한 태양. 북극에서 흑해까지 강철 탱크가 질주한다. 전 세계 사람들의 간담을 서늘하게 만들면서!

7월 1일—라디오는 승리의 함성으로 악을 쓴다. 울려퍼지는 군가. 비정한 장갑차의 행렬이 젤라틴처럼 흐물거리는 도시에 진격한다. 베레지나. 삼 주 후에는 모스크바. 크레믈린 궁 위에서 포효하는 히틀러. 폰 스툼은 내가 이 공격의 완벽한 당위성을, 천지를 뒤흔드는 이 강철 교향곡을 찬양하기 원한다.

"제삼제국은 새로운 로마입니다. 제삼제국은 유럽 전역에 게르만의 평화를 펼칠 것입니다."

그가 말한다.

게르만의 평화! 이 말은 나를 전율케 만든다. 내가 정말로 몸을 떠는 것을 본 폰 스툼은 국가사회주의자는 야만인의 정반대라고 말한다.

"그것은 괴물들을 몰아낼 대천사지요. 단호하고 순수한 대천사."

그리고는 더이상 아무 말도 하지 않는다. 그는 피아노 앞에 앉아서 손가락 끝으로 모차르트를 만들어낸다.

8월 18일—장의 편지는 내 마음에 와닿지 않는다. 마치 어찌할 바 모르는 아이가 쓴 편지 같다. 옛날의 흔적을 찾아볼 수 없다.

9월 2일 — 프랑스는 침묵하고 있는데, 나는 동부 전선의 혼란을 상상한다. 짐승의 몸은 세계라는 거대한 원형질 속으로 점점 깊이 파고들면서 좌우로 죽음의 천사장을 질식시킨다.

쿠르트와 함께 연습하는 동안 나는 빠르게 숙달된다. 우리는 밤마다 연습을 한다. 베토벤과 바흐의 천재성 앞에서는 모든 것이 의미를 잃는다.

9월 15일 — 쿠르트와 함께 음악을 공부하면서 느끼는 기쁨이 어쩐지 마음에 걸린다. 내가 이 남자에게 관심이 없다는 것은 하느님이 알고 계신다. 그렇지만 예술은 그가 적이라는 사실을 잊게 한다. 예술가로서 쿠르트를 보면 왜 내가 이 사람을 야만인으로 간주해야 하는지, 자문하지 않을 수 없다. 그럼에도 이 기쁨은 역시 마음의 가책으로 남는다.

9월 24일 — 내가 그들에게 보내는 편지는 공허하다. 내가 그들에게 바칠 것이라고는 빈손뿐이다. 장에게는 폰 스툼과 음악 공부를 하고 있다고 써 보냈다.

10월 10일 — 한꺼번에 도착한 두 장의 엽서는 장과 자크가 다시 만났으며, 함께 지낸다는 사실을 알려주었다. 매일 밤 내 손가락 끝에서 뿜어나오는 음악은 그들을 향해 날아간다.

10월 22일 — 장은 내가 음악 공부를 다시 시작한 것을 기뻐해주었다. 그의 믿음이 감동을 준다. 장에 대한 사랑은 그가 내게 허락한 자유로부터 끊임없이 자라났다.

11월 8일—자크는 편지에서 괴로움을 이야기한다. 장의 편지와는 전혀 다른 내용이다. 두 사람 모두 서로에 대해서는 전혀 이야기하지 않는다. 이상한 느낌이 든다. 나는 자크의 편지를 마치 암호인 양 해독한다. 그의 음성이 귀에 들리는 듯하다. 그가 자신의 생각을 명료하게 전달하지 못한 이 문장은 분명 내게 무언가를 말하기 위해서다! 어떤 중요한 문제라도 제기하는 것일까? 나에게만 이야기하는 것 같지만 때로는 익명의 대중들에게 호소하고 있는 것 같기도 하다. 옛날처럼 그와 이야기해보았으면.

11월 28일—자크에게 답장을 쓰려고 했다. 내 자신의 생각을 말하려니 몹시 힘이 든다. 나는 폰 스툼과 함께 음악 공부를 한다고 이야기했다. 나는 폰 스툼이 과거의 위대한 천재들에 대한 존경심을 품고 있다는 것을 알고—그는 모차르트를 몹시 숭배한다—깜짝 놀랐다고 썼다. 편지를 거의 다 썼을 때 그의 엽서가 배달되었다. 그는, 항상 자신이 마음속으로 걱정하고 있는 것에 대해 내가 아무런 이야기도 하지 않는다고 책망했다. 그는 이렇게 썼다. '나의 조국…… 그것은 내 마음속에 간직한 모든 것이다. 바로 너, 바로 거리의 행인들, 르노 자동차 공장의 노동자들, 우리의 과거, 우리 모두가 함께 싸워서 지켜온 이상, 우리의 만년설이야.'

12월 10일—쿠르트는 자기 친구 몇 사람을 불러 우리와 함께 크리스마스 저녁을 보내고 싶다고 말했다. 그들이 프랑수아를 위해 크리스마스 트리를 준비한다.

"함께 음악을 합시다."

거절할 수가 없다.

12월 17일—아, 그것은 악몽이 아니다. 인질들의 처형은 나의 양심을 갈갈이 찢어버렸다. 그것은 베토벤과 모차르트의 등 뒤에 숨어 있는 악마의 가면을 벗겨버렸다. 어제만 해도 쿠르트 폰 스툼은 말했었다.

"히틀러는 어쩌면 프랑스 대혁명을 성공시킬 수도 있었을 로베스피에르와 생쥐스트(루이 앙트완느 생쥐스트. 프랑스 대혁명의 주도적 인물로 로베스피에르와 함께 처형됨—역주)를 합해놓은 인물입니다."

도처에서 대천사로 변장하고 있는 악마들. 강철 괴물 속에 숨어 있는 악마. 변질되고 부패되고 위장된 허황한 말 속에 숨은 악마.

노동자들이 그때의 참상을 이야기했다. 그들은 요새에서 작업을 하고 있었다. 그때 트럭이 철책 앞에 멈췄다. 감시병들에 둘러싸여 인질들이 트럭에서 내렸다. 노동자들은 황급히 그 자리에서 쫓겨났다. 인질들이 노래를 부르며 처형장으로 이동하는 것을 그들은 보았다.

"가자, 조국의 아이들아!"

젊은이들, 어린 아이들, 중년의 남자들, 백발의 노인들. 그중에는 국회의원 가브리엘 페리의 모습도 있었다.

노동자들은 이야기했다.

"우리는 그들의 모습이 사라지는 것을 보았어요. 우리는 꼼짝하지 않고 거기 서 있었으니까요. 그때 갑자기 일제히 사격하는 소리가 들렸어요. 모든 파리 사람들의 가슴에 총알이 박히는 것 같았어요."

오늘 밤, 나는 폰 스툼에게 말했다.

"프랑스가 상을 당했으므로 음악은 할 수 없어요."

그는 한 번 나를 쳐다 보고는 아무 말 없이 물러갔다.

12월 18일 — 이 외국인과 나 사이에 강철의 벽이 세워졌다.

12월 25일 — 크리스마스 파티가 벌어졌다. 나는 꼼짝도 하지 않고, 아무 말도 없이, 그들이 먹고 마시는 것을 지켜본다. 노래가 끝나기를 기다렸다. 가정적인 분위기의 축제를 원했다면 그들은 만족했을 것이다! 나는 자크를 생각했다. 지난 번 처형 사건으로 나는 자크의 메시지를 이해할 수 있었다.

1월 6일 — 자크에게서 온 편지에는, 음악이 가질 수 있는 의미에 관해 놀랄 만한 통찰력 있는 글이 담겨 있었다. '예술은 우리의 욕망에 따라 다양하게 존재한다. 우리가 예술에 대한 통제를 상실하거나 그 고유한 창조의 힘을 아주 높은 차원에서 규제하지 않는다면, 예술도 악덕과 마찬가지로 인간을 타락시킬 수 있다. 그것은 인간의 사고 작용을 마비시키고, 의지를 붕괴시키고, 우리의 자아

앞에 안개와도 같은 허위의 은폐막을 친다. 예술은 알리바이도, 면죄부도, 위장품도, 배반도 될 수 있다. 그것은 진정한 인간이기를 포기한 음악가나 시인을 더욱 비열한 존재로 만들 수 있다. 모차르트를 연주함으로써 잃어버렸던 순수성을 되찾는다는 것은 교양 있는 살인자라면 누구든지 할 수 있는 일이다.'

이 격렬한 답장, 나는 이제 그것을 충분히 이해한다! 이 참극 이후 나 역시 자크와 같은 생각을 하고 있었기 때문이다. 나는 내 자신의 성향에 빠져버린 것이 부끄럽다. 일부러 내 사고를 희석시키고, 구역질 나는 감상의 올가미에 그렇게 쉽사리 걸려든 것이 부끄럽다. 나는 얼마나 비열했던가!

1월 20일—자기 혐오. 이젠 피아노의 뚜껑도 열지 않는다. 폰 스툼은 이전의 관계를 회복하려고 노력한다. 나는 냉정하게 거절한다. 우리의 저녁 시간은 침묵 속에서, 호텔의 살롱 같은 냉냉한 분위기 속에서 흘러가고, 각자 구석 자리를 차지하고 자기 일만을 한다. 열시 정각, 내가 자리에서 일어서면 폰 스툼은 인사를 하고 정중하게 자기 방으로 물러간다. 나는 그들의 손에 물들은 피를 잊을 수 없다. 그들의 손에 착색되어 절대로 지워지지 않은 핏자국들. 정의의 칼날을 받을 피. 그들은 모차르트의 부드러움, 베토벤의 정열, 바흐의 장엄함을 빌려 그 피를 씻어내려 한다. 그리고 다시금 자신들의 손을 바라본다. 그러나 피는 그대로 있다.

2월 8일—크리스마스 이후 포로 수용소에서는 소식이 없다. 긴 침묵이 불안하다.

2월 15일―자크가 앓고 있다. 불안.

2월 20일―자크는 여전히 중태 상태에 있다. 불안을 떨쳐버릴 수 없다. 하루하루 시시각각 더 불안해진다. 폭풍 속에서 울부짖는 짐승의 불안감.

3월 1일―자크가 죽었다! 머나 먼 수용소에서, 잔혹한 땅에서. 이렇게 멀리 떨어져서 죽다니. 너의 꿈이 움트는 것을 보지도 못하고. 너의 음악적 재능이 꽃 피는 것을 보지도 못하고. 무장 해제되어, 무력하게, 수용소에 갇힌 채 죽다니. 짐승의 조건을 받아들이기를 거부하면서.

너는 저항과 희망 사이에서 죽었다. 화살처럼 날다가 번개에 맞아서 죽었다. 너와 함께 내 영혼도 꺼져간다. 너는 나를 차가운 바람이 이는 어두운 공간까지 끌어올렸지. 너는 내 삶에 의미를 주었어. 너는 안일한 행복, 부드러운 보금자리, 비속한 성공을 경멸했지. 너는 자신의 목표가 아닌 것은 마음속에 두지 않았어. 너는 미친 듯이 앞으로 달려나가기만 했지. 언제나 앞으로 달려가서 미래의 전위에 섰지. 네가 꺾여진 지금, 나의 일부도 무너져내리고 있어.

이제 나는 나의 한계 속으로 뒷걸음질쳐야 한다. 나는 숨도 쉴 수 없는 이곳에 피신해 있어야 한다. 장이 내 삶의 유일한 중심이 되겠지. 그의 보호 밑으로 들어가야 한다. 나는 나의 아이에게 자크와 같은 사람들, 인간적이면서 동시에 초인이었던 사람들의 모습을 가르칠 것이다. 자크와 페리 같은 사람들. 자크도 페리를 알고 있어서 나에게 그의 이야기를 해주었었다. 섬세하고 순수한 사람이었다. 그리고 노래를 부르며 처형장으로 걸어갔던 사람들의 삶의 의미를, 나는 나의 아이에게 가르칠 것이다. 한편 나는 절망하고 부서지고 기력을 잃었다. 나의 역사는 끝난 것이다.

6

수첩은 여기에서 중단되었다. 클레르의 얼굴이 떠올랐다. 그녀의 몸짓 하나하나가 이제 해명되었다.

클레르의 수첩을 다 읽은 지 얼마 지나지 않아, 아직 그 마술에서 빠져 나오기 전에, 그녀가 돌아왔다. 병든 친구의 머리맡에서 힘든 한 시간을 보내고 왔다는 것이다.

"남편이 처벌을 받았대요. '처벌'을 받은 사람은 이 주 동안 인질 리스트에 기입된다고 해요. 이 지역에서 독일 사람이 하나라도 살해되면, 내 친구의 남편은 끝장이에요. 그래서 친구는 밤에도 잠을 이루지 못하고 있어요. 일초 일초 시간이 째각거리는 소리가 들린다고 해요. 일초가 한없이 길게 느껴지는 거죠. 거리에서 무슨 소리라도 들려오면 공포에 사로잡히고 라디오를 켜는 것도 무서워해요."

그녀는 갑자기 소리친다.

"저렇게 사람들을 죽여서 어떻게 하자는 거지요? 독일인 한 사람이 살해당하면 그들은 프랑스 사람을 몇 백 명씩 죽이고 있어요. 그것도 가장 아까운 사람만을 골라서 죽이는 거예요. 이 학살을 지휘하는 게 누구예요?"

나는 독일에 대한 저항 의지를 반드시 지켜나가야 한다, 고 말하면서 그녀를 달래려 했다.

"레지스탕스 대원은 총을 쏘고는 곧 사라져버려요. 이런 행동을 하면 무고한 사람들이 희생된다는 것을 알고 있으면서도 왜 이런 짓을 하죠?"

나는 클레르를 이해시키려고 애를 썼다.

"그들의 행위가 해방을 앞당겨 줄 거야. 이렇게 맞대결하는 싸움에서는 포기하는 쪽이 패배하기 마련이야. 투쟁과 희생이 없다면 우리의 삶은 끝장이야. 삶의 의미도 사라져버려. 왜냐하면 그렇게 해서 우리에게 남는 것은 살아갈 가치가 없는 것들뿐이니까."

클레르는 나를 바라보았다.

"이상하군요. 자크처럼 이야기하네요. 당신은 자크가 아니잖아요."

나는 그녀가 말하려고 하는 것을 이해했다. '당신은 자크와 같은 힘을 갖고 있지 않아요.' 내가 자크와 같은 힘을 갖고 있지 못하다는 것을 나는 잘 알고 있다. 내가 달라졌다고 해도, 그래서 자크와 대등하게 되었다고 해도 클레르는 예전 나의 이미지를 버리지 못할 것이다. 그래서 내가 자크와 같이 되었다고 해도 나는 결코 그의 힘을 갖지 못하는 것이다.

나는 그녀를 설득시키려 애를 쓴다.

"흙항아리로 쇠항아리를 부수려는 것과 같아요."

그녀는 되풀이해서 말했다.

"당신은 총살당해도 좋아요? 이제는 당신밖에 없어요. 저 짐승 같은 놈들이 당신을 죽이도록 내버려둘 수는 없어요."

클레르는 필사적으로 애원한다. 그 모습에는 이제까지 보지 못했던 아름다움이 배어 있다. 회색의 재로 변하기 전에 한순간 하늘에서 흔들리는 저 황혼의 아름다움. 잔주름 하나까지 삶이 빚어낸 이 감동적인 얼굴에서 의미 깊은 시선이 불타오른다. 사실 자크의 죽음 이후 그녀는 몹시 약해졌다. 그녀는 무겁게, 휘감기듯, 나에게 매달린다. 내가 이 무거운 짐을 지고 앞으로 걸어갈 수 있을까? 눈앞의 행복, 그저 단순한 인간적인 행복만을 붙잡고 싶은 유혹. 누가 나에게 무언가를 요구하는가? 아무도 없다. 나는 포로였다. '나는 나의 역할을 다했다.' 나머지는 아무 상관없다. 그러나 내가 이런 생각을 할 때마다 나의 내부에서 어떤 동요가 일어난다. 나는 화염방사기처럼 불타는 자크의 경멸적인 시선을 느낀다. 코스트의 조소하는 목소리도 들린다.

"자네는 초인이 아니야. 내가 그렇게 말했잖아!"

나는 초인이 아니다. 물론이다. 다만 인간, 그저 하나의 인간일 뿐이다. 다시 말하면 생각하는 존재, 그리고 생각했으므로 그 생각에 따라 행동하는 존재인 것이다. 포기해버린다면 끔찍한 후회가 남는다는 것을 나는 알고 있다. 두려움과 함께 홀로 있는 자신을 볼 것이고 자기 혐오에 사로잡힐 것이다. 이러한 불행에서는 어떤 여자라도 나를 위로해줄 수 없다. 술에 빠지던가 혹은 죽음뿐. 나는 싸워야만 한다. 허세 때문이 아니라 그것이 내가 가야 할 길이기 때문이다. 투쟁과 자살 중에서 하나를 택해야 하기 때문이다. 클레르는 나를 이해할 수 없을 것이다. 나는 그녀의 어깨 너머로 세계를 바라본다. 그녀의 사랑도 세계를 가리지 못할 것이다. 어떠한 사랑도 그렇게 할 수 없을 것이다. 그리고 그렇게 할 수 있는 사랑이 있다면 나는 곧 그것을 증오할 것이다. 반대로 내게 필요한 것은 나를 투쟁으로 열광시키는 사랑이다.

나는 어린 아이나 환자에게 하듯 클레르를 안심시킨다. 그렇지만 이제 나는 무엇이 나의 길인가를 알고 있다. 내가 어떻게 해서 그 길로 접어들었던가? 그것은 또 다른 이야기이지만, 나의 옛 스승 바스티드 선생님 덕분이다.

내가 선생님 댁에 도착했을 때 그분은 작가인 조르주 N과 한참 논쟁을 하고 계셨다. 그리고 나와 헤어진 게 바로 어젯밤인 듯이, 내 인사말에는 대답도 하지 않고—그것이 그분의 성미 급한 평소의 버릇이지만—느닷없이 나를 증인으로 내세웠다.

"이 친구 N이 자랑하는 영웅주의라는 게 뭔지 좀 생각해보게."

그리고는 내가 생각해볼 틈도 주지 않고 흥분해서 말을 한다.

"N이 조금 전에 한 이야기는, 독일인들이 자기에게 협력해달라는 요청을 했지만 그걸 거절했다는 거야. 내가 뭐라고 대답을 하는 게 좋을까? 명백한 것에 대해서는 아무런 말도 할 필요가 없으니까 말이야. 그러자 N은 내가 아무 대꾸를 하지 않는 것을 비난했지. '뜻밖이군요. 저의 태도에 기뻐해주실 줄 알았습니다'라고 말이야. 솔직히 말하면 내가 화를 낸 것은 바로 그 때문이야. 도대체 무엇을 기뻐하란 말인가?"

선생님은 다시 N을 돌아보고 말했다.

"만일 자네가 도둑이 아니라면 그 사실에 대해 축하의 말이라도 해야 한다는 건가? 마찬가지로 자네가 배반자가 아니기 때문에 그걸 축하해야 한다는 건가?"

"그렇지만 지금 어떤 용기를 보이는 방법은 이 길밖에 없습니다."

N은 대꾸했다.

"정말 소극적인 방법이군."

선생님은 그의 말을 정정했다.

"그것은 부끄러운 일이야, 이런 소극적인 용기는 러시아 민족의 영웅주의에 비하면 정말 별 게 아니야. 그들은 단신으로 맹수와 맞서 버티면서 자신들의 국가를 구해냈어. 프랑스 작가인 자네에게는 생명과 맞먹는 것을 구해냈지."

"그렇다면 제가 어떻게 하면 좋겠습니까?"

N이 냉소적인 말투로 물었다.

"연단에 올라가서 군중을 상대로 연설이라도 하면 좋겠습니까? 저는 총살당하고 싶지는 않거든요."

"누가 자네에게 돈키호테가 되라고 요구했단 말인가? 자네는 작가가 아닌가? 그렇다면 자네의 사명은 어떻게 해서든지 자신의 생각을 표현하는 일이 아니겠는가? 프랑스인들의 사고가 마비되지 않았다는 것을 증명해야만 하는 거지. 밤의 어둠 속에서도 그것이 끈질기게 끓어오르고 있다는 것을 보여주어야만 해."

그리고 선생님은 지하 문학 조직이 있다는 것을 말해주었다. 그것에 대해 N은 이렇게 대답했다.

"제가 협력한다고 해도 무슨 도움이 되겠습니까? 중요한 것은 서명, 이름입니다. 제가 쓴 원고에 서명을 하지 못한다면 다른 사람들도 그렇게 하겠지요."

바스티드 선생님은 크게 화를 냈다.

"그것은 기만적인 생각이야!"

선생님은 날카로운 목소리로 말했다.

"모든 작가들이 자기 나름대로의 힘을 보태고 있다는 것을 자네는 알고 있어. 자네가 내게 말하려고 하지 않는 진짜 이유를 내가 말해줄까? 정말 말해볼까?"

선생님의 언성은 더욱 높아졌다.

"그것은 자네가 평화 시대의 그 안락한 생활에 다시 빠져 들어갔기 때문이야. 위험이 없는 일, 습관, 가정의 행복 같은 수많은 끈에 묶여 있기 때문이지. 진짜 이유는 자네에게는 전쟁의 시간이 이미 지나가버렸다는 사실이야. 자네가 참전하기를 원했던 저 40년 6월의 시간을 아직도 기억하고 있나? 그렇지만 그때는 그럴 시간이 없었지. 이제 용기를 필요로 하는 때가 되자, 그런 것에는 상관하지 않겠다는 게 아닌가! 도처에서 벌어지고 있는 전쟁, 지금 여기에서 벌어지고 있는 전쟁, 싫든 좋든 끌려들어가지 않을 수 없는 전쟁을 보지 않으려고 두 손으로 얼굴을 가리고 있는 셈이야. 자네는 보이지도 않고 들리지도 않은가?"

그리고 선생님은 입을 다물었다. 멀리서 거룻배를 끌고 센 강을 내려가는 예인선의 거친 기적 소리가 들려왔다. 그곳에는 독일군이 사용할, 프랑스의 숲에서 벌채한 목재가 가득 실려있을 것이다.

N은 냉소적인 표정으로 작별인사를 했다.

"저 친구는 이해하려고 하지 않는군."

바스티드 선생님은 이렇게 말했다. 그리고는 나의 생활에 대해 묻기 시작했다.

그는 힘들지 않게 나를 설득했는데, 내 자신이 이미 결단을 내렸기 때문이었다. 나는 정확한 정보를 들은 다음 선생님의 집을 나왔다. 그 다음날부터 나는 내가 선택한 길로 나아갔다.

■ ■ ■

나는 나의 새로운 활동에 대해 클레르에게는 아무 말도 하지 않았다. 게다가 주위 사람들의 의심을 살 만큼 열중하지 않아도 되는 일이었다. 나는 한 레지스탕스 조직의 젊은 지식인과 접촉했다. 그는 단도직입적으로 말했다.

"얼마나 위험한 일인지 알고 계시죠?"

그는 우리의 안전을 확보하기 위해 가능한 한 모든 조치를 취하고 있다고 강조했다. 대규모로 검거되는 것을 피하기 위해 저항조직은 철저한 점조직 형태로 이루어져 있다고 했다. 나와 직접적으로 접촉하지 않는 조직원들의 이름이나 인쇄물을 찍는 장소들은 알 수 없었다. 나의 동료도 줄리앙이라는 가명으로만 통했고, 나 자신도 질베르라는 가명을 사용했다. 줄리앙은 나에게 영국 철학에 대한 글을 써달라고 부탁했고, 몇 사람의 작가와 정기적인 접촉을 주선해주었다.

나는 매주 파리 중심지에 있는 작은 카페나, 피갈 혹은 트리니테 쪽에서 그를 만났다. 그는 자신이 온 힘을 다해 만들고 있는 신문에 대해 열렬하게 이야기했다. 한눈에도 그가 강인한 성격의 젊은 이라는 것을 알 수 있었다. 나는 그의 명석한 정신과 예민한 감수성에 깊은 인상을 받았다. 그는 즉각 원고를 철저하게 분석하고 논리가 빈약한 부분을 지적했다. 나는 그에게서 비판적 기질─그것은 얼마나 신랄했던가─과 유쾌한 열정이 공존하는 비범한 성품을 보았다. 섬세한 용모에 맑은 눈과 얇은 입술. 그는 내 눈에 자부심 강한 투사로 보였다. 그는 기관총을 다룰 때와 똑같은 신중함으로 신문을 만들고 있었다. 아, 그가 느끼는 전투의 희열 그리고 비겁한 자들에게 보내는 경멸을 나는 얼마나 사랑했던가! 나는 그에게서 자크나 코스트와 유사한 점을 보았다. 그렇지만 그는 그 두 사람보다 더 뛰어난 것 같았다. 그렇다, 그는 자크보다 더 뛰어난 사람이다. 굳은 의지, 확실한 판단력, 정교한 논리를 보면 알 수 있다. 나는 그에게 물었다.

"당신은 공산주의자입니까?"

그는 재미있다는 듯이 웃었다.

"내 얼굴에 그렇게 쓰여 있다면 위험한 일인데요."

신문이 곧 나올 예정이었다. 10월이 되었고 나는 고등학교에서 수업을 시작했다. 사건이 발생한 것은 그 무렵이었다.

■ ■ ■

나는 빨간 페인트칠을 한 작은 카페에서 줄리앙을 만나기로 되어 있었다. 그 카페의 이름이 지금은 기억나지 않는다. 샤토댕 네거리, 모뵈주의 길모퉁이에 있는 이 카페의 맞은편에는 첩자들이 지키고 있는 독일군 전용 레스토랑이 있었다. 나는 자리에 앉아 맥주 한 잔을 주문했다. 정말로 시골 분위기가 나는 작은 카페였다. 수많은 사람들이 그 옆을 스쳐 지나갔지만 안으로 들어오지는 않았다. 테이블의 배치가 아직도 눈에 선하다. 한 테이블에는 단골 손님인 듯한 사람들이 카드놀이를 하고 있었다. 어두운 쪽에 있는 테이블에는 남의 눈에 띄지 않으려는 연인들이 앉아 있었다. 젊은이 하나가 대리석 테이블 위에 종이를 늘어놓고 무언가를 열심히 쓰고 있었다. 홀 뒤쪽으로 보이는 카운터에 앉으면 외부의 소음이 전혀 들리지 않는다. 줄리앙은 이 조용하고 작은 카페를 좋아했고, 그래서 우리는 벌써 여러 번 이곳에서 만났다. 그날 나는 한 시간 가량이나 줄리앙을 기다렸지만 그는 나타나지 않았다.

다음날 학교 수업을 마치고 나는 다시 그 카페에 가서 그를 기다렸다. 내가 약속 날짜를 잘못 알고 있었다고 생각했기 때문이다. 그러나 줄리앙은 오지 않았다. 나는 연락이 끊어졌다고는 생각하고 싶지 않았다. 나의 발길은 매일 같은 시간에 그 작은 카페로 향했다. 일 주일 내내 나는 저녁마다 그곳에 갔다. 나는 네 거리가 보이는 곳에 앉아서 소용돌이치는 인파를 불안하게 바라보며, 키가 크고 깡마른 모습의 그가 나타나기를 기다렸다. 나는 그가, 그에게서만 볼 수 있는 엷은 입술에 미묘한 미소를 띠우며 나타나기를 시시각각 기다렸다. 공장이나 회사가 퇴근하는 시간이라서 점점 더 불어나는 인파에 얼떨떨해졌다. 이 거대한 인파를 뚫어지게 바라보고 있자니 곧 현실감을 상실했다. 그것은 보이지 않는 흐름이 이끌어가는 무수히 많은 입자들에 불과했다. 얼굴들이 분간되지 않았다. 어느날 돌다리 난간에 기대어 발밑으로 흐르는 물을 한없이 바라본 적이 있었다. 그때도 이 같은 망연자실한 느낌이었다. 나는 넋이 나간 것처럼 오래도록 앉아 있었다. 그러다 길 잃은 개처럼 정신없이 사람들의 얼굴을 이쪽저쪽 살피기 시작했다. 마지막 날, 시계가 일곱시를 울릴 때 나는 마침내 체념했다. 줄리앙은 체포된 것이 틀림없다. 나는 다시 한번 그 작은 카페를 돌아보았다. 언제나 같은 분위기에 같은 얼굴들이 보였다. 조금 떨어진 테이블에서 로맨틱한 모습으로 무언가를 쓰고 있는 청년도 여전히 거기에 있었다. 줄리앙도 그를 자주 보았기 때문에 나에게 농담을 한 적이 있었다.

"저 사람도 우리 신문에 실릴 원고를 쓰고 있는지 모르지요!"
그러다 갑자기 이런 생각이 떠올랐다.
'줄리앙이 경찰의 끄나풀이라면?'
나는 불안에 사로잡혔다. 카페를 나오면서도 미행을 당하고 있지 않은지 조심스럽게 확인했다.

내가 이런 불안감을 느낀 것은 물론 이번이 처음은 아니다. 밤에 클레르 곁에 누워 있을 때면 이 같은 생각에 기력이 소진되었다. 바로 곁에서는 그녀의 규칙적인 숨소리가 들린다. 나는 고통으로 새겨진 그녀의 모습을 떠올린다. 자크의 죽음은 클레르가 지니고 있던 격정과 대담함, 용기, 그리고 탐구애와 자기 초월에 대한 정열을 꺾어버렸다. 그녀의 한 부분, 말할 것도 없이 가장 좋은 부분이 죽어버린 것이다. 그녀는 이제 상처 입은 여인, 그리고 한 아이의 엄마에 불과하다. 내가 수용소에서 돌아왔을 때 그녀는 가슴에 믿음을 품은 채 내게로 왔다. 유일한 희망으로 내게 매달린 것이다. 그녀에게 있어서 나는 안식과 삶의 의미—물론 예전만큼 열렬한 것은 아니지만, 그럼에도 현실적인—를 되찾을 수 있는 피난처이다. 나는 그녀의 규칙적이고 평온한 숨소리를 들으며 생각한다.

'아내와 아이가 있는 내가 이런 위험을 무릅쓸 권리가 있는가? 그녀에게 이야기도 하지 않고 행동할 권리가 있단 말인가?'

나도 조만간 체포되어 다른 사람들처럼 총살당할 것이라는 불안에 사로잡혀 다시 중얼거린다.

'이런 조직에 가담하지 않았더라면 조용히 살 수 있을 텐데!'

나는 투쟁하고 있는 수백만의 사람들을 생각하며 마음을 다잡았다. 자크의 굳은 얼굴을 떠올리면서 사리를 분명히 했다. 자크는 자신의 목숨을 한마디 불평도 없이 바쳤다. 그리고 포로 수용소에서 죽어가면서 나에게 놀라운 유언을 남겼다.

"자신의 생각에 따라 행동하는 것은 세상에서 가장 어려운 일이지만, 그러나 그것이야말로 명예스러운 것이지."
 아무리 생각해도 내 자신을 경멸하지 않고 나의 존재를 와해시키지 않으려면 다른 길이 없었다. 나의 이 같은 공헌도 소비에트의 이름 없는 농민이나 노동자에 비하면 정말 대수롭지 않은 것이라는 생각이 들었다.
 물론 낮에는 이런 번민을 하지 않는다. 만약 내가 독신이라면 결코 이런 생각은 하지 않을 것이다. 나는 이 투쟁을 사랑하고, 그것을 통해 더 많은 일을 하고 싶다. 자크와 코스트에 이어 줄리앙이 보여준 모습은 나를 이 조직에 더 가까이 다가가게 만들었고, 그것은 인간을 변혁시킬 수 있는 놀라운 공장처럼 보였다. 이제 나의 종교는 인간이다. 나는 인간의 재창조를 목적으로 삼는 사람들과 항상 함께할 것이다. 줄리앙과의 접촉이 끊어지자 토론도 중단되었다. 내가 더 전진하고자 했던 바로 그 시점에서 나의 정신이 멈추고 말았다.

■■■

 학교에서 나는 동료인 뤼시앙 소브레와 다시 만났다. 여전히 서글픈 듯한 엄숙함, 부자연스런 모습이었다. 그는 자신을 따르는 몇 사람—무공 훈장을 받은—에게 여전히 나에게 했던 것과 똑같은 이야기를 되풀이하고 있었다. 그것은 현재 진행되고 있는 이 놀랄 만한 사태에 맞서 우리는 아무런 영향도 미칠 수 없다는 것이다. 나는 가능한 한 그와 마주치지 않으려 했다. 그것은 그가 내 마음을 알아차리면 난처한 일이 발생할 것이라고 염려해서가 아니라, 원칙적으로 무용한 논쟁을 피하기 위해서였다.

수업이 막 끝났을 때 은사인 바스티드 선생님이 찾아왔다. 그는 줄리앙과 동지 몇 사람이 체포되었다고 알려주었다.

"자네는 어떻게 할 셈인가?"

한기가 오싹할 정도로 몰려와 온몸이 마비되는 것 같았다. 항상 줄리앙은 안전할 것이라는 어리석은 생각을 하고 있었기 때문이다. 그래서 그가 갑자기 무슨 병이라도 난 게 아닌가 했다. 나는 논리를 외면하고, 진실과 마주하기를 거부했던 것이다. 혈관 속의 오한, 어찌할 수 없이 떨리는 신경…… 그러다가 선생님의 질문에 문득 정신이 들었다.

"저요? 전 괜찮아요. 저를 알고 있는 건 줄리앙뿐이에요. 수첩에 아무 이름도 적어놓지 않았다고 했습니다. 입을 열다니요! 줄리앙이 말이에요?"

나는 미소지었다.

"베르몽, 자네는 잘못 생각하고 있어. 물론 나도 줄리앙을 믿어. 하지만 고문을 완전히 견뎌낼 수 있는 사람이 있을까? 사람은 결국 사람에 불과해. 고통에 못 이겨 무심코 내뱉은 한마디가…… 놈들은 잠도 재우지 않고 먹을 것도 주지 않은 채 교대로 쉴새없이 심문을 하지. 잠이 들 때에도 유심히 관찰하고, 꿈결에 무심코 부른 이름 하나도 놓치지 않아."

"저는 믿습니다. 줄리앙은 무엇보다도 강한 사람이에요. 저는 인간에 대한 믿음을 놓고 내기를 걸겠습니다!"

그날 밤은 잠이 오지 않았다. 나는 내가 알고 있는 존경할 만한 사람들을 떠올렸다. 수용소에서 나의 비굴함을 깨닫게 해준 자크. 내가 자신을 이해할 수 있도록 도와준 코스트. 그리고 자크의 놀랄 만한 열정과 코스트의 비판정신, 명석함을 함께 갖추고 있는 줄리앙.

'이런 사람들과 함께하면 두려울 것이 없다. 그리고 클레르를 괜히 불안하게 만들어서는 안 된다.'

그래서 나 자신을 끈질기게 다짐시켰다.

"나는 믿는다. 나는 인간을 신뢰한다!"

다음날 10시 30분 학교 교문을 들어섰을 때, 잠복하고 있던 두 명의 형사가 나를 붙들었다.

7

 체포된 다음 몇 시간 동안의 일을 떠올리려니 고통스럽기 짝이 없다. 나는 완전히 질려 있었다. 경찰서로 연행되는 차 안에서 나는 제대로 생각의 갈피를 잡을 수가 없었다. 그저 이렇게 생각했을 뿐이다.
 '너는 인간을 두고 내기를 걸었고, 그리고 그 내기에서 졌다. 바스티드 영감이 제대로 본 것이다. 우리들 가운데 가장 뛰어난 인간이라 해도 고문에는 어쩔 도리가 없다.'
 마음속으로는 이렇게 되풀이했지만, 나는 받아들일 수가 없었다. 나의 새로운 신념은 한꺼번에 흔들렸고, 나는 자신을 얼간이라고 생각했다. 클레르의 쓰라린 생각이 떠올랐다. 흙항아리와 쇠항아리의 싸움. 나는 무감각한 체념에 빠져들었고, 그것은 1940년 6월의 내 심정을 절망적으로 상기시켰다. 형사들은 나에게 수갑을 채우고 어깨를 떼밀면서 파출소로 끌고갔다. 복도를 지나갈 때 제복을 입은 흉악하게 생긴 네 놈이 주먹으로 내 얼굴과 옆구리를 마구 때렸다. 코피가 심하게 쏟아졌기 때문에, 피를 멎게 하려고 바닥에 주저앉아 머리를 벽에 기대야만 했다. 두둘겨 맞은 몸에 멍이 들자, 수용소에서 함께 지냈던 한 간수가 생각났다. 예전에 형사로 근무했던 그는 '취조의 재미'에 관해 이야기해준 적이 있었다. 당시 나는 내 자신이 이렇게 빨리 그 재미의 희생물이 되리라고는 생각하지 못했다. 그들은 나의 양손에 수갑을 채운 채 두 시간 이상을 이 기분 나쁜 곳에 세워두더니 다시 차에 태워 경찰청으로 데리고 갔다.

　나는 다시 손에 수갑을 차고 경비실에서 오랫동안 기다렸다. 그 곁에서 경관들은 무엇인가를 게걸스럽게 먹거나, 담배꽁초를 마구 바닥에 버렸다. 아무도 나에게 말을 걸지 않았다. 나를 어디로 데려가야 할지 몰라 윗사람의 명령을 기다리고 있는 듯했다. 집에 알릴 수 있도록 쪽지라도 쓰게 해달라고 부탁했지만 거절당했다. 간수들은 카드놀이를 하면서 손짓으로 그것은 금지되어 있다고 알려주었다. 멍하게 있던 나는 갑자기 하사관 한 사람이 들어와 나를 데려가라고 했을 때에야 비로소 정신을 차렸다. 자동차는 억눌려 있던 내 마음 때문에 한층 무거워 보이는 파리의 밤을 질주했다. 젊은이들이 술집에서 나오고 있었고 여자들의 날카로운 웃음 소리가 들렸다. 더욱 짙은 어둠 한 자락이 나를 빨아들였다. 우리는 좁은 거리로 접어들었다. 차가 멈추었다. 그들은 나에게 차에서 내리라고 했다. 눈앞에 아치형의 육중한 문이 나타났다. 나를 호송한 사람들은 벨을 눌렀다. 철망 사이로 난 네모진 창구에 머리 하나가 나타나더니 우리를 자세히 훑어보았다. 그리고 무거운 문이 천천히 열렸다.

나는 돌이 깔려 있는 안뜰을 비틀거리며 걷다가, 주위의 높은 담장을 보고 이곳이 감옥이라는 것을 알았다. 나는 또다시 경비실에 앉아 있다. 담배꽁초, 먼지, 가래침, 시뻘겋게 달은 난로의 역겨운 냄새. 그들이 나를 옆방으로 떠밀었다. 문 위에 붙은 명판이 그 방의 용도를 말해 주었다. 서기과.

감독관이 간수와 함께 나의 소지품을 검사한 뒤 수감자 명부에 내 이름을 기입했다. 나는 주머니 속에 있는 것을 모두 꺼내놓았다. 그들은 그것을 봉투에 봉인하였다. 돈도 압수하여 내 이름으로 된 구좌에 예치하였다. 마치 은행 같았다.

이 모든 수속이 끝나자 감독관은 벨을 눌렀다. 벨소리가 멀리까지 울려퍼졌다. 한참 있다 담당 간수가 나타났다. 다른 간수들과 마찬가지로 그도 곰팡이가 핀 것처럼 창백하고 생기 없는 낯을 하고 있다. 흰 회벽에 반사된 빛 때문에 그렇게 보였을까? 〈백마〉라는 고갱의 그림이 생각났다. 기이한 초록빛에 감싸인 동물이 빽빽한 나무숲속에 있던 그림이다. 감옥에서 지내는 사람들도 아마 그럴 것이다. 내가 막연히 이런 생각을 하고 있는 동안 간수는 앞장서서 어두운 복도를 걸어갔다. 복도에는 군데군데 불그스레한 전구 몇 개가 켜져 있었다. 몹시 어둡고 곰팡이 냄새가 났다. 그는 열쇠꾸러미를 철렁거리면서 무거운 발걸음으로 걸어갔다. 나는 지하 납골당을 걷고 있는 듯한 느낌으로, 그의 무거운 발소리를 들으며 따라갔다. 나는 인간 세계와 멀리 떨어진 이 담장 너머에 매몰되어버린 것 같았다. 한참을 걸은 듯 심한 공복감이 느껴졌다. 철문을 지나 사방이 담으로 둘러싸여 있는 뜰을 가로질러 갔다. 한쪽 벽에 문이 나 있다. 또 다른 뜰. 계단. 층계참의 양편으로 쇠창살이 천장까지 치솟아 있다. 간수는 열쇠꾸러미를 철렁거렸다. 그는 오른편 철문을 열었다, 다시 소리 없이 닫는다. 죽음 같은 고요. 복도의 양옆으로 늘어서 있는, 아무 장식 없는 철문들이 마치 묘비를 수직으로 세워놓은 것만 같다. 육중한 쇠 빗장이 철문의 위 아래에 하나씩 달려 있다. 그 가운데에 있는 자물쇠가 무척 묵직하게 보인다.

우리의 발소리가 복도를 울린다. 이 무덤에 살고 있는 수감자들의 마음도 울릴 것이다. 우리가 도착한 중앙 십자통로에는 이곳의 유일한 난방기구인 난로가 놓여 있다. 그 옆에서 간수 하나가 의자에 앉아 얼빠진 표정으로 졸고 있다. 우리가 지나가자 눈을 반쯤 뜨고 헛기침을 한다. 그리고 재떨이에 침을 뱉더니 다시 졸기 시작한다.

문마다 번호가 붙어 있다. 87호에서 걸음을 멈춘다. 간수는 빗장을 뽑고, 자물쇠에 열쇠를 꽂아 돌린다. 그 소리가 정적 속에서 폭음처럼 울리고, 열쇠꾸러미 속의 열쇠들도 서로 부딪치며 쇳소리를 낸다.

"여기야. 들어가!"

나의 입에서 처음으로 말이 튀어나온다.

"식사는 할 수 있습니까?"

"들어가! 들어가라니까!"

그는 나를 감방 속으로 밀어넣었다. 어둠 속으로 두 걸음. 재빨리 문이 닫혔다. 나는 숨을 헐떡이며 그 자리에 섰다. 간수의 발소리가 멀어지고 열쇠꾸러미의 철렁거리는 소리도 희미해진다. 왼쪽 어깨가 차가운 벽을 스치고 오른쪽 엉덩이가 침상의 모서리에 부딪친다. 손을 앞으로 내밀어 더듬어본다. 널판지, 접혀 있는 매트리스, 그리고 모포가 손끝에 닿는다. 두 손으로 머리를 감싼 채 침상에 쓰러진다. 축축하고 싸늘하다. 모포를 뒤집어쓴다. 눈을 크게 뜨고 생각해본다. 눈이 점점 어둠에 익숙해지면서 방이 아주 좁다는 것을 알게 된다. 침상은 벽에 붙어 있다. 벽과 벽 사이에 좁은 통로가 있을 뿐이다. 테이블 하나, 의자 하나, 물통 하나, 항아리 하나, 세면기 하나. 그외 아무것도 없다. 창문도 없다. 다만 바닥에서 사 미터쯤 떨어진 곳에 뚫려 있는 네모난 구멍에 유리 한 장이 끼워져 있다. 쇠못을 박은 이중 철문 위에 전선이 늘어져 있고, 그 끝에 매달린 전구에서는 불그스레한 빛이 흘러나오고 있다. 더할나위없이 음산한 풍경.

"이제 인간을 신뢰한다는 게 뭔가를 가르쳐주지."

나는 나지막이 되뇌였다.

그러나 입가에선 알 수 없는 웃음이 퍼져나왔다.

"나도 고문을 당하면 입을 열까?"

클레르를 생각하자 눈에 눈물이 고이고 감정이 북받쳤다.

그때 갑자기 낮은 목소리가 들려와 나를 긴장시켰다.

"문 옆에 모포를 깔고 드러누워."

나는 시키는 대로 하고는 목소리에 귀를 기울였다. 아까보다 소리가 훨씬 잘 들렸다. 이 구역의 모든 소리가 들리는 것 같았다.

"왜 체포되었지? 반독 활동, 아니면 암거래?"

나는 경계했다. 감방 안에 '경찰 끄나풀'이 있다는 이야기를 수없이 들었기 때문이다. 나는 무엇 때문인지 영문도 모른 채, 이유도 없이 붙잡혀왔다고 말했다. 수감자들을 알게 되고 그들에게 익숙하게 된 것은 한참 지나서였다.

그후로는 밤이 오는 것이 초조하게 기다려졌다. 밤마다 입과 귀를 마룻바닥에 대고 이야기하면서 여러 가지 소식을 들었다.

그러나 첫날 밤에는 나의 마음을 드러낼 수가 없어 거의 대답도 하지 않았다. 그들이 나와 무슨 관계가 있담! 나는 인간의 나약함이 무서웠다. 어찌할 길 없는 환멸. 가장 신념이 굳은 사람들까지도 굴복한다면 투쟁을 해봐야 무슨 소용이 있겠는가. 나는 모포를 침상 위로 끌어올렸다. 그리고 무서운 절망에 몸을 맡긴 채 자리에 드러누웠다. 모든 것이 무너져내렸다. 나의 잘못 때문에 이제부터 혼자 지내게 될 클레르를, 그리고 언제 끝나게 될지 알 수 없는 우리의 이별을 생각했다. 어느날 다시 만나게 된다고 해도…… 그게 무슨 소용이란 말인가? 우리의 삶에 무슨 의미가 있을 것인가? 자크가 말한 대로 평범한 일상생활이 되풀이되고, 나의 거대한 희망이 천천히 시들어간다. 나의 아이를 생각했다. 그러자 나의 삶에서 그 애에게 물려줄 것이라고는 이 허무한 결과밖에 없다는 생각에 목이 조여왔다. 물려줄 것이 아무것도 없는 것이다. 죽는 편이 차라리 낫겠다.

나는 얇은 매트리스 위에서 이리저리 몸을 뒤척이며 괴로워했다. 줄리앙의 모습이 끊임없이 떠올랐다. 나는 아직도 그가 나를 밀고하지 않았다고 믿고 싶었다.

"아마도 내 이름을 약속 수첩에 적어 놓은 게 아니었을까?"

그가 언젠가 말했던 것이 생각났다.

"나는 단 한 사람의 본명도 몸에 지니거나, 집에 보관하지 않습니다."

다른 한 사람의 모습이 떠올랐다. 코스트. 그는 솔직하고 냉소적으로, 늙은 러시아 농부처럼 교활하고 무서울 만큼 명석한 태도로, 말하곤 했다.

"우리는 초인이 아니야. 자네 역시 초인이 아니야."

나는 생각했다.

"우리 중에서 가장 뛰어난 사람이라 해도 인생에서 단 한 순간 초인일 수 없다면 삶이란 살아갈 가치가 없는 게 아닐까. 그렇다면 모든 투쟁은 무익하며 사상가나 시인들은 참으로 저주받은 종족이야. 차라리 동물의 단계에 머물러 있는 게 더 나을지도 모른다."

코스트의 환영은 1933년 이후 유럽을 경악케 했던 그 놀라운 고문 기술을 들려주었다.

"고문 기술자들이 자네의 항문에 벌겋게 달군 쇠막대를 박아넣어도 말을 하지 않을 자신이 있어? 깊이 십 센티미터의 물을 채운 감방 안에, 밤이고 낮이고 앉을 곳도 없이, 처박아놓는다면? 그래도 동료의 이름을 중얼거리지 않을 자신이 있어?"

나는 고통의 눈물을 흘렸고, 악몽에 시달리면서 잠이 들었다. 한참 후 날카로운 고함 소리에 잠에서 깼다. 복도에서 급박한 발걸음 소리가 들려왔다. 나는 침상 위에 일어나 앉았다. 절대로 잊을 수 없을 목소리, 억양이 부드러운 목 쉰 소리, 불의에 대해 분노하는 목소리, 죄 없는 자의 목소리, 어린 아이의 목소리가 들려왔다.

"개새끼들! 그건 사실이 아니야, 잘못됐단 말이야. 나는 재판도 받지 않았단 말이야!"

목소리는 점점 약해지다가 희미한 신음 소리로 변했다. 곧 발소리가 이어졌다. 가엾은 소년이 끌려갔다. 복도의 끝, 층계참으로 이어지는 창살 근처에 도달했을 때, 소년은 인사를 했다. 그 힘찬 목소리로 보아, 아마도 소년은 뒤돌아서서 외치는 듯 했다.

"안녕, 동지들."

그것은 겨우 이삼 분 사이에 일어난 일이었다. 그리고 곧 침묵 속으로 가라앉았다. 나는 전율했다. 어둠 속에서 이가 덜덜 떨렸다.

8

다음날 나는 간수가 열쇠꾸러미를 철렁거리면서 감방으로 들어오는 소리에 잠이 깼다.
"일어서!"
그는 음침한 목소리로 말했다.
"규칙도 읽어보지 않았나?"
그는 문에 붙어 있는 게시문을 가리키면서, 자신과 관계되는 구절을 읽었다.
"모든 수감자는 간수가 입실할 때는 침상 발치에 차려 자세로 선다!"
나는 그 지시에 따랐다. 별수가 없었다. 그는 만족해하는 눈치였다.
"허리띠와 넥타이를 내게 맡겨. 그건 갖고 있을 수 없다. 그리고 구두끈도."

나는 그가 요구하는 것을 모두 내준 다음 물었다.
"종이와 연필을 얻을 수 없나요?"
"자네는 독방 수감자야. 그런 건 금지되어 있어."
"독방 수감이라고! 내가 무슨 죄를 지었는데?"
"입 닥쳐! 지금 나하고 토론하자는 거야?"

독방! 변호사 접견 금지. 안뜰에서 산책도 할 수 없다. 다른 수감자들과 이야기도 할 수 없다. 길이 이 미터 반, 폭 일 미터 반인 어두운 감방의 침묵. 내가 갇혀 있는 곳은 그런 곳이다. 나는 공포에 사로잡혀서 우리에 갇힌 짐승처럼 감방 안을 이리저리 맴돌았다. 가끔씩 문에 뚫린 감시 구멍(직경 이삼 센티미터)이 어두워지면서, 두 개의 눈동자가 나타나 나를 들여다본다. 나는 계속 걷고 있지만 이 비참한 상태 때문에 미칠 지경이다. 문 위에 붙어 있는 유리판 사이로 흐릿한 불빛이 비친다. 벽은 아스팔트 섞인 페인트 때문에 거무스름하다. 게다가 페인트가 습기에 녹아서 구불구불한 선을 그으며 흘러내리고 있다. 지하실의 퀴퀴한 곰팡이 냄새가 난다. 회색 쥐며느리들이 마루장의 틈새 사이에서 기어다니고 있다. 또 누군가가 이 감방으로 들어온다. 마침내 식사가 들어왔다. 꼬박 하루 동안 아무것도 먹지 못했다. 냄새는 고약하지만 그래도 마지막 한 톨까지 먹어치웠다. 곧 다시 배가 고파진다. 침상에 드러눕는다. 잠깐 그렇게 누워 있자니 곧 감시 구멍에 눈동자가 나타난다. 마침내 담당 간수의 호통 소리가 들린다.

"낮 동안에 침상에 눕는 것은 금지되어 있다. 규칙을 읽지 않았나?"

나는 의자에 앉아 몸을 반쯤 테이블에 기댔다. 이것까지 금지하지는 않겠지! 그리고 생각했다.

'어떻게 시간을 보낼까?'

내가 맨 처음 생각한 것은 벽에 무언가를 쓰거나, 적어도 어떤 기호 같은 것을 그리는 것이었다. 감방 안을 구석구석 찾아보았지만 허사였다. 유리 조각, 못, 나무 토막 하나 찾을 수 없었다. 마룻바닥 판자의 틈새까지 후벼 파자 쥐며느리들이 놀라 도망갔다. 마침내 해결책을 찾아냈다. 구두 밑창에 박힌 못을 빼내는 것이었다. 그러나 이 못은 너무 짧았다. 그래서 구두 뒷굽 두 개를 모두 떼내고 거기에 못을 박았다. 이렇게 해서 두 개의 근사한 필기도구를 만들었다. 곧바로 그것을 사용해 벽에 수학 공식을 적어보았다. 오래전부터 잊고 있던 이차 방정식의 해법을 구하면서 시간을 보낼 수 있었다. 다음에는 타원 방정식을 연습해보았지만, 식을 만들어내지는 못했다. 나는 기하학과 대수학을 기초부터 다시 공부하기로 결심했다. 그러나 이상하게도 이 계획을 실현시킬 시간을 끝내 갖지 못했다.

불규칙적이긴 하지만 가끔씩 감시 구멍에 눈이 나타났다. 그것은 멍청한 생각에 빠진 듯한, 어이없이 커다랗게 치켜 뜬 눈이었다. 나는 즉시 이 조직적인 감시를 벗어나고 싶었다. 이틀째 되는 날 계획을 실천에 옮겼다. 아주 간단했다. 감시 구멍이 나 있는 벽을 따라, 다시 말하면 침상 아래쪽에 숨을 곳을 마련하기만 하면 되는 일이었다. 그곳에 있던 물통과 단지를 치우고, 모포를 깔았다. 이렇게 해서 감시자의 시야에서 벗어나 드러누워 지낼 수가 있었다.

벽에 무언가를 적을 수 있고 또 감시의 '눈'에서 벗어나 한쪽 구석에 누울 수 있다는 사실이 다소 기운을 회복시켜 주었다. 이 성공은 수많은 가능성을 열어주었다. 첫째는 '벽 일기'를 쓸 수 있었다. 나는 내가 고안한 적당한 기호를 이용해서 벽에 날짜와 함께 수감생활 중에서 중요한 것을 기록하기 시작했다. 이 '벽 일기'는 긴 '마음의 일기'의 색인인 셈이었다. 그것은 사건들이나 마음속에 떠올랐던 생각들을 자세히 기억해내는 데 도움을 주었다. 덕분에 떠오르는 생각들을 시간적으로 재구성할 수 있었다. 이 감방에 지내면서 나는 자주 기억해두고 싶은 중요한 사실들을 되풀이해서 암송했다. 이때 벽 일기가 표식의 역할을 해주었다. 혹시 다른 감방으로 옮겨지지나 않을까 걱정이 되었다.(그렇게 되면 마음의 일기를 되살려내기 위해 벽 일기를 재구성해야만 할 것이다)

나의 최초의 철학적 고찰은―처음 수감되었을 때의 형언하기 어려운 절망감이 좀 가라앉고 난 다음―다른 곳에서도 그렇지만, 수감자가 시간을 보내기 위해 골몰하는 갖가지 관심사들이 얼마나 무의미한 것들인가 하는 점이다. 처음에 부딪쳤던 괴로운 문제 즉 '시간을 어떻게 보낼 것인가?'라는 의문은 해결책을 찾았다. 삼일째부터는 바깥 세계가 벌써 비현실적으로 느껴졌다. 진실한 세계는 감옥 안의 세계였다. 비누 한 개, 연필 한 자루, 종이 몇 장, 좀더 나은 수프 따위를 얻기 위해 투쟁하는 세계가 그것이다. 마음의 일기를 쓰기 위해, 아니면 청소년 시절에 잊어버린 방정식을 다시 발견하기 위해 자기 자신과 싸우는 세계.

팔 일간의 '독방생활'이 아주 순식간에 지나간 것을 깨닫고 깜짝 놀랐다. 나는 수감된 날을 기점으로 간단한 달력을 벽에 그렸다. 일 주일에 해당하는 일곱 행의 숫자들을 매일 하나씩 지워나갔다. 이런 방식으로 시간의 바다에 닻을 내리고 그 흐름을 확인했다.

간수가 들어올 때마다 나는 요구 사항을 말했고 그것은 점점 더 늘어났다.

"내가 체포된 이유는? 왜 독방에 집어넣었지요? 비누, 연필, 종이, 책을 넣어 주시오!"

간수는 어깨를 으쓱해 보일 뿐이다. 그러나 그가 들어올 때마다 나는 똑같은 내용을 계속 되풀이했고, 한마디 한마디에 힘을 주어 말했다. 나는 목소리를 높여 말할 수 있는 이 기회를 즐겼다.

침묵이 가장 큰 고통이었기 때문이다. 그래서 나는 싯귀를 암송하거나 벽에 적어 놓은 방정식을 큰 소리로 읽거나 했다. 혼자서 이야기하는 버릇이 생겼다는 것을 알았다.

체포 직후의 혼란과 허탈감은 어떤 상황에서라도 인간에게 활력을 주는 생존투쟁이라는 본능으로 이어졌다. 줄리앙을 떠올리고 나의 믿음이 배반당했다는 것을 생각할 때마다 물론 고통스러웠다. 그러나 이 고통은, 비록 마음속 깊은 곳에 남아 있었지만, 당장 나에게 닥친 시련에 저항해야만 했기 때문에 뒷전으로 밀려났다. 나를 반항하도록 부추긴 것은 논리가 아니라 오직 본능이었다.

11월 어느날 밤, 발걸음 소리가 들렸다. 동료 네 명이 불려나갔다. 감시 구멍에 눈을 대었을 때 그들이 시야에 잠깐 들어왔지만, 순식간에 지나가버렸기 때문에 얼굴을 모두 분간할 수는 없었다. 그중 한 사람은 환각에 사로잡힌 듯한 눈초리와 깡마른 예수 얼굴을 한 청년이었다. 그의 모습은 푸르스름하게 살이 찐 간수들의 얼굴과는 두드러지게 대조가 되었다. 그는 정말 예수 같은 느낌을 주었다. 호송관이 내 감방 앞을 지나갈 때 그는 고개를 똑바로 들고 크게 외쳤다.

"동지 여러분, 안녕히!"

또 세 사람의 동료—그들의 모습은 보이지 않았지만 어둠 속에서 헐떡이는 호흡이 느껴졌다—를 향해 부르짖었다.

"모두 기운을 내! 라 마르세예즈!(프랑스의 국가—역주)"

그리고는 음정이 맞지 않는 흥분된 목소리로, 견딜 수 없는 침묵 속에서 날카롭게 울리는 목소리로, 노래하기 시작했다.

"가자, 조국의 아이들아!"

내 눈에서 눈물이 흘렀다. 예수의 목소리. 다른 세 사람은 잘 따라하지 못했다. 그들의 탄성이 들렸다.

"오, 하느님! 오, 하느님!"

주춤거리는 발걸음 소리가 멀어졌다. 그리고 완전히 들리지 않았다. 나는 오랫동안 감시 구멍에 눈을 댄 채 꼼짝도 하지 않았다. 한 시간 가까이 귀를 세워두고 있었다. 그러나 처형의 총소리가 우리의 무덤까지는 들리지 않았다.

다음날 저녁, 나는 모포 위에 드러누워 마룻바닥에 귀를 기울였다. 총살당한 네 사람은 재판을 받지도 않았고, 다만 인질로 지목

되어 있었다는 것을 알았다. 그들은 불법 전단을 살포한 혐의로 체포된 젊은이들이었다. 나는 최근에 클레르와 토론했던 것을 떠올렸다. 그녀도 친구인 안느와 마찬가지로 독일 사람 한 명이 살해될 때마다 몸을 떨고 있을 것이다. 그리고 그녀가 했던 말도 생각났다.

"왜 이렇게 독일인을 죽여야 하지요? 독일인 하나가 죽을 때마다 그들은 수백 명의 프랑스인을 죽이잖아요. 그것도 가장 훌륭한 사람들만을 골라서요."

그때 나는 독일인을 살해해야 한다고 주장했었다. 내 생명이 위태로워진 지금 그 주장을 부인해야 할 것인가?

비판적이고 냉철한 코스트의 얼굴이 떠올랐다.

"자네 자신에게 성실해야 돼."

그의 눈길이 내게 이렇게 말했다.

"최대한으로 성실해야 돼."

나는 성실했다고 믿는다. 내 마음속에 있는 논리적인 인간이 자기 주장을 취소하려 하지 않았다. 독일인을 죽이는 일은 정당한 것이고 필요하다고 주장했다. 그러나 그 곁에는 애를 태우며 초조하게 애원하는 인간이 있다. 그의 우둔함과 평범함은 나에게 혐오감을 주지만 나는 그에게 침묵을 강요하지 못했다. 그는 무의식적인 애원을 거듭했다. 나는 이 야비한 얼간이를 떨쳐버리려고 애를 썼다. 그러나 내게는 일관성의 원리, 영웅에게 필요한 절대적인 신념이 결여되어 있었다.

"그래! 너는 죽는 것이 그렇게도 두렵단 말인가!"

논리적인 인간은 다그쳤다.

그렇다. 나는 죽는 것이 두려웠다. 줄리앙에서 비롯된 환멸, 나를 괴롭히고 상처를 파헤치는 환멸을 맛보고 난 뒤, 나를 이끌어가던 열정이 꺼져버렸다. 그 때문에 나는 죽음이 두려운 것이다. 바로 그것 때문에 이 애원하는 인간이, 이 얼간이가, 나의 자부심과 존엄성을 파괴하는 이 애벌레가 내 몸속에서 기생하고 있는 것이다. 그것은 나의 생명력을 빨아먹는다.

12월 중순, 꼬박 하루 동안 나는 나 자신과 고통스런 투쟁을 해야만 했다.

저녁 무렵 문 밑에 드러누워 감방에서 감방으로 전해지는 소식을 듣게 되었다. 독일군인들이 관람하고 있던 영화관에서 폭탄이 터졌고, 그에 대한 보복으로 인질을 처형할 예정이라는 것이었다. 그 다음날은 평소보다 더 자주 간수가 감시 구멍을 들여다본다는 사실을 알았다. 처음에는 지나치게 열심히 한다고 지나쳤지만 이내 불안해졌다. 평소와는 다른 이 행동은 우연이 아니라, 내가 인질로 지목된 것이 틀림없다는 확신을 주었다.

감시 구멍에 '눈'이 나타날 때마다 내 속에서 애원하는 인간은 질겁을 했다. 전에는 저 눈이 하루에 몇 번쯤 나타났던가를 생각해보았다. 물론 정확하게 기억해내기는 불가능했다. 나는 공포에 사로잡혀 감방의 차가운 기운에도 불구하고 땀을 흘리며 고통스러워했다. 네 걸음을 걸은 다음 몸을 구십 도 돌려서 또 네 걸음을 걷고…… 그렇게 감방 안을 왔다갔다했다. 이 기계적인 걸음걸이는 마침내 몸을 지치게 만들었다. 그러자 논리적인 인간이 다시 우세해진다. 나는 마음속으로 클레르에게 보내는 편지를 써본다. 아마도 사형 집행 전에는 그 편지를 직접 쓸 수 있거나 아니면 구술이라도 할 수 있지 않을까.

밤이 되자 애원하는 인간이 다시 나의 연약한 정신력을 휘어잡았다. 나는 식사, 습기, 햇빛 부족으로 몹시 약해져 있었다. 저항할 수 있는 힘도 바닥이 났다. 작은 소리에도 귀를 귀울이게 되었는데, 심장의 박동이 몸과 두개골을 울리면서 기묘하게 깊고 둔탁한 소리를 냈다. 이 소리는 점점 견디기 어려웠다. 모든 사람의 귀에 내 심장이 뛰는 소리가 들릴 것 같았다. 내 눈은 감시 구멍을 유심히 살폈고, 나에게 무엇인가를 알릴 감시인의 '눈'이 항상 그 구멍으로 들여다보고 있는 것 같았다. 나는 호송관의 무거운 발소리를 듣기 위해 심장의 고동 소리까지 참아야 했다.

이러한 불안이 극에 이른 한밤중에 문소리가 나는 것이 똑똑히 들렸다. 나는 낮시간을 너무 초조하게 보냈기 때문에 신경이 곤두서 있는 게 아닐까 생각했다. 꿈을 꾸었겠지라고 생각하고 싶어서 손목을 세게 꼬집어보고 눈을 크게 떠보았다. 불그스레한 전구가 문 위에 희미한 빛을 비추고 있었다. 그밖의 모든 것은 어둠 속에 있었다. 나는 여전히 귀를 귀울였다. 그런데 이번에는 확실하게 들렸다. 층계참의 창살이 닫히는 소리였다. 누군가가 복도를 걷고 있었다. 분명한 발자국 소리였다. 나는 호송관과 얼굴을 맞대하기 위해 일어섰다. 내가 짐승의 우리에 무기력하게 앉아 있는 꼴을 보이고 싶지 않았기 때문이다. 나는 그들과 맞서고 싶었다. 왜냐하면 그들은 나를 데리러올 테니까. 나는 용감해지고 싶었다. 신음하면서 떠나지 말 것. 모르는 동료들에게도 큰소리로 이별의 인사를 할 것.

발소리가 내 감방 앞에서 멎었다. 내 차례다! 무서운 오한이 나를 얼어붙게 만든다. 현기증. 심연으로 추락하는 느낌. 자물쇠가 부딪치는 소리가 나고 문이 열린다. 반쯤 열린 문으로 누군가가 감방 안으로 떼밀려 들어온다. 그리고 문이 닫힌다. 침묵. 미칠 듯이 요동치는 심장의 고동 소리는 좀처럼 진정되지 않는다. 우리는 숨을 헐떡이며 꼼짝 않고 서 있다.

나는 그를 바라본다. 어둠 속에 서 있는 깡마른 모습과 날카롭고 깊고 강한 시선이 느껴진다.

"앉으시오."

나는 침상을 가리키며 그에게 말했다. 그는 심호흡을 하면서 내 옆에 앉았다.

"자리를 빼앗아서 미안합니다."

나는 몸짓으로 괜찮다는 시늉을 했다.

"두 사람이 같이 있으면 좋지요. 이야기를 할 수 있으니까요. 혼자서는 잠도 오지 않아요. 언제나 기다리기만 해야 하고……."

"무엇을 기다리는데요?"

"놈들이 부르러 오는 것을."

"아! 그래요?"

나의 동료가 말했다.

"그래서 문 뒤에 서 있었군요."

얼마 있다가 그는 또 말했다.

"오랫동안 혼자 있었습니까?"

"나는 독방 수감이오. 그래서 항상 혼자이지요."

나는 대답했다.

대답은 무거운 침묵으로 이어졌다. 두 사람의 마음속에 똑같은 추리가 만들어졌다. '독방 수감자의 감방에 다른 피의자를 집어넣을 리가 없다.'

그렇다면 이 친구는 아마도 내 대신 여기에 있을 사람이다! 아니면 형리가 부르러 올 때까지 몇 시간 동안만 그를 여기에 있도록 하는 것인가? 아마 틀림없이 우리 두 사람 중 하나는 다음 번 처형에서 죽게 될 것이다. 그렇다면 누가?

나는 혼란과 공포를 그에게 드러내 보이지 않으려고 애를 썼다. 그러나 나의 살갗에는 빗방울 같은 땀이 배어나왔다. 나는 그에게 어디에서 왔는지 물었다. 그는 조용하면서도 열정적인 목소리로 이야기를 시작했다. 나는 거의 듣지 않았다. 생각에 잠겨 있었기 때문이다. 몇 시간 후에는 이 사람, 아니면 내가…… 생각이 여기까지 이르자 처형 장면이 눈앞에 떠올랐다. 고통스러울까? 참을 수 없을 만큼 몸이 떨려왔다. 그러나 낮고 엄숙한 목소리가 강하게 내 마음을 사로잡아 그를 바라보지 않을 수 없게 만들었다. 나는 저항할 수 없이 나 자신의 운명에서 고개를 돌렸다. 나는 그의 이야기를 듣기 전에는 웅변이라는 것이 무엇인지 제대로 몰랐다. 이제야 그것을 알 것 같다. 진정한 웅변은 무의식적인 것이다. 그것은 멋진 표현을 하지 않는다. 진정한 웅변은 말 한마디 한마디가 연속적으로 마음을 때리는 것이다. 상투적 문구가 아니라, 생각과 하나가 되어, 생각을 정확하게 표현하고 몽둥이처럼 후려치는 것이다.

파리 교외의 초등학교 교사인 소르그는 학교에서 프랑스 대혁명 기념일에 맞춰 시위대를 조직했다. 그는 수업이 끝난 다음 학생들을 모아놓고, 150년 전 인간과 인종의 평등, 노예제도의 폐지를 선언했던 대혁명과 함께 민주주의를 찬양했다. 물론 며칠 후 경찰이 그를 체포하러 왔다. 그러나 그는 이미 도피해 있었다. 동지들의 집을 전전하면서 저항 조직을 관리하고 지하신문을 배포하다가 경찰에 체포되었다. 그들은 일 주일 동안 그에게 혹독한 고문을 하면서 동지들의 이름을 알아내려고 했다. 그는 모욕적인 대꾸를 하면서 맞섰다.

"죽게 된다고 해도, 아무것도 후회하지 않습니다."

그는 말했다.

"달리 행동할 수 없기 때문입니다."

그는 자신은 시인이며 월트 휘트먼을 존경한다고 말했다.

"억압의 편에 선 시인이 한 사람이라도 있었습니까? 「징벌 시집」을 쓴 위고는 1870년에 민중들에게 무기를 들라고 호소했습니다. 라마르틴은 1848년에 행동으로 뛰어들었습니다. 휘트먼은 인간의 해방을 위한 투쟁을 잠시도 멈추지 않았습니다. 오늘날 엘뤼아르는 굶주린 파리, 피흘리며 경찰의 테러에 맞서고 있는 파리를 그려내고 있습니다. 시인이 어떻게 배반할 수가 있겠습니까! 시인이란 다른 사람들 '앞에' 서 있는 인간입니다. 시인은 자기 자신을 넘어서서 바라보고, 저 멀리 미래의 빛을 응시하고, 미래를 예언

하고 찬양합니다. 시인은 세계를 일깨우는 사람입니다. 그리고 시가 표현해야 할 것, 오직 시에 의해서만 표현되는 것을 표현하는 시인이 없을 경우라면, 시는 결국 시인을 만들어냅니다. 이렇게 시인은 시라는 순수한 무기를 들고 투쟁에 참가합니다!"

그후 그는 나에 관해 물었고, 나는 나의 행적을 이야기해주었다. 그것은 그 사람을 위해서, 그리고 나 자신을 위한 일이었다. 사건이라는 것은 글로 쓰거나 분명한 목소리로 말을 하다 보면 진실이 더욱 잘 보이기 때문이다. 소르그는 잠자코 내 이야기에 귀를 기울였다. 줄리앙에게 배신당한 절망감을 이야기하는 대목에 이르자 그는 놀라는 표정으로 말했다.

"한 인간의 결함 때문에 투사로서 용기를 잃는다는 것을 이해할 수가 없습니다."

"그렇지만 그는 우리들 중에서 가장 훌륭한 사람이었습니다."

"문제는 인간이 아닙니다. 중요한 것은 이념입니다. 이념이야말로 매일 새로운 사람들의 손에 무기를 들려줍니다. 당신이 죽음을 두려워하는 것은 당신의 행동 그리고 수백만의 동지들과 함께하는 역사적인 임무의 중요성을 진정으로 자각하고 있지 않기 때문입니다. 죽음을 두려워하지 않기 위해서는 믿음을 가져야 합니다! 믿음을 갖는다는 것은 어떤 종교나 교리를 신봉한다는 의미인데, 기독교를 믿든 공산주의를 믿든, 아니면 단순히 애국자이든 상관없습니다. 어쨌든 그 경우 죽음은 생명의 목표에 도달합니다, 아니 생명이 아름답게 개화하는 것이며 찬란하게 폭발하는 것입니다. 제가 내일 죽게 된다면, 처형의 총구 앞에서 이 투쟁을 계속해서 나의 꿈을 이루어줄 수백만의 동지들을 생각하고 싶습니다."

새벽의 매서운 추위가 감방 안으로 스며들었다. 우리는 한 장의 모포로 두 사람의 몸을 감쌌다. 그는 휘트먼의 시를 암송했다. 그가 낮고 깊이 있는 목소리로 낭송한 시를 나는 모두 기억하지 못한다. 그러나 그것은 마법의 주문처럼 내 가슴을 울렸다.

젊은이들의 시신
교수대에 매달린 이 순교자들
회색 총탄이 꿰뚫은 이 심장들
싸늘하게 식어 움직이지 않는 것 같지만
상처 입지 않은 또 다른 생명이 살아 있어
다른 젊은이들 속에 살아 있어, 오 압재자들이여!
당신들에게 맞설 이 형제들 속에 살아 있으니…….
죽음이 선택한 그들
빛으로 둘러싸여, 현양되다

휘트먼의 열정이 온통 이 젊은이의 눈 속에 있었다. 이 순간 나는 시의 힘이 무엇인가를 깨달았다. 그는 아침이 밝아올 때까지 노래했다. 이윽고, 우리는 또다시 복도에 무거운 발걸음 소리가 울리는 것을 들었다. 문이 열리고 호송관이 보였다. 소르그와 나는 서로의 눈을 깊게 응시했다. 우리는 서로 손을 잡고 간수들 앞에 서 있는 독일군 장교에게 맞섰다.

그는 감방 문 앞에서 거수경례를 했다.

"소르그 씨 맞죠?"

장교가 물었다.

동지는 나를 향해 고개를 돌리고 태연하게 웃었다. 그리고 내 손을 놓고 독일군 장교 쪽으로 걸어갔다. 그는 소르그에게 바로 그날 아침 열시에 처형된다고 통고했다. 그러나 소르그 얼굴에는 조금도 동요하는 기색이 없었다.

그때였다. 소르그는 예의바르게 거수경례를 하는 장교를 똑바로 바라보며 큰 소리로 외쳤다.

"너희들은 사람을 죽일 수는 있다! 그러나 결코 이념을 죽이지는 못한다."

그리고 당당하게 고개를 쳐들고 복도를 걸어갔다. 누구에게도 작별인사를 하지 않았지만 그는 큰 소리로 〈라 마르세예즈〉를 부르기 시작했다. 그러자 어두운 감방 여기저기에서 똑같은 노랫소리가 울려퍼졌다. 그의 발걸음 뒤로 수천 명이 따라갔다.

9

소르그가 처형되던 날 밤, 옆 감방의 동지들이 여느 때와 같은 방법으로 나를 불렀다. 나는 당시의 상황을 짤막하게 이야기해주었다. 그들 중에 로베르라는 금속 노동자가 있었는데, 대화에 항상 활발하게 참여하던 그가 이번에는 말이 없었다. 나는 그가 걱정되어 물어보았다. 그는 이틀 전에 또 고문을 당해 의무실로 이송되었다고, 한 목소리가 말해주었다. 중요한 임무의 책임자였던 로베르는 오직 의지의 힘만으로 많은 사람들의 생명을 보호하고 있었다. 악마 같은 수사관들이 몇 주일 동안이나 그에게서 자백을 받아내려고 애를 썼다. 그를 테이블에 눕힌 다음 팔다리를 묶고 소가죽 채찍으로 신체의 가장 예민한 부분을 후려쳤다. 다음날에도 상처 입은 부분을 또다시 고문했다. 이런 고문이 며칠간 계속된 다음, 감방으로 되돌아왔을 때 그의 몸은 온통 부풀어올라 있었고 온몸을 뒤덮은 상처에서는 고름이 흘러내렸다! 그는 비참한 몰골로 중얼거렸다.

"이 감방에서는 고름 냄새가 나는군!"

이런 상태로 며칠간을 지내게 한 다음 수사관들은 또다시 조직적인 고문을 되풀이했다. 그러나 어떤 고문도 그의 입을 열지 못했다. 로베르는 매일 자신은 총살당할 거라고 생각했다.

"놈들이 나를 잊어버린 게로군!"

두 달 동안 아무 일이 없자 그는 이렇게 말했지만, 자신의 말을 믿는 것은 아니었다.

악마들이 또 그를 끌고갔다. 이번에는 그가 숨을 거두었는지 아니면 고문이 더 길어졌는지 전혀 알 수가 없었다.

우리는 밤시간 대화를 통해 전쟁 상황을 알 수 있었다. 이 소식이 어떤 경로로 우리에게까지 도달되는 것일까? 아마도 우리에게 동조적인 간수나 노역수, 혹은 이발사를 통해서 전해지는 것 같았다. 어쨌든 뉴스는 쉽게 전달되었다. 그렇게 해서 북아프리카 상륙작전은 모든 프랑스 사람들의 마음을 설레게 한 것과 마찬가지로 우리의 마음도 설레게 했다. 그리고 1943년초부터는 소비에트의 겨울 공격이 성공한 것을 우리는 알고 있었다. 나는 생각했다.

'이것으로 우리의 고통도 끝나는 것일까? 그때까지만이라도 살아 있을 수 있다면!'

소르그가 처형되고 나서 며칠이 지났다. 그동안 처형이 없었으므로 나는 차츰 공포의 시간을 잊어가기 시작했다. 나는 정신이 가장 맑은 시간에 마음의 일기를 정리해서 기억 속에 새겨넣었다.

그러던 어느날 우리 구역의 감독관이 간수를 대동하고 나타나서 나를 호출했다. 나는 심장이 멈출듯이 놀랐다. 나는 비틀거렸고, 그들은 내 등을 떼밀어 걷게 했다. 습기 찬 감방에 오랫동안 갇혀 있었기 때문에 몸이 그만큼 나빠졌던 것이다. 불안감에 못이겨 나는 계단에서 휘청거렸다. 나를 어디로 데려가는가, 온갖 생각을 해보았다. 총살이 집행되는 시간은 아니었다. 그러나 고문에는 정해진 시간이 없었다. 감옥 안뜰의 시원한 공기와 눈을 찌르는 듯한 강한 햇볕이 정신을 아찔하게 만들었다. 나는 간수들에게 떼밀리거나 끌려서 엉겁결에 감옥 문을 나섰고, 차에 태워졌다.

파리의 어느 구역을 지나갔는지 기억이 없다. 다만 양손이 묶여져 있었다는 것, 그리고 앞으로 고꾸라지지 않으려고 몹시 애를 썼던 것만을 기억한다. 나는 얼마 후 의식을 되찾았다. 형사 두 사람이 양쪽에 서 있었다. 우리는 넓은 방의 벤치에 앉았다. 문에는 독일군 경비병들이 서 있었다. 그곳은 큰 호텔의 로비 같았다. 그러나 수위실에는 화려한 유니폼을 입은 호텔 수위가 보이지 않았다. 나치 제국의 관리들만이 서류를 살펴보고 있었다. 그때야 나는 비로소 재판을 받게 된다는 것을 깨달았고, 미리 답변을 준비하려고 애를 썼다. 최선의 방법은 모든 것을 완전히 부인하는 것이라고 생각했다. 만일 줄리앙과 대질시킨다면? 그때도 이 사람을 모른다, 처음 보는 사람이다, 라고 말할 참이었다.

방에는 두 명의 장교가 책상 앞에 앉아 있었다. 다른 테이블에는 두 명의 서기가 서류에 무엇인가를 쓰고 있었다. 옆방에서 타자기의 소리가 불규칙하게 들려왔다. 군복을 입은 군법무관 한 명이 내 이름을 불렀다. 나는 책상 앞으로 갔다. 다른 장교는 서류에서 눈을 떼지도 않았다. 나는 필사적으로 정신을 집중하여 머릿속의 흐릿한 안개 같은 것을 걷어내려고 했다. 나는 대머리가 되어가는 재판관의 불그스레한 머리통과 옥수수 수염 같은 금발을 내려다보았다. 그는 작은 눈을 공중에 치켜들고 나에게 독일어로 말을 했다. 나는 대답하지 않았다. 그러자 그는 능숙한 프랑스어로 다시 말했다.

"베르몽 씨, 독일어로는 말하지 않겠소?"

나는 거절의 표시로 고개를 흔들었다. 그는 담담한 어조로 말했다.

"베르몽, 장, 출생지⋯⋯ 생년월일⋯⋯ 파스퇴르 고등학교 교사. 그런데, 베르몽 씨, 당신은 점령군 당국을 붕괴시킬 음모를 획책한 혐의로 기소되었소."

나는 또다시 부인하는 몸짓을 했다.

"거짓말하지 마. 모든 걸 알고 있으니까."

나는 또 부인의 몸짓을 했다.

"포로 수용소에서 돌아온 이후 나는 아무것도 관계한 것이 없습니다. 건강 때문에 그렇게 할 수도 없었고요. 환자로 귀국 조치되었습니다."

나는 말했다.

"전쟁 포로였지. 어느 수용소였지요?"

"장교 수용소⋯⋯."

"좋아. 수용소에 있을 때 특별한 불만이 있었소?"

"다른 사람들과 마찬가지였습니다."

그는 작고 날카로운 눈으로 나를 바라보았다.

"그리고 프랑스에 돌아와서는 고등학교에 복직하기 전에, 대학 때 사귀었던 사람들을 만났소. 누구를 만났지요?"

"친구들의 입장을 곤란하게 만들 수는 없습니다. 제가 증거도 없이 기소당한 것으로 충분하지 않습니까?"

"잘못 생각하고 있군, 베르몽 씨. 당신은 몹시 중요한 일로 기소되어 있소."

그가 벨을 울리자 여비서 하나가 나타났고, 그는 그녀와 낮은 소리로 이야기했다. 그녀가 서류를 가져왔다. 그는 급히 서류를 뒤적이고는 옆의 동료 쪽으로 몸을 굽혔다.

또 한 사람의 재판관은 깡마른 체격에, 짧은 콧수염, 칼날 같은 인상, 그리고 날카로운 눈길을 가진 남자였다. 강인한 의지와 강한 집중력이 엿보였다.

두 사람은 독일어로 대화를 했다.

나도 독일어를 잘 알고 있었기 때문에 그들의 이야기를 한마디도 놓치지 않고 들었다.

칼날 같은 인상의 재판관은 프랑스 경찰의 일처리 방식을 심하게 비판했다.

"이런 경솔한 짓은 묵과할 수가 없어. 일망타진할 수 있는 기회였는데…… 송사리 한 마리밖에 붙잡지 못하다니!"

그는 소리쳤다.

두번째 재판관이 작은 목소리로 서류 한 장을 읽기 시작했다. 첫째, 피고는 학생들과 동료들을 선동했고, 둘째, 학교에서 불법 신문을 배포했으며, 셋째, 수차에 걸쳐서 지식계급의 임무는 점령군 당국에 저항하는 데에 있음을 주장했고, 넷째, 수업 시간 외에는 원고를 읽거나 작성하는 것이 목격되었음. 이 마지막 사실은 특히 중요하다. 피고의 가택 수색을 했는가?"

"해보았지만 증거물은 나오지 않았어."

"이 증언을 한 인물은 신뢰할 수가 있을까?"

"확실하게 믿을 수 있는 사람이야."

두번째 재판관은 책상에 팔꿈치를 대고 오랫동안 생각에 잠겨 있었다. 다른 사람은 눈알을 굴리면서 그대로 서 있었다. 서투른 일처리에 몹시 화가 난 표정이었다.

"본때를 보여주려면 엄벌에 처해야 해."

그러나 두번째 재판관은 천천히 고개를 저었다.

"그건 심리적인 오류야. 나는 그렇게 생각하지 않아."

그는 상대편이 강경하게 나오자 이렇게 말했다.

"이 문제는 해결 방법이 하나밖에 없어. 피고를 석방하는 것이지. 그러면 다시 행동을 개시할 거야. 이번에는 우리의 감시망에 들어오는 거지."

첫번째 재판관이 흥분해서 소리쳤다.

"이 문제는 다음에 다시 이야기하지. 아직 확실치 않으니까 말이야."

이 대화가 나를 얼마나 놀라게 했는지는 더는 말할 필요도 없을 것이다. 그들의 말을 그대로 여기 적은 것은 아니지만, 핵심 내용은 이상과 같다. 그들의 대화에 의하면 줄리앙은 나의 체포와는 관계가 없었다. 나는 갑자기 기쁨이 폭발하는 것을 느꼈다. 온몸이 불타는 듯한 기쁨. 혈관 속에서 피가 노래를 불렀다. 이 기쁨은 얼굴에 나타날 정도로 숨길 수가 없는 것이었다. 그것은 긴장이 풀린 나의 얼굴에 뚜렷하게 나타났다. 그것은 불꽃을 뿜어내는 내 눈길에, 경멸을 머금은 내 미소에도 나타났다. 이 내면의 기쁨, 강렬하고 힘찬 이 기쁨, 모든 감각이 빛을 내는 것과도 같은 것, 그것은 나의 행동 하나하나에 나타났다. 마치 돛을 힘껏 부풀리며 달리고 있는 배를 보고 바람의 존재를 느낄 수 있는 것처럼 말이다.

재판관들의 이상한 논의, 그들의 당혹감, 그리고 나를 변화시킨 이 기쁨의 감정, 이 모든 것들은 나를 지키고 있는 형사들에게 감지되지 않을 수 없었다. 그들은 초조한 눈으로 나를 바라보았다. 폭압에 억눌린 파리의 어둠 속을 질주하는 차 안에서 나는 노래를 불렀다.

경찰관 하나가 내 옆구리를 주먹으로 때렸다.

"입 닥쳐, 이 새끼! 감쪽같이 벗어났다고 생각하는군. 좋아, 내일까지 기다려보시지."

내가 거만한 표정으로 바라보자 그는 내 얼굴을 다시 한 대 갈겼다. 이렇게 해서 나는 피투성이가 된 채 동물의 창자와도 같은 축축한 감방으로 되돌아왔다. 감방에 들어와서야 좀 흥분이 가라앉았다. 문득 정신을 차리고 보니 형사들이 내 양손에 수갑을 채워 놓은 채 그냥 가버렸다는 것을 알았다. 나는 간수를 부르고 감방 문을 발로 걷어차며 난폭하게 굴었다. 아무도 거들떠보지 않았다.

그래서 이번에는 큰 소리로 노래를 부르기 시작했다. 옆방의 동료들이 이유를 물었고, 나는 상황을 설명해주었다. 마침내 감시 구멍이 어두워지면서 간수의 동그랗게 치켜뜬 어리석은 눈동자가 보였다. 그 눈에 불그스레한 전등빛이 정면으로 비췄다. 나는 손에 찬 수갑을 보여주었다. 그는 철렁거리는 소리를 내면서 자물쇠를 열고 감방 안으로 들어왔다.

"조용히 해! 수갑이라구? 그게 어쨌다는 거야? 그건 나와 상관이 없어. 생각해봐서 내일 풀어줄 수도 있지. 알겠어?"

그가 나가자 나는 더 요란하게 떠들었다. 우리 구역의 동지들이 나와 함께 노래를 부르기 시작했다. 폭동이 일어난 것 같았다. 모든 저항의 노래, 자유와 투쟁의 옛 노래들. 투쟁이 다시 시작될 때마다, 한 세대에서 다음 세대로 이어져 젊음을 되찾아주던 옛노래들. 마음속에서만 이글거리다가 어느 순간 모든 것을 태워버리는 불길 같은 것. 쏟아지는 포탄 속에서 목청껏 부르던 노래들, 신성한 노래들. 갑자기 감독관 두 명과 간수 두 명이 내 감방으로 들이닥쳤다. 두 사람이 달려들어 나를 넘어뜨렸다. 세번째 사람이 오랫동안 채찍으로 나를 후려쳤다. 네번째 사람은 손을 주머니에 넣은 채 이 광경을 지켜보았다.

다른 감방에서는 노랫소리가 계속 울렸다. 어떤 방법으로도 그들의 노랫소리를 멈출 수 없게 되자 그 짐승 같은 인간들은 내 얼굴을 주먹으로 몇 차례 짓이긴 다음 나갔다. 내 콧구멍과 부어오른 입술에서 피가 흘러내렸다. 그래도 내 기쁨은 사그러들지 않았다. 기쁨이 나를 들뜨게 했다. 감방에도, 쇠사슬에도, 고문의 위협에도 나는 굴복할 수가 없었다. 나는 그 무엇도 인간의 의지를 꺾을 수 없다는 확신을 가졌다. 나에게 숭고한 유산을 남기고 자신의 신념을 위해 죽어간 자크. 고문을 견디면서 입을 열지 않는 줄리앙과 로베르. 소르그의 외침. "너희들은 사람을 죽일 수는 있다, 그러나 이념은 죽이지 못한다!" 이 사람들이 존재하는 한, 삶도 죽음도 그만한 가치가 있는 것이다.

  다음날 식사 시간에는 감방 문이 열리지 않았다. 항의를 했지만 아무 반응이 없었다. 그래서 나는 전날처럼 또 소란을 피웠다. 나의 고함 소리를 듣고 간수가 달려왔다.

  "정말 시끄럽게 구는군. 조금 굶는다고 해서 큰일 나는 건 아니야."

  그는 말했다.

  오후에 그들은 또다시 나를 데려갔다. 다시 한번 재판관들과 대면을 하게 될 거라고 생각했는데, 간수들이 어제와 다른 방향으로 가는 것을 보고 나는 놀랐다. 육중한 건물로 둘러싸인 거무칙칙한 안뜰을 몇 개 지난 다음 우리는 길고 습기 찬 복도로 들어섰다. 문이 열려 있는 감방이 보였다. 간수들은 그곳으로 나를 밀어넣었다. 나는 본능적으로 뒷걸음질했다. 테이블 주위에 나를 비웃고 서 있는 사람들이 보였다. 전날 재판소에서 돌아오는 길에 내 얼굴을 주먹으로 때리던 형사 두 사람과 처음 보는 세 명의 남자였다. 벌써 손에는 소가죽 채찍이 들려 있었다. 뒤에서 문이 닫히는 소리가 들렸다. 나는 등을 벽에 기대고 기다렸다.

  "어이, 어제보다는 기운이 빠져 보이는군!"

형사가 말했다.

"내가 말했었지. 우리가 자네를 그리 심하게 다룬 건 아니라구. 머리가 썩 좋은 친구는 아니로군. 기뻐하는 속마음을 얼굴에 드러내 보였으니까 말이야. 자네는 재판관들이 자네의 소행에 대해 자세하게 알고 있을 거라고 생각했었지. 그런데 그들이 하는 이야기를 듣고 의기양양해지더군! 흥, 나에겐 못 당하지, 라고 생각하셨겠지. 그런데 다행스럽게도 내가 자네를 한눈에 간파했지!"

그는 손에 채찍을 들고 다가왔다. 아주 평범한 얼굴의 남자. 경리과 직원이나 엔지니어처럼 깔끔한 외모의 매일같이 지하철에서 볼 수 있을 것 같은 사람, 토요일에는 카페에서 카드놀이를 하고 있을 것만 같은 사람이다. 나는 순간 이런 생각이 들었다. '이 사내에게도 아내가 있겠지. 아마 그녀에게는 상냥하게 말을 하고, 아마 자식을 무릎에도 앉히겠지.' 나는 그에게 말했다.

"당신은 이상한 직업을 택했군. 부끄럽지도 않은가?"

"어이, 이 친구가 하는 말 들었나? 미리 말해두지만 나를 감상적으로 생각하지 말라구. 내게 필요한 건 현실적인 것뿐이야. 내 직무를 다하는 것, 그것뿐이야."

그때 헉슬리의 말이 번개처럼 떠올랐다. 어디서 읽었던가? 아득한 안개 속을 헤매는 느낌이었다.

타인을 위해 악을 저지르는 것이 왜, 자신을 위해 악을 저지르는 것과 다른가? 어느 경우라도 그 결과는 똑같다. 자신의 개인적 이익을 위해 행동하든, 소위 의무라고 하는 것을 위해 행동하든, 희생자가 겪는 고통은 마찬가지이다.

물론 나는 헉슬리의 긴 문구를 전부 떠올릴 만한 시간은 없었다. 그렇지만 그 의미는 한순간에 번개처럼 떠올랐다. 그 구절은 수용소에서 읽었던 것 같다.
"그렇다면 당신의 임무를 수행하시지!"
나는 그의 눈을 바라보며 말했다.
"잠깐!"
그가 말했다.
"내 임무는 자네에게서 진상을 알아내는 일이야. 어떻게 해서든지 그것을 알아내고 말겠다. 얌전하게 테이블에 앉는다면 자네의 얼굴을 망가뜨릴 필요는 없을 거야."
"자백할 것이 아무것도 없다."
"이봐, 친구! 날 속이지는 못해. 어때, 지금 내 말대로 한다면 무사할 텐데……."
나는 아무 대꾸도 하지 않았다.
"알겠어? 상당한 고집이로군. 공범자의 이름만 말하면 돼. 그렇지 않으면……."
"그렇지 않으면?"
"입을 열 게 할 다른 방법이 있지."
"그 수법이라면 나도 알고 있다."
"전부는 모를걸. 그렇다면 증거를 보여주지. 이봐, 이 친구 수갑을 풀어줘."

경관 한 명이 내 수갑을 풀었다.

"자, 자네에게 수갑을 채울 필요도 없어. 자네 몸에 손끝 하나 댈 필요도 없어. 단지 이것만을 말해두지. 내일 이 시간까지 상세하고 정확한 자백을 하지 않는다면 자네의 처를 체포하겠어, 알겠나?"

나는 증오심으로 가득 찬 눈으로 그를 바라보았다. 그는 문을 열고 간수들을 불렀다.

"데리고 가."

감방으로 되돌아온 나는 침상에 걸터앉아 양손으로 머리를 감쌌다. 나의 기쁨! 이제 모두 사라져 버렸다. 한순간에. 그렇게 깊고 강렬했던 나의 기쁨. 끝없이 부풀어 오르던 나의 기쁨. 그것은 흐물흐물 시들고 썩어 무너져내렸다. 놈들은 클레르를 체포하겠다고 말했다. 슬픔과 불안으로 상처받고 병든 여자를! 내 아들은 어떻게 될까? 그녀가 감방생활을 견뎌낼 수 있을 것인가? 나는 잠을 이루지 못했다. 절망적인 생각이 머릿속에서 맴돌았다. 해결책이 없다. 그러나 동지들을 배신할 수는 없다. 그러나 내가 자백을 거부하면 내 가족이 고문을 당할 것이다.

나는 클레르만을 생각했다. 내가 체포된 이후 그녀는 다시 찾아든 고독을 어떻게 견뎌내고 있을까?

10

클레르를 생각하면 회한이 밀려왔다. 우리가 함께 살았던 모든 시기를 돌아보면 나는 우리 사랑을 망가뜨리기만 했다. 나는 그녀의 일기를 읽고서야 나의 이기주의가 어떤 것인가 알게 되었다. 1940년에 포로가 될 때까지 내가 그녀를 사랑한 방식은 엄격히 말해서 소유의 사랑이었다. 그것은 진정한 사랑과는 거리가 먼 것이다. 그러니까 간수의 야만적인 폭력, 그것이 내가 그녀에게 준 결혼 선물인 셈이었다. 결혼생활 초기에 나는 그녀의 높은 열망을 무시했고, 독립하고자 하는 열정을 비웃었으며, 마음속에 숨어 있는 격렬함—그것이 그녀의 기품이었다—을 이해하지 못했다. 나는 다만 아이를 낳아주고 생활을 편하게 만들어줄 모범적인 하녀를 원했을 뿐이었다. 얼마나 수치스러운 일인가! 내가 이 진실에 눈을 뜰 수 있었던 것은 그녀를 올바르게 사랑했던 자크 덕분이었다. 나의 유일한 장점은—만일 소극적인 행위도 장점이라고 부를 수 있다면—결국 이 자유에 대한 열망을 이해하고, 자크와 그녀 사이의 친밀성을 용인했다는 것이다. 그렇지 못했더라면 나는 가장 흔하고 가장 빈번한, 그리고 가장 용서받지 못할 살인을 저지른 것이나 마찬가지였을 것이다. 인간의 의식을 고의적으로 그리고 치밀하게 억압하는 행위가 그것이다. 코스트의 표현을 빌리면 그것은 '부모들이 흔히 자식들에게 저지르는, 그래서 관습이 되어 버린 살인행위'이다.

자크는 얼마나 격정적이었던가! 그는 클레르를 열정적인 탐구의 세계로 끌어들여 그녀의 지성을 이끌어주고, 그녀의 내부에 잠재해 있던 초월의 욕구에 의미를 부여했다.

나는 그녀의 수첩을 읽고 나서야 자크의 죽음이 얼마나 그녀를 절망으로 몰고 갔을지 이해했다. 또한 나의 사랑이 얼마나 부족했던가도 이해했다. 이제 자크의 정신이 내게 깃들어 있고, 내가 그의 후계자가 되어 같은 길을 걷고 있으므로, 나는 자크의 방식으로 클레르를 사랑하기 시작한 것이다. 내가 그녀에게 원하는 것은 더이상 편안한 안정감이나, 다정함이나 여자다움이 아니다. 그것은 그녀가 이미 잃어버린 자기 초월에 대한 갈망을 회복하는 것이다. 생명에 대한 갈망, 솟구치는 정열. 내가 그녀에게 요구하는 것은 바로 자크의 죽음과 함께 사라져버린 그녀의 한 부분이다.

그녀는 나에게서 예전의 모습, 보호자로서의 남편, 관대하고 분별력 있는 남자만을 바라고 있다. 더욱 큰 문제는 내가 이미 죽여버린 과거의 나의 모습을 그녀가 사랑하기 시작했다는 것이다. 나를 한 이미지에 가두어놓고 있다. 나는 현재 나의 본질을 파악하려고 애를 썼다. 그녀는 쓸쓸한 미소를 지으며 이렇게 말했다.

"당신은 자크처럼 말하는군요. 하지만 당신은 자크가 아니에요."

아니야, 나는 자크야, 나는 코스트이고 줄리앙이고 로베르야. 그들의 실체가 나의 내부로 옮겨왔고, 이제 나는 풍요로운 인간이 되었어. 이것은 놀라운 사건이야. 나는 옛 경계를, 내 시야를 가로막는 장벽을 무너뜨리고 새로운 미지의 세계로 뛰어들어갔어. 그것은 고통 앞에서, 죽음 앞에서 노래 부를 수 있는 사람들의 세계야. 나는 성장한 거야. 그러나 클레르, 이번에는 내가 우리의 사랑을 깨뜨리지 않았나 두려워. 당신의 마지막 희망을 저버리고 이 연약한 사랑을 짓밟아버린 것은 아닌지 두려워. 할 수 없지!(이런 말을 하는 것은 얼마나 괴로운 일인가. 그렇지만 어쩔 수 없다) 할 수 없어! 달리 행동할 수가 없으니까 말이야. 내가 들어선 이 길에서는 언제나 앞으로 나아갈 수밖에 없어.

다음날, 예정된 시간에 간수가 나를 데리러 왔다. 나는 전날처럼 같은 테이블 앞에 섰다. 그들도 그곳에서 나를 기다리고 있었다.

"마음을 결정했나?"

형사가 물었다.

나는 아무 말 없이 고개를 저었다.

"마음대로 하시지. 오늘 밤에는 자네의 처도 감방에서 자게 될 거야."

그는 이렇게 말하고는 나를 돌려보냈다. 그러나 내가 복도로 나오자 다시 불러세웠다. 뒤로 돌아! 방으로 들어온 나는 그와 마주보았다.

"잘 생각해보았나?"

그는 물었다.

내가 입을 다물자 화가 난 그는 퉁명스럽게 명령했다.

"옷을 벗어!"

그는 문을 닫았다. 나는 꼼짝도 하지 않고 등을 벽에 기댄 채 그들을 바라보았다. 그가 채찍을 휘둘러 내 얼굴을 후려쳤다.

"옷을 벗어! 빨리!"

나는 알몸이 되었고 그들은 나를 방 한 가운데 있는 테이블 위에 엎드리게 한 다음 팔다리를 묶었다. 그리고 두 명씩 교대해가면서 채찍질하기 시작했다. 형사는 내 머리맡에 서서 끊임없이 말을 걸어 배신을 강요했다.

"공범의 이름을 대라, 그러면 모든 것을 중지하겠다······ 누구랑 접촉을 했지? 자네를 끌어들인 자가 자네를 이런 꼴로 만든 거야! 그자도 자네처럼 고생을 좀 해봐야 공평하겠지. 그렇지 않아? 자, 이제 말을 해봐! 처와 자식도 생각을 해야지······."

채찍이 나의 상처를 내리치는 동안, 이 비열한 언사는 야비한 속삭임처럼 토막난 채 들려왔다. 나는 처음엔 신음 소리를 내지 않고 고통을 견뎌보려고 애를 썼다. 그러나 피가 배어나오는 육체적 아픔에 점점 더 큰 신음 소리를 낼 수밖에 없었다.

"참으시지! 이제 말을 할 거야?"

고문하는 자가 조롱을 했다.

그들은 나의 등과 허리에서 피가 나올 때까지 채찍질을 한 다음, 바로 눕혀놓고 또다시 힘껏, 백정처럼 소리를 지르면서, 가슴과 배와 허벅지를 후려쳤다. 나는 그들의 얼굴을 볼 수 있었다. 고문하는 자들은 스스로를 흥분시키기 위해 욕설을 퍼부었다. 오랫동안 소가죽 채찍을 휘두르는 것도 상당히 힘든 일일 것이다! 교대를 한 뒤 쉬고 있는 두 사람은 담배를 피우면서 무감각한 눈으로 나를 바라보았다. 나는 몇 번이나 얼굴에 채찍을 얻어 맞고 피를 흘렸다. 나는 눈을 감고, 조금이라도 덜 고통스러울까 해서 몸에서 힘을 빼려고 애를 썼다. 그러나 채찍이 내리쳐질 때마다 피부가 찢어지는 소리가 났고, 피맺힌 자국이 생겨나서 내 몸은 팽팽하게 긴장했다. 눈꺼풀에 핏빛이 배어나오는 것이 보였다.

"한 사람의 이름만 대도 그치겠다."

구슬리는 소리는 계속되었다.

나는 자크, 로베르, 줄리앙의 용기를 생각했다.

'그들이 버텨낸 것처럼 나도 버텨내야 한다!'

그러나 동시에 살려달라고 애원하고 싶은 생각도 치밀었다. 이 고문자들이 그렇게도 알고 싶어하는 이름들, 나도 모르는 사이에 내 입술에서 튀어나오려고 하는 이름들…… 이 이름들을 생각 속에서 지워버리기 위해 안간힘을 써야만 했다. 나는 신음하고 소리쳤다. 그래야 할 필요가 있었다. 나는 신음하고 소리쳤지만 말을 하지는 않았다. 온몸이 불 속에 던져진 것 같았다. 온 세상이 불타오르는 진홍빛 원형이었고, 나는 그 한복판에 놓여져 있었다. 나는 완전히 의식을 잃었다.

내가 다시 정신이 들었을 때, 그 짐승 같은 인간들은 여전히 담배를 피워 물고, 다시 고문할 준비를 하고 있었다. 몸 전체가 화상을 입은 것 같았다. 나는 이 휴식 시간을 오래 끌기 위해 신음 소리를 참았다. 그들의 이야기가 먼 곳에서 들리는 것처럼 아득했다. 아마도 그들은 승진에 관해서 이야기하고 있는 것 같았다.

갑자기 그들이 또다시 나를 둘러쌌다.

"이제 됐나?"

형사가 나에게 물었다.

"당신이 하는 짓보다는 차라리 이렇게 고통받는 내 입장이 더 낫겠군."

나는 이렇게 말했다.

"홍, 아직도 부족하단 말이지? 자, 입을 여는 게 어때? 아니면, 또 시작해볼까."

나는 대답하지 않았다. 정신이 흐릿해지고 토할 것 같았다. 버텨내지 못할 것 같은 생각이 들었다. 이 자들이 노리고 있는 이름들이 입 밖으로 튀어나올 것 같았다. 나의 입술은 나도 모르는 사이에 무언가를 말하려고 했다.

"지금 뭐라고 했지?"

고문하는 자가 나에게 물었다.

"자, 말해봐!"

나는 그에게 욕을 퍼부었다. 용기를 과시하기 위해서가 아니라 나 자신의 나약함을 이겨내기 위해서였다.

채찍이 벌거벗은 내 몸 위로 날아들었다. 나는 그들이 질려서 고문을 그칠 때까지 울부짖었다.
 "말해, 그렇지 않으면 내일 다시 시작한다!"
 "고문하는 것보다는 차라리 고문을 당하는 게 더 나아."
 나는 또다시 이렇게 말했다.
 살인마와 같은 표정이 그의 얼굴에 떠올랐고, 나는 그가 곧 달려들 것이라고 생각했다. 그러나 그는 내 손의 수갑을 풀어주었다. 간수들은 나를 감방까지 운반해야만 했다. 나는 물을 달라고 했다. 그들이 물을 가져왔다. 그것은 내가 이 창백한 자동인형 같은 인간들에게서 보았던 최초의 동정 어린 행동이었다.

11

나는 몇 시간 동안 완전한 탈진 상태에 빠져 있었다. 고통이 너무 심했기 때문에 자주 자세를 바꾸어야만 했다. 너무나 긴장했던 신경은 기능이 마비되었고, 내 의지는 나를 지탱시키지 못했다.

나는 어린 아이처럼 흐느꼈고, 울음을 그치지 못했다. 이틀 동안 아무것도 먹지 못했지만 배가 고프지도 않았다.

'내일이면 상처가 곪기 시작하겠지. 또 고문을 하겠지. 온몸에서 이 구역질나는 고름 냄새가 진동하겠지.'

나는 예민한 신경의 반응에 어쩔 줄 몰라 하다가 잠이 들었다.

다음날은 하루 종일 기다리기만 했다. 잠에서 깨어나자 굴욕적인 장면들이 떠올랐다. 그들이 나를 구타했다. 또 앞으로 겪어야 할 시련이 두려웠다. 피부는 부어올랐고 몹시 아팠다. 빨갛게 달아오른 족쇄로 죄이는 것처럼 허리가 마비되었고 아픔은 옆구리를 파고 들었다. 간수는 매트리스 위에 드러누워 있어도 좋다고 말했다. 평소와 같은 식사가 나왔다. 그리고 시간은 천천히 지나갔다. 시간이 지나가는 것을 느끼면서 마음속에 희망이 솟아오르기 시작했다. '그들이' 오늘은 오지 않을 것이다! 다섯시가 되자 (간수들이 복도에서 근무 교대 준비를 할 때 들려오는 소란스러운 소리를 통해 그것을 알 수 있다) 나는 안도의 한숨을 내쉬었고, 앞으로 얼마 동안은 편안한 시간을 가질 수 있다는 사실에 기뻤다. 모든 것들은 얼마나 상대적인가! 자유스러웠을 때라면 나에게 기쁨을 줄 수 있는 모든 것을 마음대로 했다 하더라도, 지금 나에게 주어진 이 유예의 시간만큼 소중한 것은 아니었을 것이다.

그날 밤 옆 감방의 동료들이 나에게 말을 걸어왔고, 나는 그들에게 설명을 해주었다.

"로베르처럼 내게 고문을 했어!"

그리고 덧붙였다.

"내일도 올 것 같아."

"내일은 괜찮을 거야."

누군가 말했다.

"며칠인지 몰라? 내일은 크리스마스 이브야."

나는 깜짝 놀랐다. 완전히 잊고 있었던 것이다.

"그러니까 오늘 저녁이면 모든 것이 시작된 지 꼭 일 년이 되는구나."

나는 생각했다.

나는 작년 포로 수용소 막사에서 보낸 크리스마스 이브를 생각했다. 그곳의 내 동료들은 올해도 그렇게 크리스마스를 축하하겠지. 그들에게는 '아무 일도' 일어나지 않는 것과 마찬가지다. 같은 시간 동안 나에게는 혁명이 일어났는데! 파리하게 여윈 그들의 얼굴이 떠올랐다. 그때보다 더 수척해지고 더 슬픔에 잠겨 있겠지. 그들은 아마도 수용소 막사의 테이블을 둘러싸고 같은 논쟁을 되풀이하고 있을 것이다.

"포로생활에서 가장 고통스러운 게 무엇일까?"

작년처럼 누군가가 이렇게 묻는다.

그중 한 사람이 '라우스! 라우스!(이쪽으로! 이쪽으로!)'라고 소리치는 독일군 보초의 명령, 하루에 두 번씩 양떼처럼 숫자로 인원점검을 받는 모욕, 철조망을 따라 짐승처럼 어슬렁거리며 걷는 것 등을 떠올리며 대답한다.

"굴욕감이야."

또 다른 사람, 작은 정비소의 주인이었던 사나이는—그의 이름은 잊었다. 이름이야 아무려면 어떤가—말한다.

"그건 내 손을 사용해서 일을 하지 못하는 거야."

나는 그가 무료한 손을 흔들거나 비틀던 모습을 떠올린다. 또 다른 동료들은 부인과, 혹은 세상에 태어나는 것조차 보지 못한 아이들을 그리워한다.

"서로 헤어져 있는 일이야."

이때 코스트가 갑자기 끼어든다.

"자네들의 감상이 가엾군. 견딜 수 없는 것은 지금 우리처럼 아무 일도 하지 못하고 그저 쓸데없는 소리나 지껄이고 있다는 것이지. 나는 수용소 밖에서 독일을 상대로 불법 투쟁을 하고 있는 사람들이 부러워."

코스트, 그렇다면 자네는 나를 부러워하는가! 자네가 내 생각을 한 적이 있다면 자네는(착오에 대한 보증이라고 할 수 있는 자네의 그 비관주의적인 편견으로) 이렇게 말하겠지.

"베르몽은 소시민의 평온한 삶을 되찾은 거야. 그 친구는 우리를 완전히 잊었어. 초인은 아니야."

그렇다, 나는 초인은 아니다.(초인은 두려움을 느끼지 않지만, 나는 두렵다) 나는 다만 인간이 되려고 애쓸 따름이다. 자네가 나를 부러워하는 것은 정말 당연한 일이다! 나는 아무것도 후회하지 않으며, 무슨 일이 있더라도 후회하지 않을 것이다. 우리가 겁에 질린 그 많은 군중과 함께 포로가 되었을 때, 우리는 포로로 붙잡힌 것을 정당화시킬 수 있는 어떤 행동을 했던가? 전혀 아무것도! 우리는 전쟁의 우연에 이리저리 흔들렸고, 진정한 의미에서 '행동'이라고 할 만한 그 어떤 것도 해보지 못한 채 생포되었다. 우리는 수십만 명씩 폐기처분되었고, 매일같이 허무하게 생명의 숨소리를 잃어갔다. 끔찍한 고통. 오늘, 나는 투쟁의 한복판에서 쓰러진다. 자발적이고 의식적인 투쟁의 한복판에서. 그리고 나는 몇 백만의 동지들과 함께 있다! 몇 백만의 동지들! 나는 어두운 감방에서 이렇게 큰 소리로 외친다.

나는 병동의 침상에 누워 있던 자크의 모습을 떠올린다. 수척한 얼굴, 움푹 들어간 눈자위와 불타는 듯한 시선…… 그리고 죽음 앞에서 보여주었던 초연함을 이제 이해한다. 그것은 그가 해야 할 일을 했기 때문이고, 자신의 본성에 응했기 때문이다. 만약 그가 실행했던 것과 다른 행동을 했다면 그것은 자기 자신에 대한 배반이었을 것이다.

소르그가 처형장으로 가기 전에 나에게 말했듯이, 어떤 이념에 자신을 바치는 사람에게 죽음이란 반드시 두려운 것만은 아니다. 죽음은 하나의 완성이며, 개화이고, 정점에 이른 존재의 폭발이다. 나도 이제 처음으로 죽음을 고요하게 직시한다. 나의 마음속에 있는 애원하는 인간, 비굴한 인간을 죽여 없앴기 때문이다.

나는 타인의 신앙은 얼마든지 존중하지만, 우리의 자질구레한 일에 이것저것 간여하는 신은 믿지 않는다. 나는 천국이든 지옥이든, 그것이 지상에 있는 것이 아니라면 믿지 않는다.

그러나 올바르게 살아온 사람, 삶이 끝없는 기만이 아니었던 사람, 그리고 자신의 본성에 응했던 사람이라면, 그의 생의 마지막에는 평정과 고요함이 찾아올 것이라고 믿는다. 기독교 순교자들은 고요히 죽어갔다. 자크, 줄리앙, 소르그도 고요히 죽었다. 독일군에게 처형된 삼만 사천 명도 마찬가지다. 그리고 내일 호송관이 나를 데리러온다고 해도 나 또한 고요히 죽어갈 것이라고 생각한다. 서구인들은 죽음의 공포라는 괴물을 마음속에 너무 오랫동안 품고 있었다. 대부분의 사람들은 죽음이 지배와 부 같은 비천한 욕망을 앗아가버릴까 두려워한 것이다. 그러나 진실만을 사랑하는 우리에게 빼앗아갈 것이 무엇인가? 세상에 태어나기 전의 '비존재', 아니면 잠든다는 무의식이 두려운 것인가?

내 마음을 찢는 고통은 클레르와 내 아이를 이 세상에 남겨놓는 일이다. 마음에서 지워버릴 수 없는 것은 그들에게 이 상황을 설명해주지 못했다는 것, 클레르를 나의 생각과 결합시키지 못했다는 것이다. 수용소에서 돌아와 그녀에게 제대로 이것을 설명해주었던가? 말이란 얼마나 빈약한 표현 수단인가? 말은 생각의 모든 굴곡을 뒤쫓아가지 못한다. 생각은 날아오르는데 말은 느릿느릿 걸어온다. 말은 본질적인 것을 드러내지 못한다. 나의 마음을 사로잡은 것, 내가 자크에게서 물려받은 것, 이 투쟁의 욕구를 이해시킬 수 있는 말을 나는 찾지 못했다. 오늘 클레르와 나는 서로 다른 세계에 놓여 있다. 우리는 이제 서로를 알아보지 못한다. 우리는 같은 언어를 사용하지 않는다. 그녀는 연민, 애정, 안전을 말한다. 그런데 나는 정의, 팽팽한 의지, 그리고 희생을 외친다. 서로 다른 두 세계! 그러나 나는 그녀의 연약함—이 열광적인 정열을 체험하였으므로 더욱 놀랍기만 한—도 사랑한다.

    이리하여 내 심연은 다시 고요함에서 절망으로 옮겨간다. 이 크리스마스 밤, 상처의 고름 냄새가 진동하는 이 밤, 목구멍으로 눈물을 삼키며 나는 잠이 든다.

12

하루하루 시간이 흘러갔다. 간수들의 발걸음이 내 감방 앞에서 멈출 때마다 나는 몸을 떨었다. 그러나 발걸음 소리가 멀어지면 처형에 대한 두려움도 조금씩 멎어들었다. 나는 모든 수감자들에게 공통적으로 나타나는 모든 것을 포기한 상태, 다시 말하면 아무 감각도 느껴지지 않는 위기 상태에 빠져들곤 했다. 삼 개월 동안 독방에 수감되어 있다가 출옥한 한 의사가 알아보지 못할 정도로 변해 있었다는 이야기를 그의 친구에게서 들은 적이 있다. 그때 그의 행동은 인간의 그것이 아니라 사냥꾼에게 쫓기는 짐승과 같았다고 했다. 나는 이 이야기를 상기하고 투쟁의 의지를 불태웠다. 나는 수학 공부를 다시 시작했지만 못으로 만든 필기구는 너무나 불편했고, 끈적끈적하고 더러운 벽에는 잘 써지지도 않았다. 그래서 수학 공부는 단념하고, '마음의 일기'에 꼭 필요한 기호나

표식을 새기는 것으로 만족하기로 했다. 그리고 새로운 공부 방식을 생각해냈다. 여러 분야에 있어서 내가 알고 있는 지식을 결산해보는 것이다. 예를 들면 물리나 화학에 관해 '나는 무엇을 알고 있나'라는 질문을 나에게 던져보았다. 며칠 동안 한 가지 주제를 대충 공부하고 나면, 이번에는 주제를 바꾸어 '시인들에 관해서, 지금까지 존재했던 모든 시인들에 관해서 얼마나 알고 있나'를 생각해보았다. 나는 기억의 밑바닥에서 비용과 롱사르, 랭보, 위고, 베를렌느, 보들레르, 말라르메의 싯구들을 끌어모았다. 그 다음에는 대혁명의 역사와 중요한 인물들의 생애를 재구성해보려고 노력했다. 특히 생 쥐스트에 큰 관심을 기울였는데, 그는 번개처럼 빠른 기민함과 확고한 논리와 대범함으로 타의 추종을 불허했던 인물이기 때문이다. 저녁에는 감방의 더러운 벽 너머에 있는 동지들과 이야기를 나누었다. 그들과 이야기를 나누는 것은 얼마나 즐거운 일인가! 그것은 장 지오노의 소설에 나오는 인물들에서 볼 수 있는, 소위 보편적 공감이라는 구역질나는 욕구나, 송진처럼 끈적끈적하게 달라붙는 달콤하고 허황한 인도주의와는 전혀 다른 것이었다. 천만에! 내가 그들과 이야기하는 것이 즐거웠던 것은 그들이 '나의' 투쟁의 동료였기 때문이고, 내가 이 투쟁을 선택함으로써 그들을 선택했기 때문이다. 전황은 좋아지고 있었다. 소비에트의 붉은 군대는 코카사스 지역과 돈 강 유역에서 전진을 계속했다. 전쟁이 일어나기 전에 언론이 소비에트 연합에 관해 퍼트렸던 혐오스러운 중상모략이 생각났다. 붉은 군대는 와해되었고, 지휘관들은 사살되었으며, 인민들은 테러의 공포에 떨고 있다…….

그런데 지금 이 붉은 군대와 인민들은 전세계 사람들의 찬탄을 받고 있다. 악선전을 하던 자들도 지금은 붉은 군대의 영웅주의에 유일한 희망을 걸고 있다! 그 당시 사실 나 자신도 모스크바 재판의 결과에 불만을 가지고 있었다.(나는 민주주의자였음에도 10월 혁명에 공감했다) 이제 나는 배신의 죄악을 범하기 전에 그 배신의 싹을 잘라내는 것이 옳다고 생각한다. 프랑스는 배신자들 때문에 부패했다! 그들이 우리를 지배하고 짓밟는다. 아! 나는 생 쥐스트가 남긴 위대한 말을 얼마나 되풀이했던가.

"관용으로는 공화국을 건설할 수 없다. 공화국을 건설하려면 모든 배신자들을 가차없이 처단해야 한다."

나는 이 문구를 철필로 벽에 깊이깊이 새겼다.

감옥의 습기 찬 어둠 속에서도 시간은 계속 흘러갔다. 먼 곳에서 몰아치는 폭우의 번갯불이 이 어둠을 환하게 밝혔다. 그것은 우리가 그렇게도 고대하던 응징의 번갯불이었다. 2월 초순의 어느날 밤 나는 독일군이 스탈린그라드에서 항복한 것을 알았다! 우리는 그날 밤새 노래를 불렀다.

다음날 감독관이 간수를 대동하고 나를 데리러왔다. 나는 새로운 시련에 대비하기 위해 마음을 굳게 먹었다. 형리의 손에 넘겨져서 고문을 당하거나 교수형에 처해지고, 그 시체가 광장에 전시된다는 러시아 빨치산들을 생각했다. 자신들이 사는 농가에 갇힌 채 불태워지는 그들의 가족을 생각했다. 명예 대신 생명을 택하기를 거부한 페리를 생각했다. 소르그의 외침을 생각했다. '너희들은 사람을 죽일 수는 있다, 그러나 이념은 죽이지 못한다!' 이 비참함과 투쟁과 희망을 같이 한 수백만의 동지들이 나를 지탱해 줄 것이다. 마침내 고통에서 벗어날 파열의 그 순간이 올 때까지, 이 실신할 것 같은 육체, 타는 듯한 상처의 아픔을 견뎌내기 위해서는 동지들이 필요하다.

그런데 나를 데려가는 간수들의 표정이 편안하고 온순했다. 수감자를 형장으로 끌고 갈 때의 음험하고 어색하며 잔인한 모습이 아니었다. 우리는 당직실에서 멈추었고, 낯선 형사 두 사람이 나를 기다리고 있었다. 나는 어디로 가느냐고 물었다.

"곧 알게 돼!"

그 중 한 사람이 중얼거리듯 말했다.

감옥의 정문을 나설 때 현기증이 났다. 우리는 차에 올라탔다. 이번에는 파리의 모습을 제대로 볼 수 있었다.

차는 미로 같은 어둠침침한 골목을 벗어나 몽파르나스 대로로 접어들었다. 배 한 척 없는 넓은 바다 같다는 느낌이 들었다. 한 무리의 독일군이 역 구내로 들어가고 있었다. 아마도 휴가를 얻어서 로리앙이나 브레스트로 떠나는 것이리라. 돔, 쿠폴, 로통드 같은 카페들이 보였다. 그리운 추억이 깃든 곳들. 얼마나 자주 친구들과 이곳에 와 이야기를 나누었던가. 사실주의를 놓고 얼마나 격렬하게 논쟁을 했던가. 가까이에 뤽상부르크 공원, 카르티에 라탱, 그리고 경찰의 공포 분위기로 침묵에 잠긴 생 미셸 대로가 눈에 들어온다. 교차로. 뷜리에와 옛 무도장……. 그런데 이 형사들은 대체 나를 어디로 데려가는 것인가? 천문대 거리를 돌아 리옹 드 당페르, 그리고 온갖 상품들과 식료품이 넘쳐나고 사람들로 붐비던 포르트 도를레앙 지구로 접근한다. 여기서 갑자기 왼쪽으로 꺾는다. 그러나 르 리옹 앞으로는 가지 않는다. 지하철 고가선과 함께 이탈리아 광장 쪽으로 내리막길이 되는 생 자크 대로는 보이지 않을 것이다. 그곳에서 인기척 없는 거리로 들어선다. 그들이 나를 어디로 데려왔는지 깨닫는다. 병원들과 감옥이 있는 곳이다. 말끔한 병원의 정면. 라 상테 형무소의 울퉁불퉁한 높은 담장.

서류 수속, 대기실, 법원의 문서 보관소. 어째서 이런 절차를 밟는 걸까? 내 질문에 아무도 대답해주지 않는다. 수감자 세 명이 있는 감방에 넣어진 후에야 나는 사정을 깨닫는다. 독방 수감에서 해제된 것이다!

처음에는 아무 말을 하지 않는다. 그중에 경찰 끄나풀이 있을지 두렵기 때문이다. 그러나 얼마 되지 않아 그들도 나와 비슷한 입장이라는 것을 알게 된다. 그중 질베르라는 사람은 지하 신문의 인쇄를 맡고 있었다. 그는 경찰에 미행당한 동료와 만나다가 '걸려들었다.' 나머지 두 사람은 징용에 항의했다가 체포된 노동자였다. 세 사람 모두 나처럼 경찰의 고문을 받았지만, 질베르는 특히 형사들의 집요한 추궁을 받았다. 이 감방은 다행히 이전 보다는 습기가 덜했다. 빌어먹을 벼룩과 이만 없었더라면! 온몸을 원숭이처럼 북북 긁어댈 수밖에 없었다. 쇠창살 사이로 햇빛이 들어왔다. 식사는 여전히 형편없었다.

"다행인 것은 소포를 받을 수 있다는 거야."

질베르가 말했다.

감동이 온몸을 흔들었다. 소포 그 자체보다도 소포를 통해 외부와 연락이 된다는 사실 때문이었다. 나는 클레르에게 연락을 취할 방법을 생각했다. 질베르는 내가 몇 마디 쓰기만 하면 확실한 방법으로 연락이 닿도록 해주겠다고 약속했다. 동료들이 간수 몇 사람과 결탁하여 종이와 연필을 입수했다. 바로 이 간수들이 편지 발송의 책임을 맡았다. 이 무렵 라 상테의 수감자들은 지하 신문까지도 받아볼 수 있었다!

나는 즉시 클레르에게 편지를 썼다. 지면이 한정돼 있어서 아주 작은 글씨로 써야만 했다. 편지에는 요점만을 썼다. 감옥에 대해서는 언급을 하지 않았으며, 나의 상황에 대해서만 알렸다. 나의 편지는 호소였다. 나는 그녀의 수첩을 읽었던 일도 고백했다.

"자크가 옳았어. 비열함이 드러나면 사랑은 끝나는 거야. 나는 내가 했던 일을 후회하지 않아. 다른 방법이 없었기 때문이지."

나는 불안하게 그녀의 소포를 기다렸다. 질베르의 지시에 따라, 어떤 방식으로 나에게 답장을 보내야 하는지도 적었다. 담배 마는 얇은 종이에 하고 싶은 말을 쓰고, 그것을 말랑한 빵의 속살로 감싼 다음 커다랗고 둥근 빵 속에 박아넣는 것이다. 내가 그녀의 판결을 기다린다. 이번에는 클레르가 나를 판단할 것이다. 나의 생명은 그녀의 답장에 달려 있다. '왜냐하면 사랑 없이 산다는 것은 불가능하기 때문이다.' 그녀가 나를 이해하지 못하고 이기주의자라고 비난하지 않을까 하는 불안감에 이마에서 땀이 흐른다.

"자네는 운이 좋아. 부인에게 편지를 쓸 수 있으니까 말이야. 내 처는 로맹빌 수용소에 있어. 처가 있을 때는 마음이 든든했는데!"

질베르가 말한다.

그런데 나는 고통과 희망을 함께 나누어 가질 수 있는 진정한 반려자를 가지고 있는 질베르가 부러웠다. '기쁠 때도 힘들 때도' 한 덩어리가 될 수 있는 반려자. 클레르는 이미 끝난 것이다. 그녀는 깊은 상처를 입었다. 나의 행방불명으로 완전히 파멸했을 것이다. 나는 검게 불타버린 땅처럼 희망을 잃었다. 그럼에도 아직 포기하지 않으려는 무의식적인 기대감이 내 안에 있었다…… '사랑 없이 산다는 것은 불가능하기 때문이다.' 나는 다시 삶을 향해 눈을 돌렸다. '클레르의 따뜻한 사랑이 없다면 이 투쟁을 어떻게 감당할 수 있겠는가?' 옛 기사들은 자신들의 공훈을 사모하는 귀부인들에게 바쳤다. 돈키호테조차도 둘시네아를 생각해냈다. 그렇게 아름다운 도약의 시기에 클레르를 알게 되었지만 그녀를 사랑하는 법을 몰랐다. 나는 이제 더는 새로운 사랑을 생각해낼 수 없을 것이다. 나는 영원히 '데스페라도'(스페인어로 무법자를 말함—역주)에 불과할 것이며, 다른 사람들이 이념의 승리에서 맛보는 기쁨을 만끽하지 못할 것이다.

감방의 동지들은 나를 초조하게 하는 괴로움을 이해했지만 그 이유는 정확히 몰랐다. 그들은 내가 오랫동안 독방에 수감되어 있었기 때문이라고 생각했다. 나는 그들의 호의에 고마움을 표현하지도 못했다. 그들은, 마치 내가 그 자리에 없는 것처럼, 자신들끼리 하던 습관대로 이야기를 주고받았다. 나는 사실 존재하지 않았다. 나의 생명은 모두 클레르의 판결에 달려 있었다.

13

 나는 어제 석방되었다. 마치 꿈을 꾸는 것 같았다. 그 장면이 남의 일처럼 떠오른다. 나는 사무실에 불려갔고, 그곳에서 군법 회의가 열렸다. '증거 부족으로' 석방한다는 통고를 받았다. 나는 소지품을 가지러 감방으로 되돌아왔다. 우리는 이 사건에 관해 이야기를 했다. 언젠가 내가 질베르에게 말했던 군사 재판의 에피소드가 머릿속에 떠올랐다.
 "자네는 집을 떠나 있는 게 좋겠어."
 그는 이렇게 말했다.
 그들과 작별 인사를 하면서 나는 가슴이 죄어드는 것 같았다. 나는 가난한 사람들에게 빵을 나누어주듯이 차례차례 동정심을 배급할 수 있는 인간은 아니다. 그러나 남자다운 용기로 투쟁했고 또 고통을 이념으로 이겨냈던 동료들과는 깨질 수 없는 애정으로 맺어져 있음을 느낀다. 내가 받은 고통은 그들이 당한 고통에 비하면 아무것도 아니다. 그들은 세계를 건설하는 영웅들이다. 그들은 수많은 민족의 역사를 만들어낸 영웅들의 후계자이다. 잘 알려진 혹은 이름 없는 영웅들, 인류의 전위 부대, 시인의 화신, 인간성의 극치.

나는 영웅들의 세계를 경험했다. 이제 내가 알았던 영웅들에게 부끄럽지 않은 사람이 되고 싶다. 자크, 코스트, 줄리앙, 소르그, 로베르, 질베르, 그리고 그 위대함을 측정할 길 없는 모든 영웅들. 나는 인간을 믿지 않았었다. 나는 그 어떤 신조도 목숨을 바칠 가치가 있을까 의심했었다.

그러나 지금은 인간이 된다고 하는 것이 얼마나 아름다운 일인지 알고 있다.

감옥에서 나오자마자 나는 미행당하고 있는지 확인했다. 거리로 나오자 몸이 휘청거렸지만 나는 오래오래 파리를 바라보았다. 굴욕을 당하면서는 살아갈 수 없는 이 아름다운 파리, 살인자들에게 눈길 한 번 주지 않고 묵묵히 걸어가는 사람들.

나는 신문 한 장을 샀고, 패탱이 프랑스 노동자들을 히틀러에게 넘긴 것을 알았다. 카페에 들어가서 집에 전화를 했다. 오랫동안 벨이 울렸지만 받는 사람이 없었다. 그래서 당페르 로쉬로에서 지하철을 타고 생 라자르 역으로 가서, 다시 전차로 갈아타고 생 클루드까지 갔다. 그때 포로 수용소에서 돌아온 지 십 개월이 되었다는 것을 깨달았다. 그 이후 나는 타협할 줄 모르는 삶을 살았다. 집이 보이자 그때와 똑같은 불안감이 느껴졌다. 빗장을 흔들어보지만 문은 열리지 않는다.

"클레르! 클레르!"

아무 대답이 없다. 블라인드가 닫혀 있는 것으로 보아 클레르는 집을 떠난 것 같다! 어디로 피신했단 말인가? 내 소리를 듣고 이웃집 아주머니가 달려왔다.

"어머, 베르몽 씨, 돌아오셨군요. 그놈들이 찾아왔었어요. 그리고 부인을 끌고 갔어요!"

순간 정신이 멍해졌다. 어느새 이웃집 아주머니는 빗장을 열고 정원으로 들어갔다.

"그놈들은 자동차로 왔어요, 네 놈이나. 이 주일 전이에요. 아침 열시경. 마침 제가 댁에 있었어요. 고기를 사면서 부인이 부탁했던 것도 함께 사가지고 오던 참이었지요. 그놈들이 느닷없이 들이닥쳤어요. 정신이 없었어요. 우리더러 꼼짝 말라고 하더니 온 집안을 뒤지기 시작했어요. 그리고는 찾던 것을 금방 발견했어요. 그것은 스탬프, 그리고 아무것도 기입하지 않은 위조 신분증이었어요. 부인은 얼굴이 새파래졌어요. 그리고 제게 이렇게 말했어요. '프랑수아를 마담 베델에게 데려다 주세요.' 그리고는 그놈들에게 말 한마디하지 않고, 당당하게 머리를 치켜들었어요. 그렇게 연행되어 갔지요."

나는 맥없이 의자에 주저앉았다. 자책감이 엄습해왔다. 그리고 그 형사가 눈앞에 떠올랐다.

"내일 이 시간까지 완전하고 상세하게 자백을 하지 않는다면 자네의 처를 체포하겠어."

그놈들은 정말 그 짓을 하고 말았다! 그런데 옆집 아주머니가 했던 말이 쉽게 이해되지 않았다.

'그리고 찾고 있던 것을 금방 발견하고 말았어요. 그것은 스탬프, 그리고 아무것도 기입하지 않은 위조 신분증이었어요.'

클레르가 그런 일을 하지는 않았을 것이다! 그것은 있을 수 없는 일이다. 내가 그렇게 주장하자 아주머니는 말했다.

"부인은 며칠 전부터 걱정스런 표정이었어요. 그리고는 저에게 서류 가방을 맡겼지요. 스탬프도 함께. 저의 집은 안전하니까요. 그리고 부인은 아무 일도 없는 듯 다시 일을 시작했어요. 가방은 지금 제가 보관하고 있어요. 필요할 때까지 보관해두겠어요. 앞으로 댁에 계시지 않으실 것 같아서 말이에요."

나는 아주머니에게 가방을 갖다 달라고 부탁했고, 그녀는 곧 그렇게 했다. 열쇠가 없었다. 나는 핀셋을 사용해서 억지로 가방을 열었다. 내용물은 별로 없었다. 우리 두 사람 사이에 오간 편지들, 자크가 보낸 편지들, 내용을 알 수 없는 회계 장부, 그리고 예전의 그 회색 수첩이 눈에 띄었다. 수첩은 사이에 압지가 끼워져 있어서 저절로 벌어졌다. 어떤 날짜가 눈에 들어왔다. 1943년 2월 15일. 클레르는 일기 쓰기를 계속하고 있었다. 나는 미친 듯이 그 일기를 읽었다. 그곳에는 클레르의 모습이 그대로 드러나 있었다.

■ ■ ■

1942년 9월 1일 — 이 일기를 계속해서 쓰게 되리라고는 생각하지 못했다. 자크가 죽으면서 내 청춘도 끝났기 때문에, 나는 그저 평범한 내 역할을 잘 해나가면 된다고 생각했다. 마음속의 갈등도 의심도 불안도 이제 다 끝났다고 믿었다. 그런데, 그게 아니다!

장은 집에 돌아오고 나서 상당히 달라졌다. 그의 힘에 의지해서 세상을 살아가려고 했는데, 나의 기대는 무참히 깨어졌다. 내가 이제 평범한 매일매일의 일상—전에 그는 그것을 나의 이상으로 생각했다—을 받아들이기로 작정한 순간에, 그는 오히려 어떻게 해서라도 자크를 되살려내려고 애를 쓴다! 자크, 그 내면의 격렬함, 미친듯한 정열, 무서운 논리를 되살려내려는 것이다. 자크의 혼이 그를 떠나지 않는다. 그는 무엇을 찾고 있는 것일까? 그가 만들어내는 것은 평온함이 아니라 고통의 분위기이다.

9월 2일—모든 것이 무너질 것인가? 이제 장은 내 생활의 유일한 원동력이지만, 그는 그것을 의식하지 못하는 것 같다. 그는 그의 강점이었던 초연함을 잃어버렸다. 지금도 기억하지만 그는 자크의 격정을 비난하면서 이렇게 말한 적이 있다.

"자신의 생명을 바칠 만큼 그렇게 가치 있는 이념이 이 세상에 하나라도 존재하는가?"

이제는 그가 감추어진 정열에 의해 이끌려가는 것이 보이고, 나는 그것이 두렵다. 우리는 인질에 관해서 힘든 토론을 했다. 나는 이런 끔찍한 죄악에 오싹해지는 느낌이다. 그러나 장은 두려움 따위에는 신경을 쓰는 것 같지 않다. 그는 앞을 바라본다. 그 어떤 것도, 학살마저도 그의 용기를 꺾지 못한다. 자신이 달성해야 할 목표 외에는 아무것도 보려고 하지 않는다. 나는 '당신은 자크처럼 말하지만, 그렇지만 자크는 아니에요'라고 말해주었다. 그는 나를 불만스럽게 바라보았지만, 아무 말도 하지 않았다.

9월 10일 — 장은 오늘도 파리에 갔다. 그 이유가 짐작 간다. 내가 물어도 애매한 대답밖에 하지 않지만 충분히 알 수 있다.

9월 15일 — 오늘 아침에 장에게 이렇게 말해주었다.
"당신을 보고 있으면, 흙항아리와 쇠항아리의 싸움이 연상돼요."
그는 웃으면서 대답했다.
"걱정하지 마! 투쟁은 반드시 기관총이나 장갑차로만 하는 게 아니니까. 투쟁에는 여러 가지 방식이 있어."
마치 어린애를 달래는 것 같다! 나는 그를 경솔한 사람이라고 나무라고, 혼자가 아니라 처자식이 있는 가장이 아니냐고 말했다. 그는 아무 말도 하지 않았다. 그렇지만 아픈 데를 얻어맞은 것처럼 나를 바라보았다. 이런 말이 그에게 얼마나 상처를 입혔는가를 이제 알 것 같다.

9월 16일 — 장이 잠을 이루지 못하고 뒤척이는 소리를 듣는다. 우리 사이에는 침묵의 벽이 있다. 뭐라고 해야 할까? 내가 이기주의자였을까? 그가 이렇게 행동하는 것은 우리가 사랑하지 않기 때문이라고 생각되기도 하지만, 또 한편은 우리가 사랑하기 때문에 그런 게 아닌가 하는 생각도 든다.
 피 묻은 손으로 모차르트를 기막히게 연주하는 폰 스툼의 영상이 떠오른다. 그리고 이러한 속임수를 끝장내기 위해서는 '행동'해야만 한다고 나는 생각한다. 자크를 생각한다. 그의 얼굴이 어둠 속에서 실제보다 더 크게 떠오르고, 무서울 만큼 지적이고 맑은 두 눈이 보인다. 자크가 나에게 말한다.
 "장을 내버려둬. 그를 붙잡을 수 있는 권리는 네게 없으니까. 생명을 바치는 것은 우리가 베풀 수 있는 가장 아름다운 선물이야! 문제는 누구에게 바치느냐 하는 것이지."
 그렇지만 나는 그를 빼앗기고 싶지 않다. 무슨 권리로 내게서 그를 빼앗아간단 말인가? 더 젊은 사람들도 많지 않은가. 지금까지 아무 일도 하지 않은 사람들도 있다. 그러자 자크는 조용히 말한다.
 "이 일에는 모든 사람이 필요해. 모든 남자와 모든 여자들이 필요한 거야. 모든 정성이, 모든 힘이 필요해. 힘은 대중에게서 나오니까.(이것은 그가 항상 하는 말이다)"
 하지만 나는 충분히 싸웠고, 이제는 힘이 없다.

 10월 10일―밤이 되어도 장이 돌아오지 않는다. 불안하다.

 10월 11일―가택 수색. 그들은 온 집안을 마구 휘저은 다음, 편지를 압수했다. 경찰이 남편의 활동에 대해 아는 대로 말하라고 했다. 나는 대답을 하지 않고 어깨를 움츠려서 모른다는 몸짓을 했다. 나는 아무 증거도 없었다는 확인서를 써달라고 했다. 멀어져 가는 네 사람을, 포동포동한 등과 멍청하면서도 교활한 인상을 주는 낯 두꺼운 얼굴들을 바라보았다. 비열한 임무를 맡은 형사들이 멀어져가는 것을 불안한 마음으로 바라보았다.

10월 12일—파리 시내를 이곳저곳 다녀보았다. 무슨 일이 있었는지 알고 싶었다! 그리고 알게 되었다. 학교에서 그가 체포되었다. B 선생님 집에 들렀더니, 선생님은 이 이야기를 듣고 얼굴이 새파래졌다. 그는 많은 것을 알고 있는 것이 분명했지만 그것을 말해주려고 하지는 않았다. 감옥에 가서 사정을 알아보겠다고만 약속했다.

10월 15일—아무 소득이 없다. 나는 침묵 속으로 무너져 내린다. 오늘 밤은 절망뿐이다. 벽장 문을 열었더니 그에게 잘 보이려고 맞추었던 옷들이 보인다. 영안실의 꽃다발처럼 무서운 슬픔. 나는 옷걸이에 걸려 있는 옷을 하나하나 꺼냈다. 그리고 쓰레기처럼 방바닥에 쌓아놓았다. 그 위에 엎드려서 울었다.

10월 15일 밤—얼어붙을 듯한 추위. 지금쯤 장은 고문당하고 있을지도 모른다. 인질로 선택되어 페리나 다른 사람들처럼 트럭을 타고 몽 발레리앙 쪽으로 이동 중인지도 모른다. 내 혈관에 흐르는 것은 피가 아니다. 그것은 차갑고 무겁고 얼어붙은 액체이다.

10월 16일 — 바윗덩어리가 온몸을 짓누르고 있는 것만 같다. 겨우 몸을 지탱하고 있을 뿐이다. 프랑수아는 아직 아무것도 모른다. 아빠의 포로생활과 이번 일이 어떻게 다른지 모른다.

10월 17일 — 나의 이기주의가 부끄럽다. 지난 번에는 나의 행복을, 나 자신을 한탄했다. 자크의 얼굴과 그의 얼굴이 겹쳐진다. 그들은 한 사람이다. 도약과 애정과 용기로 이루어진 한 사람. 그런데도 나는 내 자신만을 생각했다! 내가 일생 동안 찾던 것을 손에 쥐려는 순간에 그는 나를 떠나버렸다. 그와 함께 달려가는 대신, 나는 그를 혼자 떠나보내고 말았다.
　예수가 십자가에 매달려 있을 때에 그를 구세주라고 생각한 사람은 아무도 없었다. 그것을 알게 된 것은 '그 다음'의 일이다. 내 사랑은 너무 늦게 왔다. 그를 잃어버리고 난 다음 그를 사랑하기 시작한 것이다. 그를 사랑한다. 그를 구해내고 싶다. 그러나 지금 그가 어디에 있는지조차 모른다. 어쩜 죽어가고 있는지도 모르는데, 그에게 달려가서 그의 머리를 받쳐주고, 그의 눈을 들여다보고, 그의 눈물을 닦아줄 수가 없다. 그에게 내 목소리를 들려줄 방법이 없다.
　"무서워하지 말아요, 내가 당신을 사랑하니까요!"

11월 2일 — 야만인들이 집 앞을 지나가면서 노래를 부른다. 지금까지 나는 그들을 미워한 적이 없다. 그러나 이제 끓어오르는 증오를 느낀다. 개인적인 불행이 나를 고독의 숲 밖으로 나오게 만든다. 그리고 짓밟힌 군중과 하나가 되게 한다. 나를 투쟁가로 만든다. 장을 사랑하는 최선의 방법은 그의 뒤를 이어 투쟁하는 것이다.

11월 6일—나에게 일거리를 주선해준 B 선생님을 만나러 자주 파리에 간다. 거리를 돌아다닌다. 겉으로는 언제나 변함없는 파리, 변함없는 기념물들, 변함없는 옛 석조 건물들. 겉으로는 체념한 척하는 군중들이 묵묵히 걷고 있다. 그들은 게시판 앞에서도 말이 없으며, 큰 소리로 속마음을 이야기하지도 않는다. 나치 휘장이 도처에서 펄럭거린다. 녹색 군복이 우리의 거리를 더럽히고 모욕한다. 돌이 깔린 보도를 울리는 그들의 군화 소리가 우리의 꿈속에서까지 들린다. 군복을 입은 계집애들이 오른팔을 높이 들어 히틀러식 경례를 하고, 가게 앞에 줄지어 선 굶주린 군중들에게 경멸의 눈초리를 던지고 지나간다. 두시를 알리는 종소리가 울리자 북과 피리로 무장한 군악대가 샹젤리제 거리를 행진하지만 아무도 거들떠보지 않았다. 그들은 허깨비에 불과한 것이다. 파리, 진정한 파리는 그 밑에 숨어 있다. 심장이 고동치는 파리. 아무 것도 망각하지 않는 파리. 어느 것도 포기하지 않는 파리. 생기가 넘치고 관대하고 인상적인 파리. 근육을 펴고, 강한 의지로, 긴장 속에서, 폭풍이 몰아치기를 기다리고 있는 파리, 그 나머지 것들은 모두 허상에 불과한 것이다. 지하철 안에서도 '그들을' 보는 사람은 아무도 없다. 그들 하나하나가 우리 군중의 깊은 늪 속으로 빠져들고 있다. 그들은 고립되고 배척되고 경멸 당한다. 벽에 쓰여진 '1918년'. 기둥에 두른 장식띠처럼 반복적으로 쓰여 있다. 또 '베르됭 스탈린그라드'처럼 두 지명을 감동적으로 결합시킨 단어도 보인다. 나는 이 군중들과 한 몸이 된다. 그들의 감동은 나의 감동이고, 그들의 증오는 나의 증오이다. 텅 빈 거리, 표정 없는 얼굴, 그 침묵—파리는 얼마나 아름다운가! 파리, 오, 증오의 대성당이여…….

11월 10일—기쁨에 잠시 들떠있다가도 곧 절망에 빠진다. 아프리카 상륙 작전의 성공도 다른 사람들처럼 나를 마냥 기쁘게 하지 못한다. 어디 있는지 모르는 당신을 생각하기 때문에…… 그들은 당신을 어떻게 했을까요? 지금까지 고문에 대한 이야기를 수없이 들어왔어요. 내가 당신이 어디 있는지 알 수 없는 것은 당신이 독방에 수감되어 있기 때문인 게 분명해요. 감옥의 문이 열리고 당신을 닮은 초췌한 사람이 걸어나오는 것을 생각만 해도 몸이 떨려요. 그는 당신을 닮았겠지만 당신은 아니에요. 그들이 당신의 의지를 꺾고, 위대했던 기억까지도 잊게 하고, 헐떡거리는 기진한 육체로 만들지 않을까 두려워요. 당신이 그런 모습으로 돌아온다고 해도 나는 당신을 사랑할 거예요. 밤마다 이런 꿈을 꾸다가 깨어나면 온몸이 땀에 젖어 있어요. 학교 수업을 마치고 돌아온 프랑수아의 평온한 숨소리가 곁에서 들려와요.

11월 11일—아침에 파리에 갔다. 수많은 사람들이 끊임없이 조르주 5세 역에서 나와 에트왈 광장으로 걸어간다. 다이아몬드처럼 단단한, 정의처럼 굳은, 그렇게 빛나는 눈길을 가진, 말없는 군중들이.

11월 26일—B 선생님은 장이 셰르셰 미디 감옥에 수감되어 있는 것이 분명하다고 말한다. 그가 살아 있다는 것을 확인한 것만도 큰 소득이다. 하지만 지금 어떤 상태일까? 나는 한없이 감옥 앞을 서성거린다. 더러운 담장 외에는 아무것도 보이지 않는다. 그 나머지는 그저 상상에 맡길 뿐이다. 아무 소리도 들리지 않는다. 감옥 속의 지독한 고통을 외부로 드러내보여주는 것이 아무것도 없다니, 믿어지지 않는다. 그가 이 바스티유 너머에, 나와 불과 이백 미터 떨어진 곳에 있는데 말이다. 무엇이 그를 나와 갈라놓고 있는가? 두꺼운 돌담장, 보이지 않는 침묵의 벽. 수감자들을 단단히 에워싸고 있는 저 침묵의 벽. 그는 거기에, 바로 내 곁에 있다. 눈에 보이는 것만 같다. 그의 머리, 무거운 생각으로 가득 차 있는 그의 머리를 내 품에 안을 수 있다면…….

이 모든 잔학성은 세심하게 계획된 것이며, 그것을 계획한 자들은 겉모습은 '올바른' 인간들이다. 그들은 모차르트와 베토벤을 감동적으로 연주한다. 그들은 다른 사람들과 똑같이 생활한다. 그들도 연극을 보러 가고, 여자들에게 구애를 하고, 사색에 잠기고, 아이들과 동물들을 쓰다듬는다. 그들도 사랑의 기쁨과 슬픔을 느낀다. 그러나 때가 되면 그들은 침착하게, 기술적으로, 마치 공장의 기계를 가동시키듯이 고문을 시작한다. 자신이 야만인임을 모르는 야만인은 어떤 인간일까? 그런 인간을 범죄자라고는 할 수 없을 것이다. 야만이 그의 본성이다. 그러나 진정한 야만인은 자신이 야만인이라는 의식을 갖고 있다. 모차르트를 면죄부로 이용하는 인간. 의무라는 이름의 정언적(定言的) 명령을 방패막이로 삼고 발뺌을 하는 인간. 몇 세기 동안 축적된 인간 사유의 지층을 고의로 허물어트리는 인간. 이런 인간은 증오를 불러일으킨다. 누가 이런 악마들을 부추겼을까? 세계의 모든 나라들이 동시에 일어선 것은 무엇을 지켜내기 위해서인가? 자크, 명철한 눈으로 미래를 꿰뚫어보던 자크라면 그것을 설명해줄 수 있겠지!

12월 25일―폰 스툼이 우리집에서 크리스마스 축하 파티를 한 지 일 년이 된다. 나는 그의 손에서 인질들이 흘린 피를 보았다. 나는 공포심을 느끼면서, 그가 민첩한 손가락으로 순수한 음을 만들어내는 것을 들었다. 오늘 나는, 혼자서, 오랫동안 손대지 않았던 피아노 뚜껑을 열고, 자크가 11월 30일 파업 실패를 위로하며 작곡했던 장송곡을 연주해보았다. 내 손가락 사이에서 만들어지는 음을 들으면서 나는 그 의미를 되새긴다. 우리의 희생자들을 위한 장송곡, 그것은 자크가 몇 년 전에 작곡했던 것이다. 시인이었던 그는 미래를 예측하고 있었다. 그 증거는 이 비통한 노래가 슬픈 탄식으로 전개되지 않으며, 간절하고 은밀한 모티프가 점점 강렬한 크레센도로 높아져가면서 미래의 정의를 환기시킨다는 사실이다. 나는 이 찬가에 도취되었다. 나는 이 곡을 몇 번이나 되풀이해쳤다. 그 음악은 천천히 나 자신을 분명하게 의식하게 만들었다.

1월 15일 — 코카사스 지역과 돈 강 유역에서의 후퇴. 기적을 행하는 소비에트 인민들에 대한 애정. 그들이 치른 희생을 절대로 잊어서는 안 된다. 약탈된 도시, 카르코프 발코니에 줄줄이 매달려 처형된 사람들, 무수한 가족들을 일시에 불태워 죽인 농가 방화, 노예처럼 끌려간 군중들……. 오늘날 인간을 구하기 위해서는 얼마나 많은 그리스도가 필요하단 말인가?

2월 6일 — 스탈린그라드! 파리는 오직 이 한마디를 되풀이할 뿐이다. 스탈린그라드! 감탄과 희망으로 열광하는 파리. 푸른 군복의 독일군들은 우리의 눈에서 '스탈린그라드'를 읽는다. 그들은 벽에 쓰여 있는 그 글씨가 다이아몬드처럼 빛이 나는 것을 본다. 그리고 우리는 그들이 최초로 패배한 그날 저녁, 나치 장교들의 얼굴에서 그것을 읽는다. 장도 감옥에서 그것을 읽을 수 있다면! 이런 말들이 침묵의 벽을 뚫지 못할 리가 없다. 너무나 자주 사용해서 낡아버린 말들, 항상 같은 멍에에 매어 있어서 닳아버린 말들은 힘이 없다. 그러나 이같은 말, 의지와 사랑에서 태어난 말에는 죽음마저도 물러서게 할 폭파력을 갖고 있다.

2월 15일 — 위험한 느낌. 좀더 조심해야겠다.

■ ■ ■

나는 바스티드 선생님에게로 달려갔다. 그는 나에게 클레르는 로맹빌 수용소에 있으며, 줄리앙은 죽었다고 말해주었다.
"놈들은 줄리앙을 일 주일 동안 구타했지만 입을 열게 할 수가 없었어. 그래서 감옥에서 그를 죽였어."
나는 그의 미묘한 미소를 떠올렸다. 빈정거리는 듯하면서도 부드러운, 결코 잔인해질 수 없는 미소. 아마 처형의 총구 앞에서도 그는 이 미소를 지었을 것이다. 그것 또한 '너희들은 사람을 죽일 수는 있다. 그러나 이념은 죽이지 못한다'라는 믿음을 의미했을 것이다. 왜 나는 그의 힘을, 그 위대한 인간의 힘을 의심했을까?
이번에는 클레르가 체포되었다. 질베르의 부인처럼 로맹빌에 수감되어 있는 것이다. 로맹빌! 로맹빌! 그리고 내일은 독일로 이송될지도 모른다. 불안감이 나의 정신을 제압한다. 이 어려운 길을 택한 그녀를 나는 얼마나 사랑하는가! 내가 그녀를 다시 발견한 순간에, 그녀가 자신을 초월하고 스스로의 한계를 뛰어넘어 완전하고 위대한 사랑을 향해 도약하려는 순간에, 놈들은 내게서 그녀를 빼앗아가 버린 것이다.
프랑수아는 믿을 만한 사람들이 보호하고 있었다. 나는 집으로 돌아가지 않을 것이다. 클레르가 일기에 썼듯이, '모든 남자들과 모든 여자들, 그리고 모든 지성과 모든 힘'을 필요로 하는 이 투쟁에서 내가 싸울 자리를 되찾으러 갈 것이다. 거대한 파괴의 현장을 만들어내야 하고, 각자가 가진 모든 것을 바칠 수 있는 집요하고도 세심한 행동의 무대를 세워야 한다. 이 투쟁은 온갖 형태로 전개될 것이다. 그것은 모든 곳에서 전개될 것이다. 그것은 시간을 가리지 않을 것이다. 그것은 삶 그 자체이다. 이 투쟁이야말로 우리의 사랑과 우리의 증오를 결정할 것이다.

　내 방에서 연기 자욱한 파리의 하늘 아래 있는 무수한 지붕들을 바라본다. 무거운 침묵 속에서 징벌의 폭풍을 기다리고 있는 수백만의 심장이 뛰는 소리를 듣는다.

　클레르는 내 곁에 있다. 나를 지탱시켜주는 것은 그녀이다. 오늘 저녁, 나는 그녀의 모습, 아니 내가 지니고 있는 그녀의 여러 모습들을 떠올린다. 우선 젊었을 때의 초상(자크의 소지품에서 그 사진이 나왔을 때, 나는 심한 질투를 느꼈었지만)이 눈에 보인다. 둥그런 이마, 열렬한 눈매, 미래을 향한 정열적인 얼굴. 그 다음 떠오르는 여인의 얼굴은 정신적인 빛이 다소 사그라진 반면, 관능적인 느낌이 보다 두드러진다. 마지막으로 내가 포로 수용소에서 돌아왔을 때 보았던 모습, 비통하고 고통스러운 얼굴이 있다. 견딜 수 없는 환영—자크의 죽음, 고문과 총살, 포로 수용소에서 겪어야 하는 여러 고통—을 떨쳐버리지 못하는 불안한 시선이 그것이다. 참혹하게 꺾이고 만 용기.

　그리고, 그녀의 새로운 얼굴이 얼핏 보인다. 투사이자 연인인 여자의 얼굴. 내가 아직 알지 못하는, '그러나 상상할 수 있는' 얼굴. 그녀가 적 앞에 온몸을 꼿꼿하게 세울 때, 그녀의 모든 얼굴들의 총체인 이 얼굴에 한 줄기 빛이 더 덧붙여질 것이다. 그것은 사랑이다.

　그것은 초라한 이기심도, 채울 길 없는 소유의 사랑도 아니다. 그것은 타인들과 함께 나눈 노력, 공동의 세계관, 보다 아름다운 삶에 대한 믿음 위에 세워지는 사랑이다. 이 자유와 분리될 수 없는 사랑, 그것이야말로 유일한 삶의 이유이다.

매일 사람들이 노래하며 죽음과 고문에 맞서고, 기관총과 전차 앞에 자신들의 몸을 내던지는 것은 사랑을 위해서이다. 사람들이 악의 심판을 요구하는 것은 사랑을 위해서이다. 그러므로 자신들의 동질성을 실현하고 그 충만함 속에서 기쁨을 맛본 사람들에게 죽음이 무슨 상관이란 말인가.

(1941년 1월 포로 수용소에서 쓰기 시작하여, 1943년 8월 14일에 완성하다)

옮긴이의 말

처음 이 책의 번역을 의뢰받았을 때 잠시 놀랐다. 과연 이 책이 다시 읽힐 것인가. 누렇게 바랜 표지와 내지. 『인간의 표지 La marque de l'homme』라는 무거운 제목의 원서에서 나는 책이 가지고 있는 물질적 무게감과, 책 내용이 말해줄 시대의 흐름을 충분히 가늠할 수 있었다. 이 책은 프랑스 작가 클로드 모르강의 자전소설로 미뉘 출판사에서 1944년 6월에 출간되었다가, 1946년에 심야총서로 묶여 다시 출판되었다.

우리나라에도 이미 『꽃도 십자가도 없는 무덤』이라는 제목으로 1989년에 출간되었다. 그 당시 서울시교사협의회가 '중고등학생 권장도서'로 선정하기도 했다. 하지만 과연 이 책이 다양한 오락문화를 즐기는 청소년들의 독서 구미를 당길 수 있을 것인가, 나아가 요즘 대중이 이 책을 기억하고 다시 손에 집을 것인가, 라는 의구심이 들었다. 그러나 이 책을 번역하면서 나는 어떤 물음에 빠져들었다.

이 책의 저자 클로드 모르강은 원래 전기통신 기술자였다. 그러나 그는 그런 안락한 생활을 버리고 제2차 세계대전에 참전한다. 이미 그는 제1차 세계대전도 포병 중위로 참전한 바 있다. 독일군의 포로가 되었지만, 클로드는 포로 수용소에서 다른 레지스탕스 대원들과 함께 생활하면서 반독일 운동을 전개했다. 이 책은 포로 수용소에서 지낸 경험을 바탕으로 쓴 자전소설이다.

프랑스 레지스탕스였던 장 베르몽은 제2차 세계대전에 참전했다가, 1941년 1월 독일군에게 포로로 잡히고 만다. 포로 수용소 생활은 그야 말로 비참함 그 자체였다. 하루하루 시간을 죽이는 것을 제외하고는 포로들에겐 희망은 없었다. 그들은 오직 간혹 들려오는 전황을 들으며, 포로 수용소에서 나갈 날만을 손꼽아 기다릴 뿐이다. 전쟁과 폭력은 인간을 더욱 나약하게 만들고, 숨겨져 있던 인간의 야만적인 본성을 드러내게 만든다.

어느날 포로 수용소에 옛 친구 자크 퐁타니에가 수감되었다. 그런데 자크는 장의 아내인 클레르와 절친한 친구 사이다. 수용소에서도 여전히 자크는 아내와 편지를 교환하고 있었다. 그는 프랑스 해방을 외치는 이성주의자다. 장은 그런 자크에게 묘한 질투심(아내의 정신적 친구라는 점과 그의 혁명적인 성향에 대한)을 느꼈다. 하지만 탈출을 실패하고 다시 포로 수용소에 끌려와 목숨을 잃고 마는 자크에게서 인간의 존엄성과 삶의 진정한 의미를 깨닫게 된다. 자크에 대한 동경이 장을 괴롭혔고, 급기야 장은 조국 프랑스의 해방과 진취적인 삶을 추구하려고 애썼다.

건강 악화로 장은 출감하고 파리로 돌아와서 아내와 아들을 만난다. 하지만 프랑스는 여전히 독일의 지배하에 있었다. 우연히 접하게 된 아내 클레르의 일기를 읽게 되면서, 아내와 자크의 관계, 그들의 정신적인 동지의식을 알게 되고, 자신만의 길을 선택한다. 장은 다시 레지스탕스로 활동하다가 독일 경찰들에게 붙잡히고 만다. 그뒤 그는 독일 경찰에게서 심한 고문과 심문을 당한다.

이처럼 이 책은 한 레지스탕스의 포로 수용소 생활, 친구 자크에 대한 동경과 질투, 아내 클레르에 대한 사랑, 반독일 항쟁이라는 조금은 단순한 소재를 다루고 있다. 하지만 그 이야기 내면에는 전쟁과 폭력 속에서 드러나는 인간의 야만적인 본능과 삶에 대한 근본적인 물음이 깔려 있다. 인간이란 무엇인가, 라는. 이 책은 한 남자의 개인사를 통해서 이 시대의 방황하는 젊은이들에게 인간의 존재성과 진정한 삶에 대한 고찰을 일깨워주려고 한다.

이념의 시대가 지나버린 21세기, 그리고 무수한 정보가 난무하는 서울 한복판에 사는 나(우리)에게도 여전히 유효한 물음들이 있다. '나는 대체 여기서 뭘 하고 있나?' '어떻게 살아야 하나, 그리고 어떻게 죽을 것인가' 번역하면서 빠져들었던 이런 물음들이 나를 어떤 전염병에 빠지게 만든다. 결국 나도 역시 사회적 동물이구나, 라는.

2005년 겨울
조광희

옮긴이 조광희
서울대학교 인문대학 불문과와 같은 대학원을 졸업한 뒤,
성심여자대학교와 이화여자대학교에서 불문학 교수를 지냈다.
옮긴 책으로『인문과학과 철학』『문학비평과 인문과학』『카메라 루시다』
『엄마의 마지막 산 K2』『내 어머니의 책』『눈』등이 있다.

꽃도 십자가도 없는 무덤

초판인쇄 | 2006년 1월 20일
초판발행 | 2006년 1월 27일

지 은 이 | 클로드 모르강
옮 긴 이 | 조광희
펴 낸 이 | 김정순
책임편집 | 박창석
펴 낸 곳 | (주)북하우스
출판등록 | 1997년 9월 23일 제406-2003-055호

주　　소 | 413-756 경기도 파주시 교하읍 문발리 파주출판도시 513-8
전자메일 | editor@bookhouse.co.kr
홈페이지 | www.bookhouse.co.kr
블 로 그 | blog.naver.com/bookhouse1
전화번호 | 031-955-2555
팩　　스 | 031-955-3555

ISBN　89-5605-144-5　03860

이 도서의 국립중앙도서관 출판도서목록(CIP)은 e-CIP 홈페이지(http://www.nl.go.kr/cip.php)에서
이용하실 수 있습니다.(CIP제어번호:CIP2006000048)